Mattia Corrente

Mattia Corrente est né en 1987 et vit en Sicile dans la province de Messine. Diplômé en philosophie et en sciences humaines, il a travaillé avec plusieurs éditeurs italiens avant de se lancer dans l'écriture. *La Fugue d'Anna* est son premier roman, qui s'est vu décerner les prix Parco Majella et Città di Erice.

LA FUGUE D'ANNA

MATTIA CORRENTE

LA FUGUE D'ANNA

Traduit de l'italien
par Jacques Van Schoor

le
bruit
du
monde

Titre original :
LA FUGA DI ANNA

Published by special arrangement with Laura Ceccacci Agency
and 2 Seas Literary Agency.

ISBN 978-2-266-34766-2
Dépôt légal : avril 2025

Au destin inéluctable des mères
qui restent mères pour toujours.
À la mienne. Tu m'as contraint à écrire
pour inventer avec les mots d'autres versions
de moi-même, loin de ton amour implacable.

UN

Regarde-moi, Anna.

J'ai mis mon jean délavé que tu détestais tant. Combien de fois en as-tu rapiécé les poches, recousu la fermeture Éclair, les passants de la ceinture. Pendant que je le boutonnais, je t'ai imaginée dans la cuisine les bras croisés, t'éclaircir la voix en feignant un toussotement. Mais qu'est-ce qu'elle était belle ta toux légère qui se manifestait toujours à point nommé, ta voix qui m'appelait par mon prénom et me surprenait par-derrière dans le séjour !

« Je jure que je le ferai disparaître, aussi vrai que Dieu existe », disais-tu, et moi je l'ôtais sans même essayer de m'opposer. J'aimais tellement te sentir contrariée toujours de la même manière, chaque fois avant d'aller à la messe. Je l'ai enlevé cette fois encore. Ça va, le pantalon vert en velours ?

J'ai repassé la chemise blanche, je l'ai laissée refroidir sur la planche et je suis sorti sur la terrasse avec ma bassine verte, mon rasoir et ma mousse. Je me suis rasé debout, devant le miroir accroché au mur. Puis j'ai attendu.

Anna, mais qu'est-ce que je fais ici, debout, dans l'espoir que d'un moment à l'autre tu viennes me chercher en disant qu'il est déjà tard, que nous devons partir, qu'après le prêtre ne te confessera pas.

Quelle tristesse, faire semblant que tu es encore là.

Me voici. Le visage propre, la chemise repassée, le pantalon de velours et le Borsalino droit sur la tête. Je m'apprête à sortir, mais je reviens sur mes pas.

Je ne l'ai pas nourri depuis deux jours. J'ai juré de le laisser mourir dans son bocal, mais c'est la dernière chose que nous avons achetée ensemble.

Un poisson rouge. Un bocal. Un pot de nourriture déshydratée pour poissons rouges.

J'ai oublié son nom. Et maintenant, ça ne me revient plus, impossible de me souvenir du nom du poisson rouge, pourtant je te jure que j'ai essayé. Je reste là à le fixer comme un idiot pendant qu'il tourne dans sa petite maison ronde et rien, je ne m'en souviens pas.

Mais où es-tu, Anna ?

Depuis que tu as disparu, je commence à oublier. Dans chaque souvenir de nous il n'y a que moi. Toi, tu n'es plus là.

Je pars. Regarde-moi, Anna. Un vieil homme avec une valise, qui part, avec l'espoir de te retrouver.

Je traîne la valise sur le seuil, j'ouvre la porte d'entrée et une rafale de vent soulève mon Borsalino et l'envoie valser dans le couloir, près du portemanteau. Je referme la porte, le déclic métallique résonne dans le couloir et le silence de la maison me surprend par-derrière, je le sens pénétrer mon manteau et me serrer les épaules dans une étreinte invisible. Il veut me retenir, m'empêcher de partir. J'ai aimé le silence de cette maison et il m'a aimé en retour, la solitude m'a contraint à me prendre d'affection pour lui. Je reviens sur mes pas, je me penche, les dents serrées, et je ramasse mon chapeau par terre. Je souffle dessus, je lui donne deux tapes pour le secouer, mon regard tombe sur la cape blanche suspendue au portemanteau. Je froisse une manche entre mes doigts et ferme les yeux. Pourquoi chacune de tes affaires me fait-elle oublier que tu n'es pas là ? C'est vraiment ce qu'il se passe. Je ne crois pas que tu n'es pas là. Le temps d'un battement de cils. Je lâche brusquement la manche, comme si je m'étais brûlé les doigts.

Nous sommes le 1er octobre, je rase les murs laiteux des maisons de la via Roma et un vent glacial commence à me suivre jusqu'à la place sous le quai.

On se croirait en décembre, du moins ici à Stromboli.

L'Ossidiana vient d'ouvrir. Calogero allume les lumières des vitrines et moi, comme chaque matin, j'attends sur le seuil qu'il finisse de balayer le sol. Il pose les yeux sur ma valise, lorgne l'horloge murale face au comptoir et abandonne son balai. Il me sert le premier espresso de la journée, derrière lui se trouve l'étagère des alcools avec, bien en vue, une bouteille de sambuca.

« Allongeons-le », lui dis-je, désignant la bouteille du menton.

Calogero hausse ses épais sourcils et écarquille les yeux, son expression de stupeur me rappelle ton visage lorsque nous allions chez le docteur et que je lui demandais si je pouvais boire un petit verre de temps à autre.

Il saisit la bouteille et remplit la petite tasse à ras bord.

« Si ta femme était là, elle me couperait la main.

— Mais elle n'est pas là », je lui rappelle, et j'avale d'un trait, un flot de chaleur descend jusqu'à mon estomac, puis vient l'habituelle brûlure, cet imbroglio de feu dans les viscères des premières beuveries au carnaval, à dix-huit ans, lorsqu'on dansait dans les garages et que je transpirais ma jeunesse et mon vin.

Mon portable sonne dans la poche intérieure de mon manteau. Je le sors et fixe, désarmé, le nom d'Antonio sur l'écran. C'est le faible gémissement de la sonnerie qui me tire de ma torpeur. Je le remets dans ma poche, il sonne encore.

Calogero pose deux petits verres sur le comptoir, les remplit de sambuca et nous restons en silence à regarder l'hydroglisseur qui ralentit, accoste et éteint ses moteurs.

« Si vous pensez qu'elle est en vie, alors Dieu vous entende. »

Il boit d'une gorgée, je fais de même et lui confie les clefs de notre maison et la vie du poisson rouge.

Aujourd'hui, cela fait un an et un mois.

C'était le soir du 1er septembre, nous avions mangé des *arancini* faits maison pour le dîner, aux bruits de mastication avait succédé le silence tandis que tu débarrassais et chaque chose qui disparaissait de la table semblait obéir à tes mains, comme toujours, attirée par tes doigts effilés, rendus rugueux par l'eau de Javel.

Tu as noué autour de ta taille le tablier rouge qu'Antonio t'avait offert à une fête des Mères. « La cuisine de maman est toujours la meilleure », disait l'inscription en noir sur la poitrine. Lorsque tu as ouvert le robinet de l'évier, je me suis allongé sur le canapé, mon corps exige désormais un sommeil qui ne veut rien entendre. Tu t'es assise à côté de moi, tu m'as caressé le front et la fraîcheur de ta main encore humide m'a réveillé. Puis ta bouche s'est posée sur ma joue ridée mais rasée, comme tu aimes.

« Reste ici, t'ai-je susurré.

— Je ne peux pas, je dois finir la vaisselle », m'as-tu dit d'un filet de voix.

Je t'ai suivie jusqu'à la cuisine de mes yeux bouffis de sommeil. La dernière image de toi, je ne le savais pas.

Je t'ai attendue pendant deux saisons et, chaque jour, j'ai bu mon café sans sucre à cause du diabète, j'ai fait bouillir les légumes à cause de l'acide urique, j'ai renoncé au vin et j'ai laissé les clefs dans la serrure du côté extérieur de la porte. Puis, lorsque le printemps a réchauffé l'air, j'ai raccroché les clefs au mur, je suis sorti acheter un jogging et des baskets et j'ai pris l'habitude de me réveiller à l'aube pour faire de longues marches sur le *lungomare* avec les jeunes en short et tee-shirt qui descendaient du trottoir pour m'éviter. Trois cent soixante-cinq jours et un mois et je suis prêt, la semaine dernière le médecin a dit que je me portais comme un charme.

Combien de choses fait-on par amour, même si l'on n'a plus trente ans. N'est-ce pas étrange, Anna ? Précisément maintenant que notre amour a vieilli et que je le croyais en sécurité. C'est le moment que tu choisis pour demander une autre preuve à ce vieil homme ?

La rampe qui relie l'hydroglisseur à la terre ferme est glissante, je m'agrippe à la main courante, le jeune homme qui contrôle les billets vient à ma rencontre, attrape ma valise et parcourt avec moi le dernier bout de chemin avant de monter à bord. Je soulève mon Borsalino, l'appuie sur ma poitrine et m'assieds à une place quelconque, l'hydroglisseur est à moitié vide, ce n'est plus l'été des touristes, des foules qui se bousculent pour s'emparer d'un siège. Par la fenêtre je vois le mousse larguer le filin, l'homme à terre agiter la main pendant que la mer écume sous la coque, le vacarme des moteurs résonne à travers toute la cabine, une chape de fumée noire entoure l'embarcation et moi, après tant d'années, je quitte cette île tout seul. Qui sait si toi aussi, lorsque tu es partie, tu as levé les yeux sur le nuage de fumée au-dessus du Stromboli, si tu as repensé aux nuits passées tous les deux sur la terrasse dans l'obscurité, assis sur le petit canapé sous la couverture à regarder les jaillissements de lave illuminer le ciel. Qui sait si tu as eu ne serait-ce qu'un moment d'hésitation, l'instinct de revenir auprès de moi, auprès du jeune homme que tu as épousé en te fiant à une promesse.

Une jeune fille blonde monte à Salina[1] et, deux rangées devant moi, un bras surgit d'un siège pour lui faire signe. Elle sourit, marche rapidement dans le couloir en se tenant aux appuie-tête, un jeune homme aux cheveux bouclés se lève, l'accueille dans ses bras, la serre contre sa poitrine. Ils restent collés si longtemps que je me lève légèrement pour comprendre ce qu'ils fabriquent. Ils s'enlacent, échangent des baisers rapides et sonores et, s'il se hasarde à se détourner, elle le saisit par le menton pour le rappeler à l'ordre. À un moment, la fille s'aperçoit que je les épie. Je me recroqueville dans mon siège comme un voyeur démasqué et j'enfonce mon Borsalino sur mes yeux pendant que les amoureux disparaissent au milieu des sièges jusqu'à Lipari[2] où, avant de descendre, la fille lisse son tee-shirt sur son jean et remet en ordre sa chevelure blonde avec ses doigts. De son côté, le garçon

1. Île italienne, située dans l'archipel des îles Éoliennes, au nord de la Sicile. *(Toutes les notes sont du traducteur.)*

2. Île italienne, située dans l'archipel des îles Éoliennes, au nord de la Sicile.

quitte sa place, se dégourdit les jambes dans le couloir et part à la recherche d'un autre siège au hasard. Il finit dans ma rangée, à deux places de la mienne. De temps à autre, je lui jette un coup d'œil et lui souris sournoisement. Il feint de ne pas me remarquer en collant son visage à son portable.

« De mon temps, il fallait faire ses preuves pour obtenir un baiser, dis-je avec un clin d'œil.

— De votre temps », réplique-t-il en me faisant un clin d'œil à son tour.

Je lui fais signe de s'approcher et, une fois qu'il est à côté de moi, je lui glisse à l'oreille : « Et ce n'étaient pas des baisers comme ceux que vous échangez. Ma femme et moi, c'est à peine si on s'effleurait et il fallait faire vite. Si quelqu'un nous voyait, on risquait des ennuis.

— Voyez-vous ça. Pire qu'en taule », grommelle-t-il, s'affairant encore sur son portable.

Il pianote sur l'écran comme un champion de dactylographie, sans même regarder.

« Bien pire. Nous, on n'avait pas ces ordinateurs de poche que vous utilisez à toute vitesse pour vous dire les choses sans attendre de vous regarder dans les yeux. »

Je souris. J'oublierais presque que j'ai quatre-vingts ans. Je reviens à mon amour qui était une voix, un parfum fort et quantité de lettres pleines de fautes de grammaire, de fleurs, de tourne-disques et de baisers volés sous un mûrier.

« Quel âge as-tu ? »

Il remet son portable dans sa poche. Il me regarde enfin.

« Dix-huit en décembre.

— Ma femme avait ton âge quand je l'ai épousée, j'ai dû la voir une douzaine de fois et puis je l'ai épousée. »

Il réfléchit un temps en fixant ses chaussures.

« Vous, les personnes âgées, vous racontez toutes la même chose. C'est peut-être romantique mais c'est mieux maintenant, on a la liberté de connaître la personne avant que les ennuis ne commencent. »

Mon nez laisse échapper un léger grognement.

« Autrefois c'était une seule alliance, et pour toute la vie. »

Nous sommes interrompus par le haut-parleur, nous arrivons à Milazzo[1]. L'hydroglisseur poursuit sa progression à fleur d'eau, nous filons entre deux ferries, dépassons une vedette des garde-côtes.

« Comment tu t'appelles ? je lui demande.

— Andrea.

— Andrea, donne-moi un coup de main avec ma valise. »

Il y consent avec ce demi-sourire que les jeunes font aux vieux lorsqu'on leur demande de l'aide et qu'on l'obtient, non sans susciter une inévitable compassion.

Nous faisons la queue devant le portelone, nous accostons en titubant un peu et je m'agrippe à son épaule. À peine sommes-nous sortis du port qu'il propose de m'accompagner jusqu'à la gare routière en me soulageant du poids de ma valise. Nous nous saluons d'une poignée de main devant le tableau des horaires. Alors que je sors mes lunettes de la petite poche de ma chemise, il revient.

« Mais vous, qu'est-ce que vous faites ici tout seul sans votre femme ?

1. Ville de la province de Messine.

— Je la cherche », dis-je, et je désespère parce que malgré mes lunettes sur le nez j'ai du mal à lire, je plisse les yeux sur le tableau, je serais curieux de savoir ce qu'ils gagnent à imprimer des caractères aussi petits.

Andrea fronce les sourcils.

« Dans quel sens ?

— Dans le sens où elle a disparu et où je la cherche. »

Je m'approche encore du tableau mais rien, je ne parviens pas à déchiffrer quoi que ce soit et je deviens de plus en plus nerveux.

« Dis-moi plutôt ce qui est écrit là, je n'y vois rien.

— Il part dans trente minutes. »

Je l'écoute l'eau à la bouche, de l'autre côté de la rue j'ai repéré un glacier, les gens en sortent avec des cornets géants et moi j'en veux un. Andrea ne se fait pas prier. Il en prend un stracciatella et nutella, et moi un noisette et chocolat. Nous le mangeons sur un banc et je ricane, heureux.

Toi, tu ne supportais pas que je ne fasse pas attention à mon diabète, tu ne m'aurais jamais laissé manger ce cornet.

« Donc votre femme a disparu depuis un an et vous la cherchez seulement maintenant », continue Andrea en grignotant le cornet, avachi sur le banc.

Je lui réponds d'un grognement et m'essuie les lèvres avec la fausse serviette que donnent les glaciers. À peine ai-je le temps de finir que le car allume son moteur.

Andrea reprend la valise et la place dans la soute à bagages.

« Vous êtes vraiment fort, je suis derrière vous.

— Severino, lui dis-je, je m'appelle Severino. Et ma femme, Anna. »

Il acquiesce, puis a l'air absent un instant. Il réfléchit à quelque chose.

« Mais si elle était morte ? »

Je l'envoie promener de la main.

« Évidemment qu'elle n'est pas morte.

— Qu'est-ce que vous en savez ?

— Je le sais, c'est tout. »

Il sourit, la bouche fermée. Les gens s'apprêtent à monter dans le car. Si je ne me dépêche pas, je risque de me retrouver avec une place aux derniers rangs et moi, au fond, je souffre du mal des transports. Andrea me suit jusqu'à la rampe d'entrée.

« Alors merci pour la valise et prends soin de toi, dis-je.

— Et si elle ne veut pas qu'on la trouve ? Si quelqu'un décide de disparaître, il doit bien y avoir une raison, non ? »

Je lui pose une main sur l'épaule. De l'autre, je sors mon portable de ma poche et le lui tends.

« Faisons comme ça, dis-je, enregistre ton numéro dans mes contacts. »

Ses doigts courent sur l'écran, puis il utilise mon portable pour appeler son numéro.

« Faites bien attention, je vous écrirai, dit-il en me rendant mon portable.

— Tu aimes les *arancini* ? je lui demande.

— Vous me posez vraiment la question ?

— Alors quand je la retrouverai, je t'appellerai et tu viendras chez nous. Anna fait les meilleurs *arancini* de toute la Sicile et tu peux amener ta fiancée, si tu n'en as pas déjà changé entre-temps. »

Je monte dans le car le dernier, je paie mon billet et nous nous saluons, moi debout à la recherche d'une place et lui sur la route, le pouce levé.

L'autoroute est une interminable succession de déviations à cause de travaux, dont je crois me souvenir que certains étaient déjà en cours lorsque j'étais jeune. Le soleil se reflète sur la fenêtre, me réchauffant le visage alors que je somnole à côté d'une jeune fille qui serre un sac à dos de voyage contre sa poitrine. Je sursaute, j'écarquille les yeux, sa voix perçante m'a réveillé. Elle est au téléphone, elle en a après sa mère. « Maman, je ne suis pas encore arrivée que tu me rabâches déjà ton refrain habituel ! Évidemment que je ne reste pas. Je ne retourne pas dans ce trou. » Et elle raccroche brusquement en soupirant. Je regarde dehors par la fenêtre, nous avons laissé l'autoroute derrière nous et gravissons les collines. Il ne reste qu'un arrêt, si elle n'est pas descendue, cela signifie que nous allons au même endroit. Je me lance :

« Vous êtes originaire de Librizzi[1] ? » Qui sait, c'est peut-être la fille de quelqu'un que je connais.

Elle me répond par un oui poli, ouvre la fermeture Éclair de son sac à dos, sort un mouchoir puis se mouche.

« Et de quelle famille êtes-vous ? »

Elle plie le mouchoir, le met dans sa poche et serre de nouveau son sac à dos contre sa poitrine.

« Des Costa. »

Ce nom me dit quelque chose, je lui dis me souvenir d'un Costa apprenti coiffeur dans un salon derrière la mairie.

« C'était mon grand-père.

1. Commune de la province de Messine.

— Carmine, Carmine Costa », j'ai une illumination et l'impression de le voir là devant moi. Il avait mon âge, c'était un échalas à l'air niais et paisible. Michelangelo, le maître barbier à la moustache en bataille jaunie par le tabac, la serviette blanche sur l'épaule, le rasoir au manche en bois derrière l'oreille, passait sa journée à lui donner des taloches. Il n'avait appris à faire qu'une seule coupe, si bien qu'il y avait un village de têtes toutes similaires : la raie sur le côté, les pattes longues et la mèche en arrière. Melissa – entre-temps nous avons fait les présentations – m'explique qu'il est mort d'un infarctus il y a plus de dix ans, il se coupait les cheveux devant le miroir au-dessus du lavabo et s'est effondré sur le sol. Ils l'ont trouvé le peigne encore serré entre les doigts.

« Pauvre homme. » L'image me fait frissonner. « La dernière fois que je suis allé me faire coiffer chez lui, c'était l'année de mon mariage. Il faisait la navette entre le salon et le bar. Il glissait les pourboires dans le juke-box. Il dédiait les chansons d'amour à la fille du boucher. »

Melissa laisse échapper un sourire.

« Margherita, ma grand-mère. » Elle y réfléchit. « C'était en quelle année ?

— 1964.

— Ils se sont mariés l'année d'après », dit-elle, avant de se taire aussitôt.

Son regard me contourne et se perd dans les champs qui enserrent la route et nous accompagnent au pied de la colline. Plus nous approchons, plus elle s'assombrit.

« Ne fais pas attention à ta mère. Les mamans peuvent parfois se montrer égoïstes. Elles ne le font pas exprès, Dieu les met au monde pour protéger leurs enfants et quand arrive le moment pour eux de quitter le nid, elles ne parviennent pas à les laisser partir. »

Melissa acquiesce, et me sourit comme pour me remercier.

Elle désigne de l'index, derrière la vitre, ce coin de maisons toutes ramassées sur le versant de la colline qui fait un clin d'œil aux îles Éoliennes.

« Quand même, regardez comme c'est beau.

— C'est beau », dis-je à mon tour, subjugué par le souvenir. Je transpire presque en repensant au jour de notre mariage.

Le car nous dépose aux portes du village, sur un petit parking sans doute construit récemment. Melissa monte dans une voiture et m'adresse un signe de la main. Je lève la tête vers la colline, d'ici on aperçoit l'église dans laquelle nous nous sommes mariés, elle veille sur le village depuis le point le plus haut.

Je laisse ma valise à la pension où je loge et me mets en chemin à travers les champs jadis luxuriants, aujourd'hui à l'abandon. La voilà, ma maison. La vieille maison de mon enfance réduite à l'état de ruines. Je voudrais essayer d'entrer mais les ronces l'ont engloutie et le toit a cédé, le toit que mon père avait construit de ses mains en pétrissant terre et boue. Mais le soleil y tape encore, comme autrefois.

Je m'essuie le front avec le mouchoir que tu m'as brodé.

Ce matin du 8 juillet aussi il faisait chaud. Il n'était que six heures et des briques de grès montaient déjà des bouffées de chaleur si intenses que les murs dans la grande pièce où nous dormions entassés – dix frères que tu as tous connus – semblaient suinter la peinture.

« Il te va parfaitement », dit ma mère, avec derrière elle une armée de garçons curieux encore en caleçons.

J'avais loué le costume chez le meilleur tailleur du village, avec les chaussures. Il était tout noir, à l'exception d'un mouchoir en soie blanc glissé dans la poche poitrine du veston. Les chaussures aussi étaient noires. Pour être honnête, il me paraissait plus adapté à des funérailles qu'à un mariage. Le nœud de la cravate – noire elle aussi – était l'œuvre de mon père. Chez nous, c'était une coutume : le père de famille s'enfermait à clef dans la chambre à coucher, ouvrait la porte de l'armoire et faisait le nœud devant l'unique miroir de la maison ; puis il sortait, il retirait sa cravate et la cédait à son fils comme s'il s'agissait d'un passage de témoin. Fiore, l'aîné des frères, me passa de la brillantine. Il dévissa le couvercle avec précaution, y plongea les doigts, en recueillit un peu et l'étala entre les paumes en se frottant les mains. Il me peigna les cheveux en traçant une raie sur le côté gauche de la tête, d'où partait une grosse mèche qui atteignait l'autre côté. Un groupe d'invités arriva. L'église se trouvait à deux kilomètres, nous nous mîmes en chemin tous ensemble : les hommes devant et les femmes derrière. Mon père décida d'abréger le pèlerinage en prenant un chemin de terre qui coupait à travers les vignobles et les noisetiers. Nous marchâmes sous un soleil cuisant en soulevant des nuages de poussière qui nous accompagnèrent jusqu'aux portes du village, où nous rejoignîmes finalement des routes pavées. Inutile de secouer la poussière avant d'entrer à l'église, la chaleur accablante de juillet nous l'avait collée à la peau comme un second vêtement.

Je sonne la cloche du presbytère. Le prêtre se montre à la fenêtre, puis disparaît et descend m'ouvrir. C'est un homme à la carrure imposante, il vient de déjeuner, une tache de sauce ressort sur son col amidonné. Le père Carmelo me serre la main, soulève sa soutane à la recherche de ses clefs, me dit que l'église principale est désormais fermée depuis longtemps, on ne célèbre plus la messe depuis que la foudre a endommagé le toit. Il m'offre un verre d'eau, me demande d'où je viens, ce qui m'amène au village, et moi, je lui parle de nous, de notre union qui a eu lieu il y a plus de cinquante ans, précisément dans cette église qui, je te le jure, Anna, est demeurée la même. Je ferme les yeux, je marche vers l'autel et le parfum de l'encens, des cierges éteints et du bois des bancs me ramène dans ce jeune corps en sueur, à l'étroit dans un costume de cérémonie.

J'attendis ainsi longtemps. J'attendis debout, dos à l'autel et priant. Ah ! si je ne l'avais pas fait. Écoute-moi bien, je n'adressai pas mes espérances au ciel, je ne me dis pas en moi-même : « Dieu, fais qu'elle arrive. » Quelle importance que ce soit la volonté de Dieu ou la mienne ? C'est toi que je priais, je te demandais d'apparaître d'un moment à l'autre en souhaitant que ce ne soit qu'un banal retard.

Ta sœur vint, elle fit le signe de croix, affronta la longue allée la tête basse, embarrassée par les regards des invités pris d'une irrésistible curiosité. Elle me glissa à l'oreille :

« Elle ne veut pas sortir, elle s'est enfermée à clef dans le cabanon. Elle dit qu'elle ne veut plus se marier. »

Mes forces m'abandonnèrent, mes jambes devinrent toutes molles et je m'effondrai assis sur les marches de l'autel, les coudes sur les genoux et les tempes entre les mains.

Le prêtre haussait les épaules. Ma mère, assise au premier rang, agitait son éventail fleuri, les yeux fermés. Je remontai mes jambes de pantalon jusqu'aux mollets, j'inspirai tout l'air que je pouvais et je bondis comme si quelqu'un m'avait donné le coup d'envoi, je me souviens encore du claquement de mes chaussures résonnant au milieu des marbres de la nef.

Une fois sur la place devant l'église, je ralentis ma course. À droite ou à gauche ? Quel était le chemin le plus court ? À droite ! Je laissai derrière moi un quartier après l'autre, et coupai à travers champs : je sautai dans les chemins empierrés des vignobles, passai entre les terres arides et les pâturages verdoyants des Ruffo, m'engageai dans la descente derrière le domaine de Bartolo, le tailleur où tu allais pour apprendre le métier, l'ami de mon père qui me laissait entrer en cachette chez lui pour nous permettre de nous rencontrer. Il faisait le guet à la fenêtre pendant que toi et moi parlions assis de part et d'autre d'une table couverte de tissus et de draps à broder. Je ne me souviens pas de la difficulté de cette course interminable, seulement de sa raison. Tes proches s'étaient réunis devant chez toi. Ton oncle Benito me répéta que tu t'étais enfermée dans le cabanon où ton père gardait, autrefois, ses fusils de chasse. Personne n'était parvenu à te faire sortir. Je trouvai ma belle-mère assise sur une chaise en paille en train de surveiller la porte d'entrée. Une paire de chaussures blanches sur les cuisses, elle égrenait par cœur un chapelet, le regard perdu dans le vide.

Je ne lui dis pas un mot ; elle, en revanche, marmonna quelque chose, mais je n'en ai aucun souvenir. Je t'appelai à plusieurs reprises, approchant l'oreille du bois rugueux de la porte.

« Qu'est-ce que tu viens faire ici, elle ne t'a pas dit, Nina ? Je ne me marie plus. »

Je ne t'implorai pas de m'ouvrir, je voulais simplement savoir pourquoi, ensuite je m'en irais. Il me fallut endurer plusieurs minutes de silence jusqu'à ce que j'entende le verrou coulisser. Ta mère partit en remerciant Dieu et courut prévenir les autres que tu t'étais décidée à ouvrir.

Ta maison n'est plus là, elle a été démolie. Il n'en reste qu'une poignée de pierres entassées que je remets debout pour me souvenir.

« Entre, mais seulement toi », m'ordonnas-tu.

Je poussai le battant, qui grinça. Je franchis l'énorme marche de pierre et la fraîcheur me remit de la fatigue de ma course. Les murs épais tenaient la chaleur étouffante à distance. La pièce était plongée dans une demi-obscurité et dépouillée, il n'y avait qu'une table en noyer pourri – poussée contre un mur – et des outils de travail jetés pêle-mêle dessus. Je te trouvai dans un coin, assise sur un banc en bois rudimentaire. Ta robe de mariée était si longue qu'elle le recouvrait presque entièrement. Un léger faisceau de lumière blanche filtrait par la lucarne du toit et paraissait t'illuminer exprès. Entre tes mains recouvertes de longs gants brodés, tu serrais une photo.

« Mais dans quel état t'es-tu mis ? » t'inquiétas-tu, en m'examinant. J'avais les chaussures recouvertes de terre, le veston froissé, les chevilles griffées par les ronces et des feuilles de pariétaires collées à mon pantalon.

« Allons-y, Anna », c'était plus une supplique qu'une requête. Tu me fis signe de la main de venir m'asseoir à côté de toi, tu déplaças ta robe pour me faire de la place.

Trahi par la pénombre, je trébuchai dans ton voile blanc qui traînait par terre et tu ris. Je m'assis, me blottissant dans un coin, et mon regard se perdit sur le corset de ta robe. Il était si serré qu'il épousait à la perfection les formes de tes seins, de tes hanches, de ton ventre plat, c'était comme si tu étais nue au-dessus de la taille. Je t'imaginai ainsi.

« Tu me reconnais ? »

Tu désignas les personnes sur la photo. Il y avait ta sœur et toi, petites filles, avec un nœud voyant dans les cheveux et une robe décontractée. Elle était dans les bras de ta mère, toi dans ceux de ton père. Derrière vous, l'habituel fond sépia des photos d'antan.

Il n'était pas facile de te distinguer de Nina, vous êtes jumelles et, souvent, il m'arrivait même à moi de vous confondre, mais je devinai.

« Ça se voit à la lèvre inférieure bombée », dis-je, esquissant un sourire.

Tu pinças les lèvres et tes yeux verts se remplirent de larmes. Tu ne portais pas le moindre maquillage, tu étais si authentique dans ces pleurs retenus à grand-peine que je me sentis coupable de ne pas avoir pleuré avec toi.

Je te soulevai le menton de ma main. Je me reflétais dans tes yeux brillants.

« Si tu m'épouses, je ne te laisserai jamais seule. » Je t'en fis la promesse.

Tu secouas la tête.

« Le premier amour d'une fille, c'est son père », murmuras-tu, caressant les traits de son visage sur la photo.

Nous n'en avions jamais parlé mais j'étais au courant, tout le monde au village connaissait l'histoire de Peppe. Un matin de septembre, il avait disparu dans la nature et n'était plus jamais revenu. Tu n'avais que treize ans. Je t'embrassai en te promettant que nous serions amoureux et qu'avec moi tu serais heureuse.

Tu reposas la photo sur la table, au milieu de l'équipement de chasse, à côté de la petite balance qu'il utilisait pour doser la poudre. Tu étais encore sans voile. Je t'admirai pleinement comme on le fait d'une épouse qui est *son* épouse.

Tu repoussas tes longs cheveux derrière tes oreilles. Je te saisis la main et entrepris de faire un pas vers la porte, mais ce fut comme essayer de traîner un roc.

« Anna, je ne sors pas d'ici sans toi, te dis-je, en entrelaçant mes doigts aux tiens.

— Moi je serai malheureuse toute ma vie, même si tu es auprès de moi », et te libérant de ma main tu sortis la première du cabanon, me laissant derrière. Depuis lors, je n'ai jamais cessé de demeurer derrière toi.

Nous nous dirigeâmes bras dessus, bras dessous jusqu'à l'église. Je ne pris jamais au sérieux tes derniers mots dans cette baraque en pierre. Je te voulais et c'est tout. J'étais ton premier homme et je serais le dernier.

Toi, en revanche, tu avais déjà décidé qu'aucune forme d'amour ne te suffirait. Tu te nourrirais de manque.

Je l'ai compris tard, Anna, qu'il existe des personnes faites pour le bonheur et d'autres qui refusent de s'y livrer. Et toi, de cette seconde espèce, tu étais la plus courageuse.

Je parcours l'allée envahie de mauvaises herbes, de grappes de bougainvilliers qui font s'écrouler les murs en pierres sèches et débordent dans la rue comme des fontaines, je marche sur un tapis de feuilles sèches, qui craquent sous les semelles de mes chaussures, font le bruit des choses brisées que l'on ne peut réparer. La terre qui t'a élevée semble vouloir me dire cela. Alors je ralentis, je continue à grandes enjambées, j'avance souple et léger parce que je ne veux plus l'écouter. Je monte les marches englouties par la mousse, traverse la cour en progressant au milieu des ruines du cabanon et reviens finalement là où je suis venu te chercher.

Tout alentour est herbe drue et haute, j'avance en piétinant des pariétaires, des orties, évite des feuillages de fenouils sauvages en fleur qui libèrent un intense parfum d'anis. Deux oliviers desséchés et dépouillés gardent les décombres. Un battant de la porte d'entrée repose sur un buisson de marguerites jaunes que tu aimes tant. Tu les cueillais toujours. Elles ont des pétales délicats, le mauvais temps les tue, je les mets dans un vase, pour la beauté, disais-tu. Combien de marguerites écrasées, quelques-unes se faufilent encore par les trous du bois pourri. Je cueille une fleur, la mets à la boutonnière sur ma poitrine, et franchis les restes de la porte en m'imaginant entrer et te trouver assise sur le banc. Au lieu de quoi, ce sont des pierres recouvertes de mousse, des tables en bois tenant par des clous rouillés et une nuée de mouches qui bourdonnent autour de la carcasse d'un chat.

Tout à coup, j'entends des sifflements dans le lointain, des beuglements de paysan et l'aboiement frénétique d'un chien. Je regarde alentour, derrière moi un homme se fraie un chemin avec un bâton, accompagné d'un bâtard à poil long et gris.

« Qui est là ? » crie-t-il.

Le chien me rejoint, flaire mes chaussures, mes chevilles, il a un regard docile, mais alors que je tends la main pour le caresser son maître le rappelle d'un sifflement. L'homme m'étudie de ses yeux enfoncés, le visage ravagé par le soleil et luisant de sueur, le cou enveloppé dans une écharpe rouge.

« Dieu vous bénisse, dis-je.

— Dieu vous bénisse. »

Il serre les dents, se cramponne à son bâton, sa marche dans les broussailles l'a fatigué. Je sors mon portefeuille de la poche de mon pantalon, prends ta photo et la lui montre.

« Je cherche ma femme, vous ne l'auriez pas vue par hasard ? »

Il penche son visage vers la photo et plisse les yeux.

« Elle ressemble à la défunte Serafina », et il pointe le *casolare*[1] de son bâton. « Ils habitaient là, autrefois.

— C'est sa fille, vous l'avez vue dans les parages ? »

L'homme secoue la tête.

« Cette terre est abandonnée désormais, plus personne ne vient l'entretenir. »

Il propose de me ramener au village, nous remontons sur la route, où nous attend un triporteur Ape bleu. Le chien saute dans le caisson alors que nous nous serrons dans la petite cabine qui sent le moût de raisin et l'herbe fraîchement fauchée. En chemin, il me montre son domaine qui borde le tien, un lit de semence au pied d'une colline parsemée d'éoliennes hautes comme des gratte-ciel.

« Les monstres », comme il les appelle, il dit que les jours de vent fort, il a peur que les pales se détachent et atterrissent dans son champ de blé. Je passe le bras par la fenêtre, je m'imagine arracher une poignée d'épis ; enfant, j'adorais les frotter entre mes mains et compter les grains. Mon père m'enseignait ainsi les mathématiques, au milieu des champs.

Soudain, le triporteur commence à hoqueter, le moteur n'a plus d'essence et s'éteint. Nous descendons. Le chien saute au-dehors, remue la queue, renifle alentour

---

1. Maison de paysans dans les campagnes italiennes.

pendant que le paysan va chercher le bidon à l'arrière et peste lorsqu'il découvre qu'il est vide. Nous nous mettons en chemin à pied sur ses terres, parcourons un sentier aplani par la chenille d'un tracteur, sous le chaud soleil de midi et un ciel rayé de nuages longs et légers.

Nous ouvrons tout grand les portes de la grange, la lumière illumine la récolte entassée, dans l'air flottent une poussière dorée et le parfum de mes journées d'enfance.

Pendant qu'il remplit le bidon en transvasant l'essence depuis une barrique en métal, je ferme les yeux et redeviens un gamin, je marche vers le tas et me couche dessus, je nage avec les bras parmi les grains, les jambes étendues et écartées, le dos réchauffé par la tiédeur du matelas moelleux, doré et accueillant. J'entends au loin le tintement des vaches qui paissent, les sifflements de mon père, sa voix qui me cherche au milieu des champs et moi, caché, silencieux. Jusqu'au soir.

Je sens la force de la jeunesse qui revient, la force avec laquelle je combattais les monstres dans mes rêves d'enfant, je les vainquais le matin dans un bain de sueur et d'adrénaline. Et la fraîcheur des compresses de vinaigre de ma mère sur le front, lorsque la fièvre m'assaillait et que je donnais des coups de pied, furieux, en proie à des hallucinations. Le désir incontrôlable de glisser les mains dans la braise ardente de l'âtre, de marcher en équilibre sur les flancs des ravins, de prendre de l'élan, d'ouvrir les bras et de me jeter dans le vide depuis les escarpements, de plonger dans les abysses de la mer pour ne plus remonter à la surface.

Enfant, je croyais être le seul être humain qui puisse ne jamais mourir. À présent, dans le tas de grains, rien ne me fait peur, pas même la solitude, le fait que tu ne sois pas là ou que je te cherche.

Le paysan me regarde, perplexe, le bidon à la main, et tout à coup je redeviens vieux, avec mes vêtements couverts de poussière et un voyage à poursuivre.

DEUX

Lorsqu'elle ouvre les yeux, la robe est encore là. Elle s'est balancée toute la nuit sur un cintre, tourmentant son sommeil. Et elle continue à se balancer, mue par le sirocco qui dévale la montagne rouge, impétueux, parvient en aval affaibli et franchit le seuil du balcon. Un sifflement au souffle doux qui lui caresse les cheveux et s'enfuit aussitôt loin du *casolare*, sans retour en arrière.

De toutes les choses qu'elle voudrait être mais qu'elle n'est pas, ce 8 juillet 1964, Anna voudrait être ce vent.

On frappe à la porte. Nina la presse, il est l'heure.

Anna demeure muette, étendue sur un côté, les mains jointes sous la tête. De cette position, elle les voit nettement à contre-jour : depuis deux jours, une petite colonne de fourmis marche imperturbablement du balcon vers la sortie en passant par l'interstice sous la porte. Elle seule s'en est aperçue.

Une fourmi, elle voudrait être une de ces fourmis maintenant.

« Tu m'ouvres ou pas ? » insiste sa sœur.

Anna se lève, marche pieds nus jusqu'à la porte, tourne la clef dans la serrure et ouvre tout grand le battant avec le même effort qu'elle déploierait pour ouvrir la porte blindée d'une cellule.

Nina porte une robe à pois descendant jusqu'aux genoux, elle s'est maquillé les yeux et a les cheveux relevés sur la nuque en un chignon maintenu par une barrette étincelante.

« Tu es encore en combinaison ? »

Elle se désespère, les mains sur les joues. Elle tourne autour d'elle, lui arrange les cheveux dans le dos, fait une moue d'approbation.

« La coiffeuse a bien fait ça hier, ils ne se sont pas dégonflés. »

Elle lui pose fermement les mains sur les épaules et la pousse jusqu'à la robe suspendue à la porte de l'armoire. Elle lui entoure la taille, pose le menton dans le creux entre l'épaule et le cou. Elle sourit.

« Elle est belle, n'est-ce pas ? »

Anna tend la main vers la robe et en caresse un pan.

« Pour être belle, elle est très belle. » Elle laisse retomber son bras. « Mais ce n'est pas la mienne. »

Nina aussi caresse un pan de la robe.

« Quand j'y pense. J'avais payé le couturier avec l'or du baptême et maman ne m'a pas laissée la mettre à cause de la *fuitina*[1]. »

Elle secoue lentement la tête, le regard perdu dans le blanc de la robe. Puis elle frappe dans ses mains.

« On ne peut rien y faire. Maintenant tu la mets et pour moi ce sera comme si je me mariais une seconde fois. »

Elle retire la robe du cintre, la maintient contre sa poitrine et, de l'autre main, restée libre, ouvre la porte

1. En Sicile, fugue d'un couple de jeunes prétendants au mariage, afin de faire implicitement comprendre à leurs familles qu'un rapport sexuel a eu lieu, de manière à les mettre devant le fait accompli et les inciter à consentir au mariage des fugitifs.

avec le miroir et se regarde, elle bouge les hanches en étreignant la robe de mariée.

« Tu peux la mettre à ma place si tu veux, commente Anna en combinaison, toi et moi on est pareilles, n'est-ce pas ? »

Nina étend la robe sur le lit, lui ôte sa combinaison par la tête en veillant à ne pas abîmer sa coiffure.

« Bien sûr que c'est vrai. Mais tu te rappelles ? Maman nous habillait toujours pareil. Elle nous envoyait au village chercher le lait, moi en route je pataugeais dans les flaques et retournais chez nous couverte de boue. Le lendemain, avant qu'elle s'en aperçoive, j'échangeais mes vêtements sur la chaise avec les tiens restés bien propres et tu pleurnichais. Ce n'est pas ma robe, c'est celle de Nina, je le jure, tu disais. » Elle rit.

Anna lui retient les bras, respire encore sous la combinaison. Ce voile de soie qui lui couvre le visage est une cachette dont elle ne voudrait jamais sortir.

« Maman te croyait mais papa non, il savait que c'était la tienne. Il a toujours su que nous étions différentes.

— Enlève-la toute seule », tonne Nina, et elle sort du tiroir la lingerie achetée spécialement pour le mariage, elle se penche sur la robe, déboutonne le corsage et attend bras croisés qu'elle soit prête.

« Dépêche-toi. Il est tard. »

Anna entre dans la robe en passant une jambe à la fois, un bras à la fois, et Nina l'aide à se redresser, elle boutonne le corsage dans le dos, Anna chancelle, mais conserve son équilibre en agitant les bras.

« Elle me serre.

— À moi, elle m'allait parfaitement quand je l'ai essayée », la fait taire sa sœur alors qu'elle serre les dents en s'acharnant sur le dernier bouton.

Anna suit ses mouvements dans le miroir de l'armoire.

« À toi. Mais moi, je ne suis pas toi.

— Ah non ? réplique sa sœur, occupée à passer le voile sur son bras. À nous regarder, on ne dirait pas. »

Elle lui place le peigne du voile dans les cheveux, déploie le tulle dans le dos et enfin lui enfile les gants couleur perle, longs jusqu'aux coudes.

« Voilà », commente-t-elle en s'adressant au reflet de la mariée dans le miroir. Elle lui pose la main sur la poitrine, repasse des doigts la courbe de l'encolure haute et festonnée.

« D'accord pour ne pas mettre de maquillage mais le collier… je vais te chercher le mien. »

Anna se regarde dans le miroir mais ne se reconnaît pas, et pourtant c'est elle, la mariée avec son voile retourné sur les épaules, la jupe drapée, les gants brodés jusqu'aux coudes.

« Vas-y, mais appelle maman, il faut qu'elle vienne. »

Nina se donne un léger coup sur le front.

« On doit mettre les chaussures.

— Plus tard, pour le moment, va appeler Serafina. »

Lorsque Nina quitte la pièce, Anna se retrouve seule engoncée dans l'étau de la robe de mariée. Elle transpire à grosses gouttes. Ses mains cuisent dans les gants, le corsage lui comprime l'estomac comme un pressoir et les jambes, il lui semble avoir les jambes immergées dans un bourbier. Elle marche pieds nus jusqu'au balcon, se poste à la balustrade et suit du regard l'allée débouchant sur la route secondaire.

Elle n'a qu'à fermer les yeux. Si elle ferme les yeux, elle entendra le vrombissement de la moto croître avant de s'interrompre dans la cour du *casolare*. Elle entendra le grincement de la porte qui s'ouvre, le piétinement des pas de Peppe qui vient à sa rencontre, l'embrasse sur le front avec deux claquements et lui retire le peigne des cheveux, froisse le voile en le flanquant par terre, arrache les boutons de son corsage en l'aidant à sortir de la robe une jambe à la fois.

Au lieu de cela, la porte frotte sur les briques en terre cuite et un souffle d'air chaud parfumé de talc lui effleure le visage, la réveillant de ses rêveries. Serafina referme la porte, la robe noire boutonnée sur la poitrine comme un uniforme militaire, le visage moite de sueur ; elle fait irruption dans la chambre à coucher, en fouettant l'air avec un éventail qu'elle replie et laisse sur la table de chevet.

Elle met ses mains sur les hanches.

« Anna, qu'est-ce qu'il y a ? Il est tard, on y va. »

Anna ferme la porte du balcon, tire le rideau, et la lumière du jour disparaît. Elle rejoint le lit à pas lents dans la pénombre, s'assied sur le bord, soulève sa jupe, la ramasse dans ses bras et y plonge la tête.

« Grand Dieu, Anna ! » l'interpelle Serafina en poussant un soupir. Elle ferme la porte à clef, s'assied à côté d'elle, lui relève la tête et la tient entre ses mains. Elles se regardent dans les yeux.

« Mais pourquoi tu fais ça ? Pourquoi ? »

Anna secoue la tête une, deux, trois fois et Serafina lui serre les tempes en lui tenant la tête.

« Quand Dieu m'a envoyé deux filles, ton père était content. Les filles appartiennent toujours à leur papa. C'est vrai ou pas, Anna ? »

Anna acquiesce, les yeux fermés.

« Et quand un papa n'est plus là et qu'il manque un homme à la maison, qui s'occupe de deux belles filles comme ta sœur et toi ? »

Anna ne lui répond pas.

« Qui s'en occupe ? insiste Serafina.

— Un mari », répond Anna, et les mains de Serafina relâchent leur étreinte, glissent délicatement sur ses joues, les doigts fripés par les travaux de la campagne égratignent ses joues comme des épines de rose sauvage.

« Quand moi je me suis mariée, tout ce que je savais, c'est que ton père était un brave homme et qu'il était de bonne famille. Et j'ai fait en sorte que ça me suffise. »

Anna prend les mains de sa mère dans les siennes. « Mais maman, un homme, d'abord on l'aime et après on l'épouse. »

Serafina se lève, ouvre le rideau du balcon et la lumière inonde à nouveau la pièce. Elle saisit les chaussures blanches dans la boîte sur le coffre et se penche aux pieds d'Anna.

« En avant, on met ces chaussures et on y va. »

Anna courbe les pieds, agite les jambes, mais sa mère lui attrape la cheville et enfonce le pied dans l'ouverture en pointe de l'escarpin.

« L'amour vient avec les enfants », pontifie Serafina de sa voix enrouée par l'effort. Elle lui ordonne de rester tranquille, d'arrêter de ruer comme une possédée.

« Non, je ne me marie plus », se rebelle Anna, et elle repousse la chaussure de son autre pied resté nu. Serafina la ramasse, l'époussette et se penche de nouveau, d'une main elle lui tient fermement la cheville pendant que de l'autre elle enfile la chaussure de force.

« Toi, tu te maries, comme l'a fait ta sœur. »

Anna chancelle et s'agrippe au bord du lit.

« Allez, donne-moi l'autre pied », lui ordonne sa mère en cherchant à tâtons sa jambe sous la robe.

Anna rentre son pied sous la jupe.

« Moi, je ne suis pas Nina. Ma sœur a pris le mari que tu lui as choisi.

— Et tu feras pareil », proclame Serafina, et elle lui enfile l'autre chaussure, lui réarrange la jupe et la soulève du lit en la tirant par la taille.

« Regarde-toi. » Elle lui désigne le miroir dans l'armoire. « Regarde comme tu es belle. »

Anna lève les yeux vers le miroir et jamais un miroir n'avait été aussi trompeur.

On frappe. Nina demande à entrer.

Anna est sur le point d'ouvrir la bouche, mais Serafina lui fait signe de garder le silence en posant son index droit sur la bouche. Elle ferme la porte de l'armoire. Elle serre la croix qu'elle porte sur la poitrine. Elle lui prend le visage entre les mains, pose son front contre le sien et l'embrasse sur les lèvres. Anna serre les siennes, retient sa respiration et demeure sans défense. Les lèvres de sa mère la marquent au fer rouge, elles sont brûlantes comme les pinces qu'utilisent les bergers sur leurs bêtes.

« Une fille naît pour être la femme d'un homme et la mère d'un enfant. Tu as ma bénédiction.

— Maman, essaie-t-elle de dire, mais Serafina lui plaque une main sur la bouche.

— Ne me cause pas cette douleur. Ça ne suffit pas, celle que m'a causée ton père quand il m'a laissée seule avec deux filles à élever ? »

Anna serre les poings dans ses gants et l'étreint, la joue sur son épaule.

Elle n'a qu'à garder les yeux fermés pour toujours.

« On y va, maman.

— On y va, répète Serafina, et elle la regarde, les yeux humides, lui donne une tape sur la joue. Ma fille se marie aujourd'hui.

— Mais qu'est-ce que vous faites ? se lamente Nina en cognant à la porte.

— Reste tranquille, la reprend Serafina d'une voix forte alors qu'elle atteint la porte et s'apprête à faire coulisser le verrou.

— Papa n'est pas mort, il a disparu », hasarde Anna d'une traite.

Serafina demeure le dos tourné, la main sur la poignée.

« Seul compte celui qui reste, ma fille. Et personne mieux qu'une maman ne peut savoir ce qui est bon pour une fille. » Elle ouvre tout grand la porte et Nina entre en grommelant à cause de l'attente, elle tient un coffret entre les mains et plastronne. Elle soulève le couvercle sur la commode, en sort le collier de perles et le dispose autour du cou d'Anna en attachant le fermoir. Anna empoigne le collier. Elle voudrait l'arracher de son cou, il y aurait une explosion de perles qui rebondiraient sur les briques en terre cuite, rouleraient partout et elle hurlerait à grands cris qu'elle ne se marie plus. Les membres de la famille s'en iraient, le *casolare* redeviendrait désert et tout le monde saurait qu'Anna Mazzone ne sera la femme de personne.

Serafina pose les pouces aux coins de sa bouche, lui étirant les lèvres en un sourire, puis baisse le voile sur son front et lui tend la main avec un hochement de tête, en signe d'approbation. Anna, les yeux baissés, les lèvres entrouvertes semblant poser, la suit, Nina derrière elle occupée à passer la traîne sur son bras.

Dans la cour du *casolare* retentissent les applaudissements, les membres de la famille se pressent autour de la mariée et Anna, les yeux rivés au sol, cherche désespérément les fourmis dans les interstices des pierres, où sont les fourmis, quelle galerie cachée ont-elles ouverte, où est cette route que personne ne peut voir, peuvent-elles aller et venir, sortir et entrer partout, à leur guise ? Et pourquoi donc ces fourmis, le 8 juillet 1964, se sont-elles enfuies de sa chambre et pourquoi personne ne s'en est aperçu ? Et Anna, non, Anna se marie.

Une petite fille vêtue de blanc, encouragée par une femme, sort du cercle en effectuant de menus pas dans sa direction. Anna l'embrasse sur le front et un homme, un appareil photo autour du cou, arrête la marche. Nina abandonne la traîne et bondit pour prendre la pose à gauche de sa sœur. Serafina se serre à la droite d'Anna. Le photographe fait signe à la mariée de passer ses bras autour du cou de la fillette. Anna croise les bras sur sa poitrine et fixe l'objectif, immobile, parce que c'est ainsi que les photos sont prises, tu restes immobile et tu attends que quelqu'un appuie sur le déclencheur, te piégeant pour toujours dans ton moment ; le moment est le tien, ce bout de vie imprimé sur papier restera là et on dira que c'est toi, tout le monde dira que c'est toi, Anna, la mariée sur la photo.

Et ce sera un mensonge, seulement ce ne sera pas leur faute mais la tienne. La mariée sur la photo, ce sera toi.

Le photographe plie les genoux, glisse l'œil derrière le viseur, lève le pouce, et Anna prend une profonde inspiration, ferme les yeux et imagine être une fourmi qui a appris à courir et que personne ne pourra voir, et alors elle s'enfuit, elle se précipite bras tendus au milieu de ses proches, trébuche sur les cailloux, manque de tomber et, dans le flot de poussière soulevée par sa course, passe le bras sous sa robe, se débarrasse de ses chaussures et poursuit pieds nus en ignorant les voix qui l'appellent. Elle aborde la montée en terre battue sur la pointe des pieds, évite une nuée de mouches rendues furieuses par la chaleur qui bourdonnent autour d'elle et atteint enfin le cabanon. Elle pousse la porte, manque de buter sur la marche en pierre de l'entrée, avant de s'enfermer et de respirer à nouveau entre les murs frais. Elle arrache le voile de ses cheveux, ferme les yeux et efface le brouhaha des voix qui, de l'autre côté de la porte, l'implorent de sortir.

Le matériel de chasse est éparpillé sur la table, comme son père l'a laissé. Les bocaux avec la poudre, une poignée de cartouches, le trébuchet, l'entonnoir, la feuille mentionnant les doses pour le mélange.

Pendue à un clou, sur le mur derrière la table, la photo de famille encadrée.

Anna la prend, la frotte de la main et le cliché, libéré de la poussière, redevient net. Elle couvre de son doigt le visage souriant de la petite fille dans les bras de sa mère, ferme les yeux et tend l'oreille en se remémorant le bruit répété des baisers de Peppe sur son front, lorsqu'il rentrait chez eux à la tombée du jour et que Nina et elle le suivaient dans le cabanon pour ranger les fusils.

Deux claquements pour Anna, un pour Nina. Seul le son impair de ces baisers parvenait à retenir l'impulsion de lacérer le visage de la fillette qui lui ressemblait trop, et lui donnait l'impression d'être une mauvaise réplique, le second moule d'une figure identique à la sienne qui la suivait partout.

Elle serre la photo, la dernière qui soit restée après son départ.

C'était le 13 septembre 1959. Son père, ce jour-là, avait le dos tourné, occupé à ranger les fusils dans les étuis capitonnés.

« Papa, tu m'as appelée ?
— Assieds-toi, mon amour. »

Anna ramasse la robe par terre et la pose sur le banc, alors qu'une voix l'appelle au-dehors, elle la reconnaît et s'approche de la porte d'entrée.

« Qu'est-ce que tu viens faire ici, elle ne t'a pas dit, Nina ? Je ne me marie plus. »

TROIS

19 octobre 1959

La baraque est au pied de la montagne. On y accède en débarquant par le nord, où se trouve une petite jetée abandonnée. De là, la route est plus longue, il faut emprunter un sentier qui traverse toute l'île et une épaisse pinède. Depuis le sud, en revanche, on arrive directement de la mer grâce à une crique, une langue d'eau qui aboutit à une petite plage de sable fin et doré. La terre alentour paraît fertile, j'ai demandé à l'un des carriers de m'apporter des semences de pommes de terre, des graines de tomates et un plant de citrons ou d'oranges. Il ne m'a pas répondu, il a seulement hoché la tête.

Ils débarquent alors qu'il fait encore nuit. Personne ne me parle. Quelqu'un siffle, d'autres chiquent du tabac et crachent le long de la route menant à la carrière. Il y a une montée abrupte, lorsque nous arrivons, il fait déjà jour et c'est comme si nous pouvions prendre le soleil dans nos mains, tant nous sommes loin de la plage. Nous sommes tous semblables, avec notre uniforme bleu et nos bottes jusqu'aux genoux, les pioches sur l'épaule et les lampes à huile attachées aux passants de la ceinture de nos pantalons.

Nous entrons dans la galerie deux par deux, arrivons à la roche et commençons à travailler, chacun de notre côté. À la tombée du jour, nous redescendons et je les aide à pousser les barques dans la mer. Ils rament à tour de rôle, avec une force qu'ils dissimulent volontairement pour retrouver rapidement leur foyer, sur l'autre île.

Après les avoir perdus de vue à l'horizon, je retourne à ma baraque et lis un passage de la Torah. Une page par soir avant de dormir. C'est le seul livre que j'ai emporté de l'autre vie.

Et je m'endors sans faire de cauchemars, sans jamais m'éveiller, jusqu'à l'aube du lendemain.

QUATRE

Je sonne.

Une dame en peignoir m'ouvre, une serviette enroulée autour de la tête. Elle vient de se laver les cheveux, de petits filets d'eau glissent le long de son cou ridé, orné d'une alliance accrochée à une chaînette en or.

« Vous désirez ? »

Je l'informe que je cherche mon épouse, je lui montre la photo et elle me dit que tu es une belle femme, mais qu'elle ne t'a jamais vue. Elle me congédie d'une salutation courtoise et s'apprête à fermer la porte.

« J'espérais qu'elle serait passée ici récupérer quelque chose. Autrefois, cette maison était la nôtre. » Je lui parle en suivant du regard la porte qui se referme, ma voix se faufile à l'intérieur et elle rouvre.

« Attendez, je n'ai pas compris. Vous êtes venu chercher votre femme chez moi pour quoi ?

— *Signora*, si vous me laissez entrer je vous expliquerai tout. »

Elle me scrute de la tête aux pieds, nous demeurons face à face sur le pas de la porte. Je relève le col de mon manteau à cause du froid, elle, de son côté, se serre dans son peignoir.

« *Signora*, si nous restons encore ici à prendre froid, je vais finir par attraper une bronchite et vous, demain, vous sentirez vos cervicales. »

Elle me sourit, nous nous serrons la main, nous nous présentons et elle s'efface.

« Installez-vous, le vent s'est levé. »

Je franchis le seuil et marche sur le même sol de majoliques bleues aux motifs floraux qui nous accueillit en cette lointaine année 1965, lorsque commença mon ennuyeuse carrière d'employé des postes. Le directeur des postes de Syracuse m'offrit le logement qu'on lui avait attribué lors de sa nomination. Il était resté vide depuis qu'il avait fondé une famille et déménagé de l'autre côté de la ville.

Le premier jour, tu t'occupas aussitôt du ménage, lorsque je rentrai le soir c'était déjà une autre maison. Je te surpris dans la cuisine entourée de cartons remplis de poupées de chiffon. Je devais les expédier chaque semaine à Daniela, qui t'avait engagée à distance et à la pièce. Assise sur une chaise en bois, armée d'une aiguille et de fil, tu cousais la robe d'une poupée sur tes jambes. Pour te tenir compagnie, un chat noir lové à tes pieds.

« Qu'est-ce qu'il y a ? La voisine me l'a offert, elle en a beaucoup. »

Le matou ronronnait, de temps à autre il ouvrait tout grand les yeux qu'il avait différents : l'un jaune, l'autre bleu. Tu l'avais lavé, nourri, tu l'avais appelé Nello.

Je passe la tête hors du couloir, il me semble encore le voir se balader à travers les pièces avec dans la gueule un cadavre de lézard attrapé dans le jardin alors que tu lui cours après, les mains sur la tête et le tablier de cuisine noué autour de la taille.

Carmela me sert du café avec de la tarte aux pommes. J'ai la bouche pleine lorsqu'elle me prend par le bras et m'emmène dans le séjour, où elle me montre la photo de son anniversaire prise deux jours avant que Dieu ne décide de la laisser veuve.

Puis elle demeure muette, remet la photo à sa place sur le meuble et allume la lumière sur la tablette au-dessus de la cheminée. Elle fait le signe de croix.

« Moi, au moins, je peux le pleurer en paix mais vous, à votre âge, vous errez comme un jeune homme. Ça doit être affreux, on ne parvient pas à trouver la paix, n'est-ce pas ? »

Je lui demande si je peux voir le jardin. On y accède toujours par la cuisine ; depuis que son mari est mort, plus personne ne l'entretient, il est rempli de mauvaises herbes, d'orties et de marguerites sauvages. Si tu avais vu sa tête lorsque je lui ai demandé si je pouvais y creuser.

« Je vous en prie, dis-je, quelque chose à elle est enterré ici et j'ai besoin de savoir ce que c'est. »

Carmela désigne le terrain en écarquillant les yeux. « Dans mon jardin ? »

J'acquiesce, elle fait la grimace mais finit par accepter. Nous allons chercher une pelle dans le débarras et je commence à creuser.

Il pleuvait à verse. Tu éteignis la dernière braise dans la cheminée avec une cruche d'eau, fermas les fenêtres et les portes des balcons et gagnas la chambre. Tu venais de mettre le chat dans son panier, tu l'avais cherché partout et finalement déniché dans le jardin.

Suspendue à l'armoire, il y avait ta robe de mariée.

« Qu'est-ce qu'il y a, tu veux la remettre ? te demandai-je.

— Elle est tombée par terre », me dis-tu, et tu lissas la jupe de la robe, y fourras le nez comme si tu voulais respirer un souvenir qui n'était pourtant pas le nôtre, qui n'était pas le souvenir du jour où nous nous étions mariés. Même si quelques mètres seulement nous séparaient, tu étais ailleurs.

Puis le bruit sourd d'un volet claquant au vent te ramena dans la chambre à coucher.

« On ne se marie qu'une fois. Elle s'est salie. Je l'aère un peu et demain je la rapporte à la blanchisserie », me dis-tu, et tu te couchas sur un côté, recroquevillée sur toi-même, la tête touchant tes genoux.

« Seve. » Tu prononças mon nom avec peine.

« Oui ? »

Je te tournais le dos, j'actionnais la molette du réveil. Sans fil, il perdait des minutes et, le matin, sonnait toujours en retard.

« Viens, je t'attends. »

Je m'étendis sur le dos de mon côté, j'allongeai une main en t'effleurant l'épaule et tu soupiras.

« Approche-toi mais ne fais rien », me chuchotas-tu. Je te serrai autour de la taille, je t'embrassai dans le cou en te priant de ne pas avoir peur mais déjà je frémissais, je sais que tu l'as compris, tu l'as senti et tu t'es tout de suite éloignée. Tu te levas et allumas la lumière pour t'assurer que j'étais toujours habillé. Tu me regardas longtemps de la taille aux pieds, j'étais gêné, je demeurai immobile dans l'attente de pouvoir te toucher.

« Enlève ton pull », me dis-tu. Tu étais debout, le regard au loin, au-delà de la fenêtre. La pluie tambourinait violemment contre les vitres. Tu m'enlaças alors que j'étais torse nu, tu dessinas le contour de ma poitrine de tes doigts, puis tu m'embrassas sur la bouche, les omoplates, le ventre, jusqu'au nombril.

« Éteins la lumière », m'ordonnas-tu. Nos corps s'unirent dans l'obscurité et depuis lors il en fut toujours ainsi. Jamais une lumière, toujours dans l'obscurité. Il me fallut toujours t'imaginer pendant que je te touchais. Faire l'amour en remodelant ton corps chaque fois est la chose qui me manque plus que nous encore.

Ç'a dû être tôt le matin, avant l'aube, que je t'ai entendue. Tu t'es levée silencieusement, tu as quitté la chambre à coucher et tu n'es plus revenue, voilà pourquoi je suis venu te chercher. C'est la porte-fenêtre de la cuisine que tu as laissée ouverte qui t'a trahie. Je serais bien sorti avec un parapluie mais je suis resté caché derrière le rideau, à t'épier avec le chat assis entre mes pantoufles.

Tu me tournais le dos, en robe de chambre, avec tes cheveux noirs qui brillaient sous l'orage. À tes pieds, tu avais une longue boîte en bois. Tu tenais une pelle et bêchais le sol, tu creusas un énorme trou malgré l'eau qui te compliquait la tâche. Et tu enterras la boîte avec quelque chose à l'intérieur. Je n'ai jamais eu le courage de t'interroger.

Elle est intacte. Tu l'avais pliée avec soin, comme l'on fait avec une robe que l'on met de côté pour les grandes occasions.

Le corsage brodé de fleurs, la jupe vaporeuse, le voile, les longs gants couleur perle et les chaussures à talons. Luisantes, brillantes, jamais plus portées.

Je m'assieds par terre. Je regarde dans le trou. Je jure que je le vois, le jeune homme en costume de cérémonie que tu as enterré avec ta robe. Il s'est retrouvé dans cette fosse le jour où il t'a épousée, et depuis lors il n'est jamais parvenu à remonter. Je l'en sors avec ta robe blanche, avec la jeune fille aux yeux humides face à la photo de son père, la jeune fille qui ne voulait pas se marier. Je veux me les imaginer main dans la main, alors qu'ils sortent du cabanon ne portant plus leurs habits de mariage, qu'ils font un bout de route ensemble et puis se séparent, qu'il la salue en lui envoyant un baiser et qu'elle lui sourit en mimant un merci avec les lèvres. N'était-ce pas ainsi que tu voulais que cela se passe ?

J'ai mal au dos. Ma hernie discale me tourmente, tu le sais bien. La dame me tend la main pour m'aider à me redresser. Elle prend la robe.

« Je vous la mets dans un sac, ça vous va ? »

Je la remercie et lui propose de reboucher le trou. Elle m'invite à attendre, rentre dans la maison et en ressort avec un imperméable de travail.

« Je n'y pense que maintenant. C'était à mon mari, il devrait vous aller. Mettez-le, sinon vous abîmerez votre manteau. »

J'enlève mon pardessus et le passe, il me va parfaitement. Carmela pose une main sur sa poitrine et serre l'alliance passée dans la chaînette.

Péniblement, une pelletée après l'autre, je remplis le trou et aplanis la terre jusqu'à ce qu'elle revienne au niveau du reste du jardin.

« Tenez, c'est frais et sucré, ça va vous ravigoter », m'exhorte Carmela, un verre de lait d'amande à la main. Je bois avidement jusqu'à la dernière goutte.

« Croyez-moi, rentrez chez vous et rassurez-vous, une femme qui enterre sa robe de mariée ne mérite pas un mari qui la cherche. »

Je lui rends le verre. « *Signora*, séchez-vous les cheveux, vous risquez de prendre froid. »

Elle me caresse une joue, ses doigts chauds répandent de l'affection sur mon visage. Je lui remets l'imperméable et enfile mon manteau, j'emporte le sac avec la robe et retourne dans les rues de Syracuse.

Ortigia[1] conserve toujours sa lumière, une lueur rouge au milieu de la mer bleu cobalt. Les maisons couleur sable aux encadrements de portes sculptés dans la pierre, les routes terreuses, les chats couchés dans les jardinières de plantes grasses, les vieilles aux cheveux tressés en chignons impeccables assises sur le pas de la porte à fixer les touristes de passage. Les couloirs de ciel au-dessus des rues, les immeubles aux portiques abandonnés à la beauté de l'incurie, des rafales d'odeurs que le vent vole en franchissant les grilles des fenêtres des restaurants, des boutiques, des maisons. Des odeurs de citrons, de calament, de sueur, de friture et d'eau stagnante.

Et les cris des marchands ambulants qui agitent les têtes d'ails tressées, les tomates de Pachino[2], le poisson frais. Leurs voix résonnent à travers toute l'île jusqu'à la tombée du jour.

Je manque de souffle pour les imiter. Si je pouvais, je ferais pareil, je hurlerais dans les rues d'Ortigia que mon amour pour toi nous a enterrés dans un trou et que je te cherche encore pour te ramener là-dedans. Je te veux à côté de moi dans cette boîte en bois, même si c'est dans l'obscurité et sans une fente par laquelle respirer.

---

1. Petite île où est construit le quartier historique de Syracuse.
2. Commune de la province de Syracuse.

CINQ

L'interphone sonne à l'étage du dessous.

Anna ne bouge pas, elle demeure debout, les bras croisés sur le seuil du balcon dans le séjour. De l'autre côté de la vitre, une avalanche de nuages et de vent descend du ciel, s'abattant sur la mer émeraude de Syracuse. Dans la rue, un homme s'acharne avec son parapluie, l'ouvre et le referme jusqu'à ce que le vent le lui arrache des mains et l'emporte au-delà du mur. L'homme se désespère, gesticule en maugréant contre le ciel chargé de pluie. Anna, elle, sourit parce que de toutes les choses qu'elle voudrait être, le soir du 3 décembre 1965, alors que l'interphone sonne à tout rompre, elle voudrait être ce parapluie.

« Vous voilà enfin, installez-vous. On s'inquiétait pour le mauvais temps », lance Severino en ouvrant grand la porte. Les bruits de baisers résonnent dans le couloir et la voix de Nina la cherche. « Et ma sœur, elle est où ? »

Nina apparaît dans le séjour, ôte son manteau, l'abandonne dans les bras de Severino et court l'embrasser sur les joues. Carmelo aussi l'embrasse sur les joues et dépose une boîte en carton sur la table. Elle l'ouvre aussitôt, en retire une bouteille de vin rouge et la montre à tout le monde.

« Nous avons des choses à fêter », annonce Nina en échangeant un regard entendu avec son mari.

« Des choses à fêter ? » demande Severino pendant qu'il pend son manteau.

Nina embrasse Carmelo sur la bouche.

« Moi je ne lui dis pas. Fais-le, toi.

— Je vais tout de suite chercher les verres », s'empresse Severino, et Nina fait signe à Carmelo de le suivre. Tandis que les hommes bavardent dans la cuisine, Nina entraîne Anna dans la chambre à coucher. Elle ferme la porte. Elle la fait asseoir sur le lit et, lorsqu'elles sont proches l'une de l'autre, lui prend la main et la pose sur son ventre.

« Je ne te l'ai pas dit avant par superstition, mais maintenant trois mois ont passé, il n'y a plus de danger. » Elle prend une profonde inspiration et la serre étroitement contre elle. « Je suis enceinte. »

Anna ferme les yeux, le cœur de Nina bat contre sa poitrine et elle voudrait ordonner au sien de l'imiter mais elle manque d'air, les bras de Nina sont accrochés autour de son corps et elle est assaillie par la peur de ne plus pouvoir s'en détacher. Nina se marie, Anna se marie. Nina est enceinte, et Anna ? Anna non, Anna n'est encore la mère de personne. Nina ne détachera jamais ces bras, elle vivra accrochée à elle pour toujours en la contraignant à partager le même sort. Derrière sa sœur, sous la fenêtre, se détache la grande boîte bourrée de poupées de chiffon.

Une poupée, les jambes bloquées sous la montagne de *pupi*[1], le buste dépassant du bord de la caisse, semble chercher à s'évader.

1. Marionnettes du théâtre populaire sicilien représentant des personnages de l'épopée chevaleresque.

« Je suis heureuse pour toi, lui dit-elle. Mais recule-toi, tu m'étouffes.

— Ce sera un garçon, je le sens », proclame Nina. Elle approche la bouche de son oreille. « Je l'appellerai Giuseppe. »

Ses yeux brillants la trahissent. Son esprit évoque le souvenir de Peppe. Mais quels souvenirs Nina conserve-t-elle de Giuseppe Mazzone ? Anna jurerait le voir, ce Peppe dont Nina se souvient. Un imposteur qui erre paisiblement dans sa tête sans qu'elle n'en sache rien. Et le souvenir d'un homme dont on ne sait qui il était vraiment est un souvenir mensonger qu'on ne pourra jamais démasquer.

Elle lui prend la main dans les siennes. « Moi aussi je suis sûre que c'est un garçon. Et il sera beau comme papa, même plus. »

Nina lui sourit, lui glisse une mèche de cheveux derrière l'oreille.

« Et toi, quand est-ce que tu penses donner un enfant à ton mari ?

— Moi, je n'y pense pas », admet Anna, qui se lève d'un coup et se dirige vers la fenêtre. La pluie frappe fort contre la vitre embuée et, de son doigt, elle trace le profil d'un ventre arrondi. Elle se concentre sur le dessin et se remémore les soirs d'hiver où il pleuvait, Peppe avait déjà disparu et on restait à la maison parce que l'on ne pouvait pas aller dans la campagne. Elle passait son temps à dessiner des vêtements qu'elle aurait ensuite voulu coudre, mais Serafina l'entraînait à la cuisine avec Nina, qui était déjà tout enthousiaste aux fourneaux. Et l'on devait cuisiner, il fallait apprendre à mitonner les choses que mangent les hommes, autrement elles ne trouveraient jamais de mari.

« Un enfant pour mon mari. Comme si je n'étais née que pour ça. »

Nina la rejoint. Elle lui prend le visage entre ses mains.

« Regarde-moi, lui dit-elle, un enfant tu dois le faire pour toi, sans enfants les hommes s'en vont, tu comprends ? »

Anna se penche sur la caisse et en tire la poupée, la libérant de l'étau qui l'empêchait de fuir. Elle l'étudie en la retournant dans ses mains : elle est défectueuse, la couture sur le ventre est de travers et décousue.

« Moi, je ne veux pas d'enfant.

— Grand Dieu ! Anna, mais tu t'entends ? C'est un péché. Si maman était là, tu prendrais des coups de verge », éclate Nina, et elle demeure immobile, les bras croisés, à regarder dehors par la fenêtre. « Parfois j'ai la sensation que nous ne sommes pas nées du même ventre. »

Anna les scrute, Nina et elle, réfléchies dans la vitre striée par la pluie.

« Moi aussi », remarque-t-elle en disposant la poupée sur la table de chevet près de la photo de famille. Elle avance jusqu'à la porte et abaisse la poignée. Avant de sortir, elle se tourne vers sa sœur.

« Je t'en prie, ne répète pas à maman ce que je t'ai dit. »

Nina lui pose la main sur l'épaule. « Je ne le fais pas pour toi mais pour elle. Je ne lui causerais jamais cette douleur.

— Au moins là-dessus nous sommes pareilles », réplique Anna en posant la main sur la sienne.

Severino passe la tête depuis le couloir dans la chambre à coucher, les salue joyeusement en agitant la main recouverte d'un gant de cuisine.

« Alors, vous avez fini de comploter ? Le vin s'évapore.

— Je me suis trompée de mari », ironise Nina en lui faisant un clin d'œil. Elle contourne Anna comme s'il s'agissait d'un obstacle et se dirige vers le séjour et intime à son mari de ne pas commencer à manger tant que tout le monde n'est pas à table.

Severino a dressé la table avec le nouveau service de verres en cristal, au centre trône un plat avec un poulet rôti accompagné de pommes de terre et d'oignons caramélisés. Les assiettes en majolique, les serviettes rouges, le vin que Carmelo agite dans son verre, distrait par l'émission de variétés à la télévision.

Severino tend son verre de vin et le lève au ciel.

« Tous nos vœux à Nina et Carmelo. »

Tous l'imitent et alors qu'Anna s'apprête à trinquer, Nina approche son verre sous son menton, improvisant un toast entrelacé.

« Tous nos vœux aussi à Anna et Severino, qui pris ce soir par l'envie, me feront un petit neveu. »

Severino et Carmelo rient, Nina aussi rit mais elle ne boit pas, elle attend qu'Anna pose les lèvres sur le bord du verre. Mais Anna hésite : la femme devant elle, cette femme pareille à elle au bras entrelacé au sien, est tout ce qu'elle ne veut pas être. Regarde-la, Nina : épouse d'un homme et maintenant mère d'un enfant et comme elle est heureuse. Comme elle est heureuse.

Anna ferme les yeux et boit une gorgée, imitant sa sœur. Les hommes applaudissent, s'asseyent à table et Carmelo complimente Severino pour le poulet.

« C'est sûr qu'il est bon, quand est-ce que tu as cuisiné, toi qui peines à ouvrir les bouteilles des tomates pelées ? » se lamente Nina.

Après le dîner, Nina propose de faire la vaisselle, mais Anna noue son tablier autour de la taille et s'approprie l'évier, alors sa sœur insiste. Anna lave et Nina essuie. Les hommes fument sous l'auvent du jardin.

« J'ai récupéré la robe à la blanchisserie, l'informe Anna, occupée à gratter le plat à four imprégné de gras. Ce soir, tu repars avec. Je dois faire de la place dans l'armoire.

— Garde-la. Elle est à toi désormais, souligne Nina, qui frotte une assiette avec le torchon et l'empile dans le buffet. Quand j'aurai un enfant, tu me prêteras quelque chose et on sera quittes. »

Anna ferme le robinet, s'essuie les mains sur le tablier et lui caresse le visage.

« Il est tard, vous avez beaucoup de route, vous feriez mieux d'y aller. »

Nina lui pince le nez. « D'accord, mais pense à ce que je t'ai dit. Laisse tes poupées et consacre-toi plus à ton mari. »

Anna se penche, pose la tête sur le ventre de sa sœur.

« Tu as entendu maman, elle parle comme si elle était plus sage que moi. »

Nina lui entoure le cou de ses bras.

« Giuseppe, dis à ta tante que ta maman est née avant elle. Ta grand-mère raconte toujours que la sage-femme l'a vue après que j'étais née moi et qu'elle l'a tirée dehors de force parce qu'elle ne voulait pas sortir. »

Anna lui imprime un baiser sur le ventre. « Ciao, Giuseppe, grandis bien. Ta tante t'attend. »

Elle se redresse, va chercher son manteau et l'étreint en l'embrassant sur le front. « Je t'appelle demain, d'accord ? Maintenant, allez-y. »

Ce n'est que lorsque les invités s'en vont qu'Anna se souvient du chat, où est le chat ? Elle commence à le chercher dans toute la maison en alertant aussi Severino.

« Tu sais comme il est, Nello, il aime vagabonder toute la journée. Sois tranquille, il reviendra, la rassure-t-il, occupé à éteindre le feu dans la cheminée avec un pichet d'eau. Tu as regardé dans le jardin ? » lui demande-t-il, tandis qu'il s'occupe de fermer tous les volets.

Anna ouvre la porte-fenêtre de la cuisine, une rafale de vent et de pluie lui fouette le visage. Elle ouvre grand les yeux et surprend le chat dans le jardin en train de creuser un trou sous la pluie battante. Anna pense qu'il enfouit les choses qu'il déteste avec l'intention de les faire disparaître. Il a enterré la brosse, le collier avec la clochette, la couverture qu'ils utilisent pour le porter chez le vétérinaire.

Elle ouvre le buffet, prend une friandise et se penche sur le seuil de la porte-fenêtre en tendant la main vers le jardin.

« Nello, l'appelle-t-elle en élevant la voix. Allez, rentre. »

Le chat relève les yeux du trou, ses pupilles réfléchissantes brillent dans la nuit sous l'orage. D'un bond de félin il atteint la cuisine et se lance sur le biscuit comme sur une proie. Anna ferme la porte-fenêtre et soupire, les mains sur les hanches. Mouillé comme il l'est, elle ne peut le laisser se balader à travers la maison, elle l'essuie donc avec une couverture et le porte dans ses bras jusqu'à la chambre, le dépose dans son panier au pied de la table de chevet et le caresse sous le menton.

Elle passe sa robe de chambre, dénoue ses cheveux et marche pieds nus jusqu'à la salle de bains. Elle se brosse les dents vigoureusement, mais le goût acide du vin ne veut pas disparaître. Il lui semble se noyer dans le verre de Nina tandis que tout le monde applaudit et que personne ne lui tend la main pour la remonter à la surface.

Dans la chambre à coucher, elle ouvre l'armoire en quête d'une couverture chaude, en fouillant dans le fond, la robe de mariée glisse du cintre et finit par terre. Le chat saute hors de son panier et se jette dessus. Anna la ramasse à temps, un instant de plus et Nello l'aurait mise en lambeaux.

« Nello, retourne dormir », le gronde-t-elle, le doigt pointé vers le panier. Puis elle suspend la robe au bord supérieur de l'armoire.

« Où était la fripouille ? demande Severino, sur le pas de la porte.

— Dans le jardin », répond Anna, le dos tourné.

Severino met son pyjama, s'assied sur le bord du lit et soulève un coin du drap. « Qu'est-ce qu'il y a, tu veux la remettre ? »

« Elle est tombée par terre », constate-t-elle, et tandis qu'elle lisse la jupe de la robe, elle remarque une petite tache de boue. Elle est fraîche. C'est la faute du chat.

Elle frotte son doigt sur la tache, enfouit son nez dans le tissu et, l'espace d'un instant, respire l'odeur d'un souvenir, des parfums de feuilles mouillées, bourbe et gibier de l'époque où Peppe était encore là, et où Anna était libre d'être Anna.

Elle avait douze ans lorsque son père, un matin de fin août, l'emmena à la chasse.

L'étendue d'herbe sauvage après l'averse estivale reluisait sous le soleil, un pré de reflets argentés.

« Nicuzza, tu les vois ? »

Sous son chapeau vert militaire, Anna affûta son regard au-delà du chêne où ils étaient postés.

« Papa, je ne vois rien. »

Peppe tendit l'index vers un point précis et redressa le fusil.

« Regarde bien. C'est un lapin chef de bande, ce sont les plus malins, il faut attendre. »

Anna suivit la trajectoire du doigt et sourit astucieusement. Les voilà, les longues oreilles dressées cachées au milieu des touffes vertes. Antennes, prêtes à capter le moindre bruit que ce soit et à ordonner la fuite.

« Mais qu'est-ce qu'on attend ? »

Peppe ne formait qu'un avec son fusil, seul un canon brillant prêt à faire feu dépassait du tronc de l'arbre séculaire. « Un lapin, tu le tues à l'ouïe. Il sait qu'on est ici. Tôt ou tard il se fatiguera et sortira à découvert. »

Un bruissement, une rumination dans l'herbe et l'animal s'enfuit vers le fourré au-delà de la plaine herbeuse. Peppe tira un coup sec qui toucha sa cible. Le bruit sourd retentissant, l'odeur de bois brûlé et de soufre de la poudre, sur leurs têtes tomba une bruine légère tandis qu'une nuée de martinets prenait son envol, abandonnant les branches du chêne qui leur faisait de l'ombre au-dessus de la tête.

Anna courut, fendit l'herbe de ses fines jambes, enfonça ses bottes dans la terre molle et boueuse. Le lapin, un mâle adulte au pelage brun et au museau blanc, râlait encore lorsqu'elle le saisit par les oreilles et le rapporta en souriant.

« Comment tu as fait pour le prendre avec un seul coup ? » Peppe fourra le gibier dans un sac en toile de jute, glissa la main dans la poche de son gilet où il conservait les cartouches et rechargea le fusil.

« J'ai été soldat. J'ai appris à tirer durant la guerre. Viens, je t'apprends. »

Anna s'approcha, fixa l'arme de ses grands yeux. Elle secoua la tête.

« Les filles ne tirent pas. »

Peppe fronça les sourcils, posa le fusil au pied du tronc noueux et robuste, s'agenouilla face à Anna, enduisit un de ses doigts de salive et effaça une tache de boue sur son visage.

« Et qui a dit ça ?

— Tu as déjà vu une fille aller à la chasse ?

— Tu es Anna, et Anna peut faire tout ce qu'Anna veut faire. Anna est libre, et il reprit son fusil en main. Alors, tu veux tirer ou non ? »

Anna regarda autour d'elle, tendit les mains et essaya d'empoigner le Winchester.

« Tiens la crosse du fusil contre ton épaule, mais fais attention, il doit être bien serré, coincé sous l'aisselle, sinon tu risques de te faire mal avec le recul. Les pieds doivent être écartés à la largeur des omoplates, la main avec laquelle tu écris sur la détente, l'autre sur la tige sous le canon. Maintenant, appuie la joue sur la crosse du fusil, comme sur un oreiller avant de dormir. »

Anna retira sa joue de la crosse et secoua la tête.

« N'aie pas peur, je suis derrière toi, on le tient ensemble, la rassura-t-il tandis qu'ils étaient à nouveau postés dans l'attente d'une autre proie.

— Quand je tire, je vise et je ne vise pas, je suis mon instinct, quand le lapin a bondi dehors, j'ai senti un frisson et j'ai appuyé.

— Un frisson ? répéta Anna, la moitié du visage contre la crosse du fusil et le doigt à un poil de la détente.

— Un frisson », insista son père.

Anna aligna la mire, son cœur battait dans son doigt posé sur la détente. Le fort parfum de l'après-rasage de Peppe lui piquait les narines, alcool et menthe, la chaleur de sa poitrine lui réchauffait le dos. Elle l'entendait respirer derrière elle, un léger souffle qui lui chatouillait l'oreille droite. Elle devait se détendre, respirer avec lui, à l'unisson.

Et attendre.

Quelque chose remua dans l'herbe, où deux oreilles dressées se montrèrent.

« Maintenant », lui intima son père. Mais Anna n'appuya pas sur la détente. Elle releva la tête de la crosse et lui mit le fusil dans les bras.

« Anna ne doit faire que ce qu'Anna veut faire. Anna est libre. »

Elle frappa fort dans ses mains et le petit lapin, peut-être en quête de sa mère qui n'était jamais revenue, disparut dans le fourré.

Peppe acquiesça. Il lui sourit. Il l'embrassa sur le front avec deux claquements.

« Bravo, amour de papa ! »

Une fenêtre bat au vent et le visage d'Anna émerge à nouveau de la robe.

« On ne se marie qu'une fois. Elle s'est salie. Je l'aère un peu et demain je la rapporte à la blanchisserie. »

Le goût du vin a disparu, remplacé par celui de la menthe. Elle s'enfouit sous les couvertures, se blottissant entre la tête et les genoux.

« Seve.

— Oui ? répond-il, occupé à régler le réveil pour le lendemain.

— Viens. Je t'attends. »

SIX

20 février 1960

Les premiers temps, je coupais toujours les fruits en moitiés. Je les partageais en deux. Parfois en trois. Puis j'en ai pris l'habitude. J'attrape une orange, mords dedans et la mange entièrement. Il y avait longtemps que je n'avais plus mangé une orange entière.

Il y a quelque temps, j'ai demandé au contremaître qui m'apporte les provisions une fois par semaine d'embarquer pour moi un couple de poulets et une lapine gestante. Alors la rumeur selon laquelle j'étais dans le besoin s'est répandue et chacun d'eux a pris l'habitude de me faire cadeau de viande fraîche enveloppée dans des tissus que je lave et utilise pour rapiécer mes vêtements. La mer me les consume. Les vêtements et les dents.

C'est de l'épaule de veau, c'est ma femme qui te l'envoie, ce sont des pâtes d'amande, c'est ma fille qui les fait. Je les remercie tous, mais en me détournant. Je rends la pareille avec ce que je cultive, maintenant j'en ai en abondance. Pommes de terre, citrons, tomates et aubergines, oignons, fèves. Ici poussent aussi les bananes, elles sont âpres et petites mais très savoureuses. Ils me remercient à leur tour et m'invitent même sur l'autre île. Je ne réponds jamais, avec le temps ils ont compris qu'il ne faut pas parler beaucoup avec moi et personne ne me demande jamais rien. Ils savent que je m'appelle Peppe, et cela suffit.

Les soirs sont tous pareils. Je remplis un broc dans le puits derrière la baraque, rentre chez moi et mange assis sur un banc devant une cuvette et rien d'autre. À l'intérieur, le vent siffle de toute part, même si j'ai renforcé le toit, les poutres et la porte avec du bois. Ma maison est faite de murs en bois, elle a un buffet en bois, une table, une salle de bains avec un vase de nuit et une bassine. J'ai une fenêtre avec une vitre rayée, un lit de camp à ressorts et un coin cuisine à bois qui me chauffe correctement. Tout est comme lorsque j'étais enfant, et on vivait de rien.

Je n'ai pas de photos, pas d'objets, pas de parfums, pas de vêtements de l'autre vie. Je suis serein, je sens que je commence à disparaître. Je n'oublie pas, je ne peux pas, mais je disparais.

La mer m'aide, lorsque le souvenir me tourmente je prends une pierre et je la jette dans l'eau. Et la mer l'engloutit sans me la ramener.

J'ai jeté une pierre par jour, quelquefois même deux.

L'île est petite, je l'ai parcourue de part en part. On dirait une Sicile minuscule sans personne.

Au sud, elle est plate, la terre est sableuse et de la couleur du gravier, rien ne pousse, j'ai néanmoins pensé y planter une petite vigne. La partie nord a des côtes élevées et rocheuses, des collines impraticables envahies de ronces hautes comme des arbres et des pins, il y a des pins dont on dirait, à les regarder de la plage avec leurs frondaisons, des bouches qui sortent des bois en quête d'air.

Il nous arrive souvent d'apercevoir des lièvres en montant à la carrière. Un matin, un jeune homme sec aux cheveux roux a emporté un fusil. Il avait tiré une fois avec cette arme. Rien ce matin-là et rien le matin d'après ni les suivants. Le lièvre désormais avait rendez-vous exprès pour se moquer de lui. Il le voyait, se levait sur deux pattes, montrant fièrement sa poitrine, et bondissait comme l'éclair. Et celui-là tirait en l'air. Nous riions tous, moi compris, qui ne ris plus jamais depuis que je suis ici. Puis un jour, je lui ai fait signe de me passer le fusil et il me l'a donné sans un mot.

« Je m'appelle Mimmo, m'a-t-il dit.

— Mimmo, qu'est-ce que tu utilises comme cartouche ?

— Calibre douze, culot huit millimètres. »

J'ai acquiescé, chargé le fusil et le lièvre a fait de même avec moi, il me considérait effrontément, la poitrine bombée et les oreilles dressées. À un moment donné, il a dû comprendre que je n'étais pas lui. Les animaux le sentent lorsqu'un chasseur peut vraiment les tuer et ils prennent peur, c'est pourquoi il a commencé à courir et, en proie à la panique, a commis l'erreur de descendre vers l'est, où la végétation est moins dense. Un angle parfait pour un coup parfait. Je l'aurais eu.

Mais je n'ai pas tiré. Je lui ai rendu le fusil.

J'ai dit au jeune homme que pour chasser il faut avoir recours à l'instinct, que pour tirer la vue ne suffit pas, qu'il faut attendre le frisson et que le frisson on le sent de façon inattendue sur le doigt, que c'est lui qui commande d'appuyer sur la détente. Et moi, je n'ai pas senti le frisson.

« J'aurais seulement gaspillé une cartouche, il allait trop vite », lui ai-je dit.

Je n'aurais pas dû épauler ce fusil.

Pendant deux jours, j'ai jeté plus de vingt pierres dans la mer et il me semblait les voir flotter et ne jamais couler.

Avec les orages, la mer est agitée et ils ne viennent pas, je porte les lapins et les poules à la maison, j'allume la lumière et je passe mes journées à lire la Torah. Je relis les pages des jours précédents tant qu'il ne fait pas trop sombre et que je peux continuer.

Une nouvelle page par soir, avant de dormir.

Le dimanche, en revanche, me fait encore mal. Lorsqu'il arrive, je monte à la carrière et me mets à travailler jusqu'à ce que mes bras me lâchent et que la pioche me tombe des mains.

Je redescends à la baraque lorsqu'il fait déjà nuit et ne me nourris pas.

Mais aujourd'hui j'ai pris une décision : le dimanche n'existe plus. Je suis un homme libre et je peux le retirer des jours de la semaine. À sa place, il n'y aura pas de jour, seulement la lumière et la nuit, c'est tout. Sans montre, sans argent et sans fêtes religieuses, même le temps n'est plus souverain.

Je sais, un lâche comme moi ne mérite pas la liberté. Seulement, je n'ai pas pu, il fallait un courage que je n'ai pas eu.

Mais il faut quand même du courage pour s'enfuir et ne plus revenir, pour essayer d'être quelqu'un d'autre tant qu'on est encore en vie.

SEPT

Mon portable sonne : c'est Antonio.

Avant de répondre, j'ôte mon Borsalino, je me tamponne les tempes avec mon mouchoir et je reprends mon souffle sur un banc.

« Finalement le miracle s'est produit, commence-t-il. Mais on peut savoir pourquoi tu ne me réponds pas ?

— Je te réponds, là.

— Papa, il n'y a pas de quoi plaisanter. Tu as disparu. »

Quand il est fâché, ton fils a la même voix irritée qu'il avait adolescent, lorsqu'il était troublé.

« Antonio, tu sais bien que je ne manie pas toujours correctement mon téléphone. Peut-être que j'ai appuyé sur de mauvaises touches. Ajoute à ça que je suis à moitié sourd et voilà.

— Tu ne sais même pas utiliser le téléphone fixe ?

— Tu m'as appelé pour me faire subir un interrogatoire ou parce que tu te faisais du souci ?

— Papa, où es-tu ? »

Je lève la tête vers le promontoire. La lumière est aveuglante, le soleil se lève derrière le campanile du sanctuaire.

« À Stromboli, où veux-tu que je sois ?

— Tu nous as fait peur.

— Tout va bien. Je fais les courses à Piscità », dis-je, et je me lève du banc pour affronter la fin de la montée. Le but approche et j'ai l'impression d'être un des nombreux pèlerins parvenus jusqu'ici d'on ne sait quel coin reculé de Sicile pour honorer la Vierge noire.

« À pied jusqu'à Piscità ? La météo annonçait de la pluie et des orages à Stromboli.

— Chez toi à Milan peut-être, ici le temps est merveilleux. »

Je porte le regard au-delà des garde-fous verts qui bordent la route, sur les férules penchées à cause des escarpements pour observer le ciel, les figuiers de Barbarie perchés sur les arêtes qui escaladent le promontoire, et les coins de mer visibles entre les oliviers, les rangées de pins, les vestiges de l'ancienne enceinte recouverts par un épais maquis sempervirent.

Tindari[1] est demeurée aussi sauvage que dans mon souvenir.

« Garde ton portable à portée de main, s'il te plaît », dit-il.

Mais écoute-le. Et dire qu'il t'envoyait au diable lorsque tu lui reprochais de traîner avec ses amis et de ne pas répondre au téléphone.

« Je dois entrer dans le magasin, dis-je.

— Papa, depuis que c'est arrivé, tu t'obstines à rester dans cette maison à l'attendre en vain et tu sais bien ce que j'en pense. »

J'entends sa respiration bruisser dans mon oreille. Un demi-sourire m'échappe.

---

1. Localité de la commune de Patti dans la province de Messine.

« Antonio, nous en avons déjà parlé : je n'irai pas à Milan. À mon âge, l'espoir est une perte de temps que je peux m'accorder sans conséquences. »

Je raccroche en prétextant que je vais entrer dans le magasin.

Parler et marcher m'a de nouveau essoufflé.

Ici au sommet – j'y suis parvenu – soufflent des courants permanents, des vagues d'air se brisent sans cesse contre la montagne. Une mer de vent, le ciel de Tindari.

Nous déménageâmes ici alors que tu étais enceinte de trois mois. L'année précédente, tu m'avais convaincu de faire la demande de rapprochement pour rester à côté de ta mère. Le hasard voulut qu'après la nouvelle de ta grossesse arrive un appel téléphonique de la direction : il manquait un guichetier à Tindari.

À peine descendue de la voiture, tu posas la main sur ton ventre.

« Seve, je veux bénir l'enfant. »

Les bagages sur les épaules, je t'accompagnai visiter le vieux sanctuaire, un prêtre boiteux à la longue barbe blanche et broussailleuse vint à notre rencontre.

« Vous ne pouvez pas entrer avec les sacs. »

Je les laissai en dépôt au petit bar en face, devenu un établissement moderne avec une enseigne lumineuse où clignote le mot « restaurant ».

Tu t'agenouillas devant l'autel avec un groupe de fidèles, le prêtre vous bénit avec le goupillon et tu prias avec eux, en chœur. Je me tins en retrait, à l'écart, à te regarder de dos. Tu étais si frêle, on pouvait te saisir presque d'une seule main d'une épaule à l'autre. Tes os fragiles supporteraient-ils le poids d'un enfant qui grandirait de jour en jour ? J'aurais préféré te porter dans mes bras pendant les neuf mois. La nuit, tu commenças à vomir, je t'entendais depuis la chambre à coucher et attendais éveillé que tu reviennes à côté de moi. Tu te couchais épuisée, t'endormais en te massant le ventre et en haletant à cause de la fatigue. Le jour, tu ne faisais que manger. Tu mangeais et vomissais. Lorsque je rentrais déjeuner, c'était un festival d'odeurs : tu faisais frire les légumes, cuisais le *ragù*, mettais au four des plats de pâtes que nous n'aurions pas pu terminer même si nous avions invité tous les habitants de Tindari. Les voisins t'adoraient, tu étais la cuisinière du quartier et lorsqu'elles surent que tu étais enceinte, les vieilles se mirent à tricoter.

Mariuzza, la femme du marchand de primeurs, lisait les tarots et te prédit que ce serait une fille.

La place du sanctuaire est bondée de gens qui picorent des friandises dans des sachets en papier, une bande d'enfants entoure un homme tenant un poney avec une longe, ils le montent chacun à leur tour pour une photo sur le cheval nain à la crinière blonde.

Je m'approche d'un agent de police, la cigarette au bec, reconnaît-il la femme sur la photo ? Il hausse les épaules, souffle un nuage de fumée et fait des gestes en direction d'une voiture apparue soudain sur la place.

Je me promène le nez en l'air, enivré par l'odeur des *arancini* tout juste frits – les paniers des friteuses encore bouillantes de la rôtisserie en face du sanctuaire doivent ruisseler d'huile – et des petites pizzas aux sardines et aux légumes grillés. Les *siminzari*[1] tendent sous les auvents des étals les petites pelles pleines de *calia e simenza* et de bonbons, vantant la marchandise aux passants en dialecte catanais.

---

1. Personnage typique du folklore sicilien.

Je goûte les noisettes au miel, et laisse fondre en bouche le *cannellino* blanc, sucré jusqu'à la nausée.

« Vous avez vu passer cette femme ? »

Personne ne l'a vue, je me réchauffe les mains auprès des paniers des petites bétonnières qui mélangent les pois chiches cuits dans le sable, en dégageant des bouffées de chaleur semblable à celle, étouffante, de l'été. Je piétine des coques de pistaches, de cacahuètes et des petits bâtons de barbe à papa jusqu'au perron du sanctuaire, où je repose la question à un frère qui distribue des images de la Madone aux pèlerins. Je m'effondre sur une marche, Tindari est une foule qui secoue la tête, tout le monde secoue la tête lorsque je demande s'ils t'ont vue. Assise dans un coin, enveloppée dans une couverture effilochée, une jeune fille avec un bonnet de laine sur la tête dessine sur un carton léger couleur ivoire. Je me lève pour jeter deux pièces dans la corbeille à ses pieds, je ne veux pas de portrait mais elle insiste, vient à côté de moi, tend le menton vers la mer, mimant la posture dans laquelle je dois poser. Elle me veut de profil, le regard tourné vers le golfe. Elle dispose mon Borsalino un poil au-dessus de la racine des cheveux, je dois glisser les mains dans les poches de mon manteau. Elle change de carton, taille son crayon et commence à tracer des lignes, le visage penché d'un côté et ses yeux clairs passant rapidement du dessin à ma silhouette.

Je reste ainsi immobile, debout, entre les mains d'une inconnue qui m'empêche de te chercher et je me sens pris au piège, je me sens vieillir à vue d'œil tandis que je reste prisonnier de son crayon. Jusqu'à présent, je n'avais jamais vraiment pensé à mon âge, c'est désormais le cas, j'en sens le poids, et la peur d'avoir perdu quelque chose en route m'assaille.

Que n'ai-je pas fait que j'aurais dû faire ? Ai-je des remords ? Je ne sais pas. Dans mes souvenirs, il n'y a qu'Anna. Ses choix et ses désirs ont toujours été ma seule boussole.

La jeune fille m'a dessiné sans une ride.

Peut-être son âme d'artiste a-t-elle reconnu sous la peau les traits du jeune Seve avant Anna. Seve qui passait ses après-midi à démonter des moteurs de tracteurs et à bricoler les Vespa de ses amis, Seve qui rêvait de devenir mécanicien chez Ferrari avant de finir dans un bureau des postes à compter des billets.

Elle roule le carton, lie un ruban rouge autour et me le remet en me faisant un clin d'œil.

« Encadrez-le, si vous le laissez roulé il finira par s'abîmer.

— Comment tu t'appelles ? » je lui demande. Je ne suis pas parvenu à lire la signature au bas du portrait.

« Elisa.

— Elisa », je répète. Je lui dis qu'elle est douée, mais pourquoi n'indique-t-elle pas de date sur ses dessins ?

Elle redresse son bonnet de laine, se serre dans sa veste jaune, son nez coule à cause du froid.

« Qu'est-ce que le temps a à voir avec les peintures ? Les peintures se fichent pas mal du temps.

— Les peintures », me dis-je tout bas.

Il pourrait bien s'agir d'un banal tremblement de la jambe, mais après les paroles d'Elisa quelque chose semble s'agiter dans la poche intérieure de mon manteau où je conserve le portrait. Je la salue, m'éloigne et glisse la main dans la poche, je tâte le rouleau et crois un instant que c'est lui.

Elisa a redonné vie à un autre Severino. Qui n'est pas moi mais qui aurait pu l'être.

Le soleil est sur le point de se coucher, je bois un café debout au comptoir d'un stand, je m'apprête à partir lorsqu'un petit garçon, d'un peu plus d'un mètre, tend le bras pour tenter de saisir une bouteille d'eau sur le comptoir. Alors que je regarde ses petits doigts s'avancer vers la bouteille, le coup de sifflet retentissant d'un agent de police qui gesticule contre une voiture s'insinue dans mes oreilles. C'est la douleur qui m'appelle, le souvenir de ce que nous avons perdu en ce lieu saint. Je connais le chemin. Je m'engage dans la rue qui monte au théâtre grec et le bruit de fond des voix s'atténue, les parfums de la fête s'évanouissent, les pins bruissent, le vent siffle à nouveau dans les fentes de la main courante et les interstices des ruines en pierre.

Rien que le vent et le silence.

Je marche en chancelant, les yeux mi-clos, sinon je te revois et je ne veux pas, je n'en peux plus.

Dehors il faisait sombre et tu étais debout, pieds nus, en combinaison et les mains serrées autour de la rampe.

« Anna. » Je te touchai le bras. « Tu vas bien ? Le drap… » Tu me clouas la bouche de tes doigts, je sentis le goût métallique du sang sur mes lèvres.

Tu me saisis le visage entre tes mains, tu grinças des dents, tu m'écrasais. Je subis immobile ta rage en serrant les paupières. Je figeai mes pleurs et un nœud de larmes glacées demeura coincé dans ma gorge. Tu lâchas prise de fatigue, courus à la maison et refermas la porte derrière toi en poussant un hurlement.

Je n'eus pas la force de te poursuivre. Je sentais le sang de notre fils pénétrer sous ma peau, envahir les traits de mon visage, je me touchai, convaincu d'avoir une autre figure. Je laissai cela s'assécher tout seul, avec la brise tiède de mars qui montait de la mer et sifflait entre les rochers de Tindari.

Je rentrai à la maison et me couchai à côté de toi, les joues encore sillonnées de rouge. Tu étais nue, j'essayai de t'étreindre, je te dis que nous aurions dû appeler un médecin, tu te retournas d'un coup en me lançant un regard débordant de haine.

« Laisse-moi en paix. »

Je t'aimais davantage, et toi, tu étais en train de me haïr.

« Je suis désolé », murmurai-je d'un filet de voix. Tu te retournas sur un côté, éteignis la lampe sur la table de chevet et tiras le drap que tu enroulas autour de ton ventre, comme si tu voulais couvrir une honte.

La maison est entourée d'un filet en plastique orange, je me penche légèrement, et en relève le bord de mes mains. Dans le jardin, une bétonnière, des seaux maculés de ciment, des bidons de peinture encore scellés. La tonnelle en bois, bien qu'en mauvais état, résiste encore, et fait de l'ombre sur la table en Formica que nous dressions les jours d'été. Repliée contre le mur, près de la porte d'entrée vitrée, la chaise longue en tissu ligné et rouillée. Combien de mots croisés ai-je fini avec toi assise entre mes jambes, ta tête sur ma poitrine, tes cheveux me chatouillant les lèvres lorsque tu somnolais et bougeais en quête d'une position plus confortable. Le balcon où tu étendais le linge s'est écroulé, il ne reste que la balustrade attachée à la façade, une balustrade suspendue dans le vide.

Au bout de la rue, je distingue la silhouette d'une femme assise sur le seuil de sa maison. Je m'approche, soulève mon Borsalino.

« Dieu vous bénisse.

— Dieu vous bénisse. »

La vieille femme, voûtée dans un fauteuil roulant, a les paupières fermées et tend une main vers moi en tâtonnant dans l'air. Elle est aveugle, je m'en aperçois juste à temps, avant de sortir ta photo de ma poche.

Une jeune fille arrive, débouchant du rideau de perles à l'entrée. Elle doit avoir à peine plus de seize ans, le visage parsemé de taches de rousseur, elle me sourit, découvrant une canine avec un de ces petits brillants que les jeunes se collent sur les dents. Elle me fait signe que la vieille dame est aveugle en se couvrant les yeux de la main. J'acquiesce.

La vielle tousse, tamponne ses lèvres tombantes avec son mouchoir de soie serré dans son poing.

« Giuseppina, c'est qui ?

— Un monsieur de passage, grand-mère. Il s'est arrêté pour te saluer.

— Et qu'est-ce qu'il veut ?

— Rien, *signora*. Je me trouvais dans le coin et je suis venu revoir la maison d'à côté. J'ai été guichetier pendant longtemps à Tindari. Ma femme et moi, on habitait là autrefois. »

Le visage renfrogné s'épanouit en un sourire édenté.

« Viens ici », me dit-elle, de sa voix rauque et brisée. Lorsque je me penche vers elle, elle me susurre mon nom à l'oreille.

« Vous me connaissez ? »

Elle me tapote la joue.

« Mariuzza n'oublie jamais personne. »

Nous nous étreignons fortement, Mariuzza et moi. Giuseppina m'apporte une chaise. Je m'installe et lui demande comment elle va, je lui dis qu'elle a une belle petite-fille et nous retournons ensemble dans le passé, à l'époque où elle sonnait à la porte, me remettait des caisses d'oranges sanguines, de laitue, de tomates rouges grosses comme des boules de pétanque. Je lui rappelle les fois où elle restait pour me défier à la *briscola*, où entre une partie et l'autre, nous remplissions nos verres de son limoncello fait maison. Elle avait une mémoire impeccable même éméchée, à la moitié de la partie elle savait déjà quelles étaient les cartes encore dans le talon.

Elle rit de bon cœur. Son front se plisse et se déride alors que ses yeux tremblent sous ses paupières. Elle semble en proie à un rêve. Elle se penche en avant, cherche mon visage en tendant les bras et, lorsqu'elle le tâte, unit son front au mien et je suis léger, je flotte dans le vide, elle vole quelque chose dans mon esprit qui, l'espace d'un instant, ne forme plus qu'un avec le sien.

« Qu'est-ce que tu es venu faire ici, elle n'est pas là, me dit-elle à voix basse.

— Comment sais-tu que je la cherche ?

— Je le sais, c'est tout. Les cartes me font confiance.

— Alors, dis-moi où elle est, demande-le aux cartes. »

Elle envoie sa petite-fille dans sa chambre, pour prendre le paquet enveloppé d'étoffe noire. En attendant, elle commence à marmonner quelque chose pour elle-même et le soleil pâlit derrière un banc de nuages, la rue se vide, seuls restent les derniers visiteurs de retour du théâtre, un passant, et bientôt tout alentour est désert. L'espace d'un instant, je crois que c'est elle qui a fait en sorte que cela se produise.

Giuseppina revient avec un plateau, retourne le paquet, en sort les tarots et dépose le plateau avec le jeu sur les jambes de sa grand-mère.

« Dis-le, toi, à Severino, où est sa femme », annonce-t-elle en s'adressant aux tarots, elle mélange le jeu de ses mains osseuses et tavelées par la vieillesse comme les miennes.

Elle semble s'assoupir pendant une poignée de secondes avant de les répartir sur la table improvisée. Elle les retourne, en effleure la surface du bout des doigts, une par une. Son visage se contracte, elle émet un son qui ressemble à une plainte.

« Les cartes ne parlent pas. »

Elle repose les tarots dans le paquet en les mélangeant avec soin, elle me cherche d'une main et je la lui serre.

« Tu veux un petit verre de limoncello ?

— Tu le fais encore ? C'était une merveille.

— Je n'ai pas besoin de mes yeux pour peler les citrons. »

Giuseppina entre dans la maison et revient avec un petit verre rempli de liqueur. Mariuzza tend la main dans l'attente du sien.

« Grand-mère, tu sais que ça te fait du mal. C'est trop sucré », lui rappelle sa petite-fille.

Mariuzza grogne. « À quatre-vingt-dix ans tout me fait du mal. Même respirer. Remplis-le bien. »

Nous le sirotons alors que le soleil s'est désormais couché et que la lune, enveloppée d'une légère brume, blanchit le ciel. La lumière nivéale reflétée dans le golfe s'étend sur la mer comme une voie de chemin de fer argentée abandonnée qui s'interrompt au bout de Capo Milazzo, pleine de lumières artificielles jaune orangé. La cécité de Mariuzza, son incapacité à me voir tel que je suis maintenant, vieilli et affaibli par la solitude, me transporte dans ses souvenirs où je suis resté jeune, avec encore une vie devant moi. J'aimerais ne plus jamais me lever de cette chaise, demeurer ici parce que tant que je reste à côté d'elle, le temps ne peut pas me faire de mal et rien ne me fait peur, pas même le fait que tu ne sois pas là et que je te cherche.

« Severino, personne ne s'enfuit s'il veut rester, retourne chez toi, écoute-moi », me recommande Mariuzza avant de nous faire nos adieux.

Je parviens à l'arrêt du car entouré de rideaux de fer baissés avec des présentoirs vides, il n'y a plus grand monde dans les rues, un vagabond fouille dans une benne à ordures, une chouette hulule, posée sur un fil électrique.

Je monte dans le dernier car de la journée et me cramponne à une poignée accrochée au plafond. À côté de moi, une petite fille dans les bras de sa mère tend la main pour me voler mon chapeau.

Je lui tire la langue, je fronce les sourcils et elle prend peur. Elle a raison, les vieux font peur, cela m'arrivait à moi aussi lorsque j'étais enfant.

Alors je lui souris, j'improvise une salutation galante en soulevant mon Borsalino.

« Agata, fais coucou au monsieur », l'encourage sa mère. Qui sait si c'était vraiment une fille. Nous ne sommes pas même parvenus à la pleurer correctement, notre petite. Pas un visage, pas une physionomie, pas un corps dont se souvenir. Un parfum. Un caillot de sang qui aurait pu exister mais n'a pas existé. Pourquoi Dieu n'a-t-il même pas voulu nous laisser souffrir en paix ? Regarde comme elle est belle, Agata, avec ses cheveux noirs bouclés et sa minuscule bouche couleur cerise, alors qu'elle agite sa petite main.

Le chauffeur ouvre les portes. L'appel d'air, les marches, l'esplanade où j'attendais ta mère. Elle arrivait du village par le car de treize heures.

Elle descendit les bras encombrés de deux énormes paniers en osier couverts de torchons, vêtue de noir, les lèvres serrées et le regard perçant, me cherchant parmi la foule. J'allai à sa rencontre, je m'approchai pour l'embrasser sur la joue, mais elle me tendit un panier et me fit signe de la main d'avancer.

« Elle mange ? »

Je lui répondis que non, tu mangeais peu, cela faisait dix jours que tu n'étais plus sortie de la chambre et je me mis à lui expliquer la nuit où tu avais perdu l'enfant, le drap souillé de sang, elle fixait sévèrement le sanctuaire, hochait la tête et tordait la bouche en retroussant le nez.

« La Madone n'aurait pas dû me faire ça. »

Elle arriva chez nous éprouvée, en nage à cause du voyage. Elle s'essuya le visage de son mouchoir froissé dans sa manche, nous nous employâmes à entasser dans la cuisine la ricotta, le lait, les œufs, les steaks enveloppés dans des sacs en plastique dégoulinant de sang. Elle me demanda seulement une assiette, de l'huile d'olive et du sel. Elle se chargea du reste elle-même. Elle remplit l'assiette d'eau, y mit à flotter deux feuilles d'olivier bénites, qu'elle croisa.

Elle frappa à la porte de la chambre à coucher.

« Toi, reste dehors », m'ordonna-t-elle.

Au moment de sortir de la chambre, tu semblais prise au piège dans un cocon. Tu paraissais embaumée dans une chemise à la longue ligne de boutons qui te serrait la poitrine jusqu'au cou. Tu avais les cheveux tirés en arrière, maintenus par une pince en forme de poisson. Tu avais une main posée sur ton ventre. Ton parfum remplit la pièce d'une note de jasmin qui couvrit les odeurs de cuisine.

« Maintenant on mange », dit Serafina après avoir dressé la table, et tu acquiesças en t'asseyant à la table comme une fille obéissante. Tu ne me prêtas pas la moindre attention, tu saisis un quignon de pain et tu le dévoras. Une main dans la bouche, l'autre toujours sur ton ventre.

« Ce matin, Daniela est passée nous dire au revoir. Elle part à Turin », annonças-tu.

Je tendis le bras pour t'atteindre. Je te serrai la main cachée sous la table.

« Mais comment ? Et ton travail ? »

Tu me souris. Tu me donnas un baiser sur la bouche.

« Ça ne fait rien. Il y a tellement à faire à la maison et, s'il plaît à Dieu, après ce malheur, nous essaierons de nouveau et il y aura encore plus à faire. »

Je salue encore Agata tandis qu'elle monte dans une voiture blanche avec sa mère. J'intercepte un taxi sur l'aire de stationnement et lui demande de me conduire jusqu'aux portes du centre historique de Patti[1]. Je loge dans une auberge tenue par un Chinois au sicilien impeccable. Nous ne parlons qu'en dialecte. Je monte à ma chambre avec la lenteur d'un pachyderme, j'ouvre la porte et je ne pense même pas à fouiller dans ma valise à la recherche d'un pyjama. Je m'écroule tel un poids mort sur le lit avec mes vêtements de la journée et me réveille le lendemain, à dix heures passées. Il y a des années que je n'ai plus dormi aussi longtemps et il me semble être en retard même si je n'ai rendez-vous avec personne, aussi je me dépêche, je file dans la salle de bains, je me rince le visage avec la rapidité d'un chat, je me passe les doigts aspergés d'après-rasage derrière les oreilles et sur les poignets et je quitte l'auberge du Chinois, qui a déjà appris le proverbe sicilien que je lui ai enseigné hier soir.

1. Commune de la province de Messine.

« La couleur noire ne colorera jamais le noir », me répète-t-il en souriant, alors que je passe devant la loge du concierge.

Je m'enfonce dans les rues étroites et anguleuses du centre historique, monte et descends les marches de pierre en passant entre les maisons aux toits qui s'effleurent, sous les balcons saillants qui frôlent les murs et couvrent le ciel, et il fait subitement sombre. Depuis les fenêtres ouvertes sur la rue, j'aperçois des visages. Une femme repasse, une jeune fille noire secoue une nappe en libérant dans l'air un subtil parfum d'orange et de miel, un chat somnole lové sur le dossier d'un canapé. Quelqu'un a jeté un seau d'eau peu de temps avant que je ne passe devant sa porte, par les interstices de la rue pierreuse coulent des filets d'eau parfumée, ils me suivent dans la descente jusqu'au portail de Daniela. Avant de quitter Stromboli, j'ai passé une série de coups de téléphone et j'ai découvert qu'elle était revenue du Nord pour passer ses vieux jours dans la maison de famille.

Le portail est demeuré le même, deux portes en bois brut et sombre avec une poignée en laiton noirci.

Daniela était ta seule amie. Après avoir quitté Syracuse pour nous installer à Tindari, tu cessas de travailler à la maison. Tu venais coudre ici, avec elle, précisément là où je me trouve maintenant. Tu dessinas une poupée à ton image et Daniela l'aima tellement qu'elle décida de te payer trois cents lires la pièce. Moi, je n'avais qu'à venir te chercher le soir après ta journée de travail.

Un métis me souhaite la bienvenue, il est souriant et tient un torchon entre les mains.

« Namit, c'est qui ? »

Daniela apparaît sur le pas de la porte, joint les mains en les secouant et reste paralysée sur le seuil.

Elle porte des lunettes aux verres épais, un châle blanc noué autour du cou, la vieillesse lui a allongé le visage en lui creusant les joues et lui amaigrissant le nez. Nous sommes tous égaux devant la vieillesse.

Elle me prend dans ses bras, son haleine de fumeuse invétérée me réchauffe le cou.

« Severino. » Elle répète mon nom plusieurs fois, ne se calme pas et me considère de la tête aux pieds. « Entre, ça fait si longtemps. Viens, installe-toi. »

Nous allons dans le séjour, je m'apprête à m'asseoir lorsque mon regard est attiré par une photo sur le meuble. Une photo de vous deux penchées sur deux machines à coudre. Elle regarde l'objectif en souriant alors que tu restes concentrée sur ta poupée. Je serre la photo dans mes mains.

« C'est toi qui l'as prise », me rappelle Daniela.

Elle a raison. C'était au sous-sol, un soir où vous étiez en retard pour une livraison et où nous passâmes la nuit tous les trois enfermés dans cette grande pièce froide et humide. Je ne t'avais jamais observée d'aussi près pendant que tu cousais tes poupées.

Tu ouvris le premier carton, y glissas les mains et les retiras pleines de *pupi*. Tu serrais ces corps de chiffon sans visage contre ta poitrine, attentive à ne pas les faire tomber par terre. Tu les disposas sur la table de travail, à côté de la Singer. Tu dépelotonnas la laine noire et à mesure qu'elle glissait entre tes doigts, tu coupas avec les ciseaux de longs segments que tu utilisas pour les cheveux. Puis tu glissas tes doigts dans le sac de boutons verts pour les yeux, tu traças à la craie les lignes d'une petite robe évasée sur un tissu blanc et enfin tu recoupas deux bandes roses de satin pour le nœud dans les cheveux.

De temps en temps, alors qu'elles prenaient forme sous ton aiguille, tu t'arrêtais et tu les contemplais.

Tu les disposais assises à tes pieds, l'une près de l'autre. Tu cousais sans faire de pauses, entourée d'une armée de *pupi* aux yeux vert émeraude qui paraissaient se multiplier entre elles.

Daniela, en revanche, jetait ses poupées pêle-mêle dans les cartons vides. Elle fumait, cousait et passait d'une poupée à l'autre. Toi non, tu étudiais tes poupées une par une, et s'il y en avait une différente des autres – ne fût-ce qu'une jupe coupée plus court ou un sourire mal cousu –, tu la remettais sous la machine à coudre jusqu'à ce qu'elle soit parfaite. Pareille aux autres. Pareille à toi.

En pleine nuit, Daniela monta à la cuisine et en redescendit avec la cafetière et des biscuits mais buta contre un carton, renversant le café sur deux de tes poupées.

« C'est quoi ce bordel, Daniela ? » hurlas-tu.

Tu ramassas les poupées trempées, tu les essuyas avec un linge mais l'auréole brunâtre du café ne partait pas, tu recoupas alors avec attention les parties d'étoffe tachées, tu les remplaças avec des chutes de même couleur et tu recousis les poupées comme il faut. Daniela et moi restâmes en silence à te regarder rapiécer ces poupées comme si tu étais un chirurgien armé d'un bistouri et de patience.

« Elle, comment est-ce qu'elle va ? » me demande Daniela à brûle-pourpoint.

Je repose la photo sur le meuble. Je lui dis que je te cherche, que tu as disparu et que je ne parviens pas à trouver la paix.

Elle ferme les yeux si longtemps qu'elle me fait perdre patience. Je la saisis par les épaules. « Je sais que vous étiez comme des sœurs. Tu la connaissais mieux que quiconque. Tu as une idée d'où elle peut être allée ? Si tu le sais, tu dois me le dire. »

Daniela secoue la tête. Je cherche son regard mais elle évite le mien, alors j'insiste.

« Quand tu es partie pour Turin, je lui ai demandé de tes nouvelles plus d'une fois et elle ne faisait que me répéter que tu avais disparu, qu'elle avait essayé de t'écrire et de te téléphoner, sans succès. C'est la vérité ?

— Plus ou moins. Anna et moi on s'est dit adieu ça fait de nombreuses années.

— Qu'est-ce que ça signifie, plus ou moins ? »

Elle coupe court en me demandant si un thé me ferait plaisir et appelle Namit qui ne tarde pas à arriver.

« Apporte donc ces *pasticciotti* que tu as pris ce matin. »

Elle dénoue son châle, s'assied sur le canapé et m'invite à faire pareil. « Tu dois goûter les *pasticciotti* à la viande. Ils sont exquis. Ils viennent d'une pâtisserie là-bas dans le centre. Je leur ai demandé mille fois la recette mais ils font semblant d'être sourds.

— Je ne suis pas venu pour un thé, mais pour te demander de l'aide et tu sembles savoir quelque chose que tu ne veux pas me dire. » Je m'interromps brusquement, elle se tait, ôte ses lunettes, se frotte le visage et tourne son regard vers la cuisine.

« Namit, laisse-nous. » Elle se lève. « D'accord, attends ici », me dit-elle.

Elle s'absente deux minutes et revient avec une lettre. Elle l'ouvre, et me la tend.

« Je ne sais pas où elle est mais peut-être que cette lettre pourra t'aider à comprendre un certain nombre de choses. »

Je reconnais tout de suite ta calligraphie sautillante, j'ai appris à la déchiffrer, jeune homme, lorsque je te courtisais avec pour seules armes du papier et un stylo, que je t'envoyais mes amis te remettre les lettres et que, les fois où tu me répondais, je passais des nuits à te traduire, dénaturant des mots que mon cœur aurait voulu voir et qui n'y étaient pas.

Quand je t'ai rencontrée, tu n'avais pas le temps de me parler d'une Daniela que déjà tu passais à une autre. Standardiste, serveuse, aide-cuisinière, vendeuse, employée dans une usine de bonbons et puis couturière, cheffe d'atelier d'une usine textile et maintenant entrepreneuse, une femme d'affaires qui donne du fil à retordre aux hommes qui se croient en avance et qui avec toi reculent. Mais combien de Daniela as-tu été ? Combien de Daniela seras-tu encore ? Beaucoup, peut-être trop, mais la liberté et toi marchez bras dessus, bras dessous et si quelqu'un essaie de vous séparer, vous le frapperez sans retenue. Quand je t'ai demandé pourquoi tu n'avais pas d'homme à tes côtés, tu m'as répondu que tu n'en avais pas besoin, ton père te suffisait bien, lui qui, sous prétexte de t'avoir mise au monde, prétendait arranger ta vie selon son bon plaisir. Tu ne le sais pas mais pour moi qui ai grandi dans une maison où les femmes ne peuvent être heureuses sans un homme à leurs côtés, tu as été une inestimable transgression vécue dans le secret. Je t'ai promis que je considérerais ta proposition de partir avec toi pour Turin. Je viens. Je veux que tu m'emmènes même si tu me laisses ici. Emporte avec toi une Anna que je ne serai jamais et ne me la renvoie pas même en rêve. Ouvrez un atelier de mode, confectionnez de belles tenues légères pour des femmes libres et rebelles. Faites du bruit, tracez votre chemin en jouant des coudes dans ce monde d'hommes, et voyez les choses en grand, toujours plus grand, sans avoir peur d'échouer. De toute façon, pour deux femmes comme vous qui ne doivent rien à personne, on peut recommencer mille fois de zéro. Je suis sûre qu'elle sera heureuse avec toi, parce que tu ne lui diras jamais comment elle doit être et si elle n'est pas comme tu le souhaites, ça te fera rire parce que je les connais, les femmes comme toi, elles veulent la liberté mais elles l'offrent aussi, sans jamais s'abaisser à faire de compromis. Voilà pourquoi elle vient avec toi mais moi, je reste.

Anna reste la femme de Severino, un homme qui m'a épousée et à qui, par contrat, je dois rendre la pareille. Parce que l'amour d'un mari, que ce soit par devoir ou reconnaissance, doit toujours être réciproque. Anna reste la fille de Serafina, cent hommes réunis ne suffisent pas pour faire une mère forte et obstinée comme la mienne qui a élevé deux filles seule, sans son mari qui un matin a disparu en laissant seulement des fusils, des tonneaux de vin encore pleins et de la douleur. Tant de douleur.

Reste Anna qui ne voulait pas d'enfant, mais qui maintenant qu'elle l'a perdu est devenue une mère, un cœur de mère bat dans sa poitrine, un cœur desséché que seuls les pleurs d'un enfant peuvent irriguer de nouveau.

Mais cette Anna ne peut plus t'avoir à côté d'elle. Ta liberté est un vice qu'elle connaît bien et tu la contaminerais, tu la tourmenterais en entravant la vie qu'elle a finalement choisie, la sienne et celle des personnes qui l'ont construite exprès pour elle et qui y habitent désormais.

Allez-y et faites bon voyage.

Je vous aime.

Je lève les yeux de la feuille. Une rage plus forte que moi s'empare de mes mains et la lettre tremble entre mes doigts. Ta vie à côté de moi était donc ceci : une cage dans laquelle tu as décidé de rester pour ne commettre de tort envers personne. Severino Greco a promis devant Dieu de dédier sa vie à la femme, à l'épouse, à la mère que tu ne voulais pas être. Dis-moi, Anna, comment je fais maintenant pour savoir si cet homme à côté de toi était vraiment moi. Un imposteur ignorant de moi-même, voilà ce que j'ai été.

La main de Daniela se pose sur mon épaule.

« Elle est partie, Seve. Elle l'a fait à l'époque avec moi et elle le fait maintenant avec toi. »

Je plie la lettre avec soin. Je la lui dépose dans la paume et lui ferme la main.

« Retourne chez toi, Seve », me recommande-t-elle.

Je lui caresse la joue. « Pas avant de l'avoir trouvée. On peut dire adieu à une amie mais pas à un mari. Une femme doit être à côté de son mari pour toujours. »

HUIT

L'agave enraciné dans les rochers sur le bord de la route est en fleur.

Anna le contemple de son balcon tous les matins depuis dix jours. Elle n'avait jamais vu un agave fleurir. Dans la cour du *casolare*, il y en avait un depuis avant sa naissance. Serafina le rempotait d'année en année, espérant qu'il ne fleurisse jamais, autrement il mourrait.

Elle sait que ce n'est pas une coïncidence, cela ne peut être une coïncidence. L'agave sous son balcon a fleuri et est mort le jour même où elle a perdu l'enfant.

Dix jours et de toutes les choses qu'elle ne voudrait pas être en ce printemps 1965, Anna ne voudrait pas être comme cet agave.

Au bout de la rue paraît une femme à la chevelure rousse flamboyante. Anna la reconnaît et n'enfile pas même ses pantoufles, elle dévale l'escalier sur la pointe des pieds en fléchissant les bras entre deux marches et court ouvrir la porte.

Daniela lève ses lunettes de soleil sur son front, et ouvre grand les bras. Anna se jette à son cou, la serre contre elle, respirant à pleins poumons le parfum fort et épicé de leur première rencontre, lorsque Daniela, un foulard à pois noué autour de la tête et des lunettes de soleil rouges sur le nez, frappa à la porte du *casolare* et lui proposa un travail. Elle lui avait plu tout de suite, cette femme sans mari ni enfant et pourtant heureuse, souriante, pleine d'ambitions personnelles dont elle parlait sans jamais se préoccuper des difficultés et des obstacles à surmonter. Elle avait monté un petit atelier de couture ne comptant que des femmes qui travaillaient pour elle à domicile et entendait bien percer sur le continent. À l'entendre, elle aurait pu réaliser tout ce qu'elle désirait sans demander de permission à personne.

Libre, voilà comment elle lui était apparue.

« Mon trésor, laisse-moi te regarder. » Daniela l'examine de la tête aux pieds. « Seigneur, tu as la peau sur les os. »

— Je vais bien, la rassure Anna sur le pas de la porte, l'invitant à entrer pour un café.

— Non, tu ne vas pas bien. » Daniela ferme la porte derrière elle, la prend par la main et monte tout droit à l'étage en l'incitant à ne pas faire d'histoires. « Le café, après. D'abord on va prendre un bain et t'arranger un peu. » Anna se débat, essaie de se libérer en ricanant dans le couloir, mais Daniela n'en démord pas et la traîne, la saisit par la taille et la pousse dans la salle de bains, jusqu'à la baignoire.

« Ou tu y entres ou je te jette dedans de force. »

Elle tire le rideau, ouvre le robinet et dans l'attente que la baignoire se remplisse, lui ôte sa combinaison. Elle lui dégrafe son soutien-gorge. Elle fait glisser sa petite culotte le long des jambes.

« Regarde ces jambes. On dirait deux cure-dents. » Elle attrape le bain moussant sur la tablette, presse la bouteille dans la baignoire et glisse la main dans l'eau. Elle l'agite, créant une couche de mousse bien moelleuse et présentant la forme d'une montagne. « Allez, entre, elle est bien tiède. »

Anna sourit, lui pose le doigt sur le nez : « Tu es folle.

— Entre.

— Je dois vraiment ? »

Daniela l'asperge d'eau et Anna se couvre le visage avec ses mains, rentre les épaules et rit – et cela faisait des jours qu'elle n'avait pas ri ainsi. Cela faisait dix jours.

« Ça va, ça va, je me rends. » Elle enjambe le bord de la baignoire, s'assied sur le fond et étend les jambes. Daniela se munit d'une éponge, y met un peu de bain moussant et s'assied sur le bord. « Comme je dis souvent : en s'y prenant bien on obtient tout. »

Elle lui savonne bien la poitrine, le cou et le dos, lui demande de lever les bras pour les aisselles. Puis elle immerge l'éponge dans la baignoire et lui enlève le savon un peu à la fois. Elle utilise le pommeau de douche pour lui mouiller les cheveux. Elle se verse un peu de shampoing dans la paume et lui masse la tête, Anna, les yeux fermés, émet de légers gémissements de plaisir.

« Maintenant, on les rince à l'eau froide, comme ça ils deviennent plus brillants. »

Anna rentre la tête dans les épaules. Le jet froid la fait tressaillir. « Elle est glaciale.

— On finit. Garde les yeux fermés sinon ça brûle. »

Daniela repose le pommeau de douche, ferme le robinet et lui essore les cheveux.

« Alors, tu me racontes comment ça s'est passé ? »

Anna secoue sa tête mouillée.

« Trésor, sors tout ce que tu as en toi. Ça te fera du bien. »

Anna renifle, le savon a dû pénétrer dans ses narines et ses yeux pleurent comme lorsque Peppe et elle jouaient avec la nourriture à table, qu'il pariait cent lires qu'elle ne mordrait jamais dans un piment et qu'elle, pour ne pas perdre, se faisait toujours avoir. Ses yeux rougissaient avant même qu'elle n'essaie de le mâcher.

« Je l'ai perdu pendant mon sommeil. J'ai senti une forte douleur au ventre, comme si quelqu'un avait enfoncé ses deux bras dans mon abdomen et avait commencé à creuser, me l'arrachant petit à petit. »

Daniela lui prend la tête dans ses bras et pose ses lèvres sur son front.

« Ce n'est pas ta faute, mon trésor. »

Anna serre les poings sous l'eau. « J'avais les cuisses toutes souillées de sang, je les ai serrées parce que je ne voulais pas qu'il s'en aille mais mon corps l'a expulsé malgré moi. »

Daniela la saisit par les épaules. « On perd des enfants, ça peut arriver, et on va de l'avant. » Elle la secoue. « De l'avant, Anna, plus jamais en arrière, c'est compris ? », et elle se lève d'un bond, attrape le peignoir pendu à la porte, le déplie et attend Anna les bras ouverts. Anna sort de la baignoire, la mousse glisse le long de ses hanches et l'eau goutte copieusement sur le sol. Elle se retourne et se laisse envelopper dans le peignoir.

« Je ne sens plus rien. Et pourtant quelque chose me fait mal mais je ne sais pas où. Je voudrais disparaître et l'oublier, recommencer de zéro, autre part sans plus jamais revenir en arrière. »

Daniela la fait asseoir, ouvre le tiroir sous le lavabo, fouille à l'intérieur et en sort un peigne et le sèche-cheveux.

« Viens avec moi à Turin. »

Anna lui pose le doigt sur le nez : « Tu es folle. »

Daniela feint de le lui manger. Puis, armée du peigne et du sèche-cheveux, elle commence à lui lisser ses longues mèches et Anna ferme les yeux en esquissant un sourire. Le souffle d'air chaud la catapulte des années en arrière, pendant ces journées estivales de sirocco lorsque la chaleur étouffante rendait l'air brûlant, que l'école était fermée pour les vacances et que Serafina vidait des seaux d'eau sur le sol de la cuisine. On se couchait par terre à moitié nus, le visage collé aux briques en terre cuite et Peppe fermait les yeux, fermez les yeux vous aussi, disait-il, et il commençait à raconter la mer, les eaux froides du détroit de Messine où le vent siffle sur les vagues et n'arrête jamais de souffler. Nous nageons dans la mer, disait-il, nous nageons et il fait froid, sentez comme il fait froid. Nina soufflait, ouvrait les yeux et se lamentait à cause de la chaleur. Serafina souriait, les lèvres entrouvertes, et lui recommandait de rester silencieuse. Anna, en revanche, claquait des dents et remuait les pieds comme si elle nageait. C'était un poisson, je suis un poisson, disait-elle, je peux nager où bon me semble, je peux nager à travers toute la mer du monde, pas vrai, papa ? Peppe acquiesçait. Tu peux nager où tu en as envie, *signorina*, personne ne t'en empêche. Anna étendait les bras sur le sol, nageait sur les briques de terre cuite et ne voulait plus retourner à la maison, elle voulait demeurer dans la mer. Peppe tendait la main, elle la serrait dans la sienne et il y consentait, mais à condition qu'avant de s'en aller elle n'oublie pas de lui donner un baiser. Anna l'embrassait sur la bouche.

Daniela éteint le sèche-cheveux. Elle lui passe les doigts dans les cheveux.

« Tu as vu ? Brillants comme la soie. »

Anna rouvre les yeux. « Emmène-moi hors d'ici, je veux voir la mer.

— Je t'emmène, bien sûr que je t'emmène, mais avant nous devons faire quelque chose. » Elle ouvre la boîte de maquillage sur le meuble près du lavabo, s'empare du rouge à lèvres rouge, du mascara noir et de la poudre.

« Tiens la tête droite et reste tranquille », lui intime-t-elle. Elle lui applique du mascara sur les cils, lui demande de faire ressortir les lèvres pour le rouge à lèvres puis de les pincer pour que la couleur prenne bien. Elle lui poudre les joues.

« Quand je suis triste, je me maquille. Le maquillage est un mensonge pour la bonne cause. »

Elle approche le miroir, Anna le serre entre les mains et ne reconnaît pas le visage agrandi dans le verre.

« Tu as raison, ça marche.

— Attends ici, fait Daniela. Je vais te choisir une robe. »

Anna l'entend ouvrir tout grand les portes de l'armoire et se lamenter de ses goûts démodés tandis qu'elle glisse les cintres l'un derrière l'autre. « Tu as encore cette robe que je t'ai offerte pour ton anniversaire ?

— Oui, mais je ne l'ai jamais mise, lui répond-elle depuis la salle de bains.

— La voilà », siffle Daniela. Elle retourne dans la salle de bains avec une robe trapèze bleue sans manches, dont les rubans de satin au col s'attachent en un nœud.

« Attends, réfléchit Anna. J'ai une paire de chaussures qui va merveilleusement bien avec. » Elle descend les escaliers en courant, se glisse dans le débarras et fouille dans le meuble à chaussures, débusquant des sandales bleues à large talon et à bandes croisées sur le cou-de-pied.

Daniela lui noue le nœud sur la poitrine, lui arrange les cheveux dans le dos et enfin l'examine en tournant autour d'elle. Elle frappe dans ses mains. « Maintenant, oui, tu vas bien », lui dit-elle. Elle tend le bras vers la porte, esquissant une révérence.

« Je vous en prie, *signorina*, après vous. De cette salle de bains, on sort par ordre de beauté. »

Anna suit Daniela dans l'escalier et le souvenir de cette nuit lui revient, son esprit projette la jeune fille en combinaison, les mains serrées entre les jambes qui dévale les marches et court dehors en s'agrippant à la balustrade.

« Restons à la maison. » Elle la supplie, les yeux fixés sur la poignée de la porte.

Daniela baisse la poignée. « On doit sortir d'ici. J'y vais et tu viens avec moi. »

La lumière entre, intense, dans la maison. Anna cligne des yeux et recule mais la main de Daniela la propulse au-dehors.

« On ferme cette maudite porte », lui dit-elle. Elle pose la main sur celle d'Anna, et elles ferment doucement ensemble.

« On y va », l'incite Daniela, qui redresse le dos, regarde devant elle, et lui prend le bras. « La tête haute et salue tout le monde, aujourd'hui on recommence de zéro. » Anna acquiesce, décidée, elle imite la posture de Daniela et marche, désinvolte, dans la rue, salue le voisin qui balaie sa cour, le marchand de fruits et légumes au coin de la place, deux touristes affairés à consulter une brochure. Elle salue et sourit. Daniela remarque des lunettes de soleil bleues dans la vitrine d'un magasin et la convainc de les essayer, elles lui vont bien, alors elle les lui offre et Anna les met tout de suite, même si les branches la serrent un peu aux tempes.

La place du sanctuaire déborde de pèlerins. L'un d'eux, debout sur les marches, chante une prière dans un mégaphone. De la place s'élève un chœur de voix.

Anna demeure sans défense, attirée par l'homme au mégaphone. Depuis des années, elle fait toujours le même rêve : elle est dans la cour du *casolare*, elle passe un mégaphone à son bras debout sur une pierre et crie des paroles incompréhensibles contre sa mère, sa sœur et Severino. Ils semblent ne pas l'entendre, alors Anna monte le volume du mégaphone jusqu'à ce que celui-ci se brise entre ses mains et que sa voix disparaisse même si elle continue à hurler. Un rêve qui, chaque fois, lui semble tellement réel qu'il la pousse à ouvrir grand les yeux en pleine nuit et à parler tout bas pour entendre le son rassurant de sa voix.

« Tu voulais voir la mer, oui ou non ? »

Anna cligne des yeux, balayant la vision. « Oui oui, on y va. »

Daniela lui ouvre la marche en se frayant un chemin au milieu de la foule et elles parviennent à la balustrade qui surplombe la mer. Elle ouvre les bras vers le golfe avec les îles Éoliennes disséminées au-delà de l'horizon et les petits lacs où se dessine une bande d'eau vert topaze.

Anna passe la tête au-dessus de la balustrade. Elle ferme les yeux : elle est un poisson, un poisson qui peut nager où bon lui semble, à travers toute la mer du monde. N'est-ce pas, papa ?

« Quand est-ce que tu pars ? »

Daniela allume une cigarette. Elle crache un nuage de fumée que la brise balaie aussitôt.

« Dans deux semaines. »

Les fidèles interrompent leur chant, ils font le signe de croix et, l'espace d'un instant, le silence règne sur la place.

« Viens avec moi. Ça suffit, les poupées. Visons plus haut, essayons de percer dans un endroit loin d'ici, où les femmes commencent à prendre leur essor et ne se contentent plus de n'être que des épouses et des mères pour les hommes. »

Anna s'agrippe à la balustrade.

« Daniela, tu sais bien que je ne peux pas.

— Cette vie, tu n'en veux pas. Pourquoi tu t'obstines à t'y accrocher ? »

Anna croise les bras sur sa poitrine, le vent tourbillonne sous sa robe et la fait frissonner.

« Mais toi, tu ne penses jamais aux autres ? À tout le mal que peut leur faire ton sacré besoin d'être toujours toi-même ? »

Daniela écrase son mégot du talon. « Non, je n'y pense pas. Chaque personne que tu rencontres te voudra différente de ce que tu es. Tu ne dois être que ce que tu veux être. »

Anna relève ses lunettes de soleil. Elle la fixe d'un regard résolu.

« Tu parles comme mon père.

— Je parle comme quelqu'un qui veut ton bien et ne se résigne pas.

— Une maman, voilà ce que je dois être. Rien d'autre qu'une maman. »

Daniela relève ses lunettes de soleil.

« Anna, regarde-moi et dis-moi que tu voulais cet enfant. Dis-le-moi, allez. »

Anna remet ses lunettes. « Qu'est-ce que tu peux y comprendre, toi qui n'as jamais voulu d'enfants ?

— Rien, mais je sais une chose. Un enfant, tu le mets au monde pour toi et pas pour les autres. »

Anna détourne le regard vers l'escalier du sanctuaire en quête de l'homme au mégaphone. À sa place se trouve à présent une femme tenant dans ses bras une petite fille qui agite un drapeau aux couleurs de la paix.

« La liberté est dangereuse, elle ne change pas les choses que pour toi mais aussi pour les autres. »

Le campanile du sanctuaire sonne douze coups.

« Je dois rentrer, ma mère va arriver avec le car de treize heures. »

Daniela l'étreint. « Promets-moi que tu y réfléchiras. »

Anna l'embrasse sur les joues. « Je te le promets, mais maintenant laisse-moi rentrer à la maison. »

Daniela se fraie un passage au milieu de la foule, Anna la suit du regard, la salue de ses bras tendus en l'air jusqu'à ce qu'un groupe de personnes lui bouche la vue. Maintenant qu'elle est seule, elle voudrait que Tindari soit déserte pour pouvoir courir chez elle et s'enfermer sans plus sortir. Elle avance la tête basse, repoussant les corps qui entravent son retour, elle tourne à l'angle derrière la place et retire ses lunettes de soleil, les jetant dans une poubelle. Daniela a raison. Cet enfant, elle ne le voulait pas, c'étaient les autres qui le voulaient et elle l'a perdu exprès, son corps l'a rejeté comme s'il était un poids dont il devait se libérer. Son corps ne lui appartient plus depuis qu'elle a cessé de l'écouter et qu'elle se rebelle comme une bête devenue folle. Anna se marie et ses jambes la détournent de son chemin, Anna est enceinte et son ventre se vide, Anne retourne chez elle et sa main se retire tandis qu'elle glisse la clef dans la serrure. Elle se débarrasse de ses chaussures sur le pas de la porte, grimpe quatre à quatre l'escalier et se débarrasse aussi de la robe sans manches qu'elle chiffonne dans le panier à linge sale. Elle se débarrasse aussi du maquillage sous l'eau du lavabo, au diable cette Anna qui ne fait de bien à personne, qu'elle se dissolve avec le mascara et le rouge à lèvres, qu'elle s'évanouisse dans la bonde sans plus revenir. La liberté d'être soi-même, mais quelle soi-même ? Quelle Anna voudrait-elle être ? Anna ne le sait pas. Les autres, si, en revanche. Elle remet sa combinaison, s'enferme dans la chambre à coucher et prend la poupée assise sur la table de chevet, près de la photo de famille. Elle ouvre le dernier tiroir de la commode près de la tête de lit, ôte le couvercle de la boîte où elle conserve aiguilles, fils, étoffes et ciseaux, et s'assied, les chevilles croisées sur le sol, la poupée entre les jambes.

La lumière naturelle qui filtre par la fenêtre du balcon lui irradie les mains.

Elle caresse les cheveux noirs de la poupée, suit le contour des boutons verts du doigt, puis glisse jusqu'au ventre décousu. Elle le perce avec les ciseaux, le remplit de bouts d'étoffes et le recoud. Elle coupe le fil avec les dents, introduit l'aiguille dans les coutures du sourire de la poupée, arrachant un point à la fois, et coud un sourire à l'envers.

Elle la cache dans une boîte au fond de l'armoire et promet : Tout ce qu'Anna aurait voulu faire demeurera pour toujours dans cette poupée.

Quelqu'un entre dans la maison, elle entend les voix de Severino et de sa mère, elle baisse alors la persienne du balcon, éteint la lumière et se couche sur le lit. Elle attend, les yeux grands ouverts sur le plafond. Serafina frappe, ouvre la porte, s'oriente en se laissant guider par la lumière du soleil qui se faufile à travers les interstices de la persienne et entre avec une assiette débordant d'eau, et une petite tasse contenant de l'huile et du sel. Elle pose tout ce qu'il faut pour le rite sur la commode. Elle enlève ses chaussures. Elle marche dans la pénombre jusqu'à l'autre bord du lit. Elle se couche à côté d'elle. La tête sur l'oreiller. Les mains jointes sous sa joue.

Elle la scrute de ses yeux noirs, assortis au deuil qu'elle porte depuis que son mari est parti sans jamais revenir. Une larme lui sillonne la moitié du visage comme une cicatrice fraîche.

« Maman », sanglote Anna, et elle passe son doigt sur son visage mouillé.

Serafina lui saisit la main, embrasse chacun de ses doigts.

« Ça n'aurait pas dû arriver. Un homme n'a pas besoin d'une femme qui ne lui donne pas d'enfant. Si je rends mon dernier soupir et que tu restes seule, qui s'occupera de toi ? »

Anna ravale ses larmes et son chagrin. Elle pose sa tête contre la poitrine de sa mère.

« Il ne s'est rien passé, il en viendra un autre et nous l'élèverons ensemble. Je te le promets. »

Serafina tire un mouchoir de sa manche. Elle s'essuie le visage. Elle sourit.

« Mais bien sûr que je vais l'élever. Les petits-enfants sont deux fois des enfants. »

Anna se remet debout, relève la persienne, ouvre l'armoire et déplie un pantalon et une chemise blanche avec une longue rangée de boutons serrés jusqu'au col. Elle les passe. Elle est un poisson pris dans un filet, à présent, mais elle se porte bien : la liberté est dangereuse, elle change les choses pour vous mais regardez quel mal elle peut faire aux autres.

Serafina boutonne sa chemise jusqu'en haut. Elle tire ses cheveux en arrière, les ramassant dans une pince sur la nuque. Elle s'approche de la commode.

« Tiens cette assiette, selon moi le mauvais œil est partout en toi. »

Anna serre le bord de l'assiette entre ses doigts. Serafina fait le signe de croix et, tandis qu'elle bredouille des prières, elle plonge la pointe de l'index dans la tasse, la goutte d'huile tombe dans l'assiette et les feuilles d'olivier effleurent le bord, comme balayées par un souffle divin. Elle couvre la tache d'huile de sel et invoque les saints avec des incantations et des litanies.

« Les gens, voilà ce qu'il y a eu. Je le répétais sans cesse à ta sœur quand elle était enceinte », et elle regarde dans l'assiette, suivant la couronne complexe de taches comme si elle cherchait les noms de ceux qui ont maudit sa fille.

« Nina, quand tu sors de la maison, ne regarde personne, l'envie est une bête mauvaise et un regard peut te tuer. » Elle continue à invoquer les saints. Elle lève les yeux vers le ciel et fait le signe de croix en conclusion du rite.

« Ça ne fait rien. Aujourd'hui, tu pleures un enfant mais tu es vivante et tu pourras en avoir autant que tu en veux. »

Serafina avance vers la porte. « Maintenant, mets-toi un peu de parfum. Ton mari t'attend en bas pour manger. »

Anna ferme les yeux. Elle vaporise un nuage de parfum sur son visage.

Elle est un poisson, un poisson qui a choisi de nager dans un étang.

NEUF

22 mars 1961

J'ai aperçu la barque alors que j'affûtais la hachette, assis sous la véranda. À bord, il y avait un homme avec une casquette et un gros chien marron qui aboyait tout excité en trottinant de la proue à la poupe. Je l'ai reconnu à ses cheveux roux, il portait une veste de chasse verte et un fusil à l'épaule. Dès que la barque s'est échouée sur le rivage, je suis allé donner un coup de main et le chien a sauté à terre. C'était une montagne de poils marron qui frétillait de la queue. Je ne parvenais pas à y croire, même si je savais que ce n'était pas lui.

« Il est gentil ? ai-je demandé à Mimmo tandis qu'il s'approchait.

— Il est stupide », m'a-t-il répondu, occupé à attacher la cartouchière autour de sa taille.

Dès que j'ai sifflé le chien, il a couru vers moi, la langue au vent et le museau déformé par la course. Je me suis agenouillé, j'ai ouvert les bras et nous nous sommes comme étreints. Je ne parvenais pas à y croire, même si je savais que ce n'était pas lui.

Cela faisait des années que je n'avais plus pensé à Benito. J'avais décidé de l'oublier. Je n'avais pas vraiment eu le choix. Dans mes souvenirs, je ne le revoyais jamais vivant. Mon esprit, pour je ne sais quelle obscure raison, avait choisi de ne conserver que le coup de feu sourd dans la grange et puis mon père qui traînait avec peine le sac de jute baigné de sang et le chargeait à l'arrière du triporteur Ape.

Mimmo l'a rappelé.

« Teodoro, arrête », a-t-il crié, et le chien a dressé les oreilles, arrêté de me lécher la figure, puis il est retourné auprès de son maître.

J'ai dit à Mimmo que je le suivrais dans le bois mais seulement pour la compagnie.

Nous sommes montés par la carrière et nous nous sommes postés à la lisière d'une clairière, sous un fourré. Teodoro a flairé quatre lièvres. Il les débusquait parmi les buissons, les faisait sortir à découvert dans la clairière et dès qu'ils étaient en ligne de mire, le jeune homme tirait.

Il en a manqué trois mais en a pris un.

« Joli coup », lui ai-je dit.

Seulement alors on a ensuite envie de siffler. Teodoro a saisi le lièvre dans sa gueule et s'est faufilé de nouveau dans le fourré. Mimmo l'appelait à gorge déployée, hochait la tête et jurait.

« Je vais te tuer, dès que tu reviens je te tue », lui criait-il.

Et je riais, même si ça me paraissait mal de rire.

Teodoro était enfin revenu. Il avait débouché d'un buisson la tête basse, tout contrit et le poil autour de la gueule souillé de sang. Il m'a regardé avec les yeux de celui qui sait qu'il va s'en ramasser une.

Lorsque Mimmo a levé le bras pour le frapper, j'ai saisi son poignet et l'ai serré fort en secouant la tête. Et il a laissé tomber.

Le soir, pendant que je lisais la Torah à la lumière d'une bougie, j'ai entendu aboyer et mon cœur s'est serré. Je reconnaîtrais cet aboiement entre mille. C'était Benito. Je savais que mon esprit me jouait un mauvais tour mais je n'ai pas pu résister et j'ai ouvert en grand la fenêtre.

Dehors il n'y avait personne. J'ai attendu immobile, les mains sur l'appui de fenêtre en tendant l'oreille, mais rien. Rien que la mer et le silence.

Je me suis donné une tape sur le front, j'ai refermé les volets et sur la vitre rayée de la fenêtre est apparue ma figure fendue en deux. J'ai repassé avec mon doigt la fissure du verre et j'ai senti la douleur de la coupure, je la sentais sur mon visage comme si c'était réel.

Mon esprit m'a joué deux mauvais tours. C'est la première fois que je revois l'autre Peppe se refléter dans la vitre. Je n'ai plus jamais entendu la voix de Benito.

Le mauvais tour de la fenêtre, en revanche, est demeuré.

Chaque soir, je pose la Torah sous mon oreiller et, avant de souffler la bougie, je m'approche de la fenêtre et il est là. L'autre Peppe.

DIX

Anna abandonne la pelle, épuisée. Elle couvre l'ouverture du four avec le bouchoir, essuie son front moite de sueur avec son bras et dénoue le mouchoir blanc autour de sa tête.

« Je n'en peux plus. On se croirait en enfer. »

Serafina prend sa place. « Quand tu étais petite, tu aimais bien ça. Vous vous placiez ici et vous ne me laissiez pas travailler.

— Oui, mais l'hiver », précise Anna, après avoir avalé d'un trait une bouteille d'eau.

Serafina déplace le bouchoir, glisse la pelle dans le four et soulève les miches une par une en en contrôlant le fond.

« Viens ici », la rappelle-t-elle en lui faisant signe de s'approcher.

Elle lui montre la couleur carnée des miches.

« Quand le pain devient rose, tu dois le sortir des braises, autrement tu le brûles. »

Anna est ailleurs, le regard perdu dans le four. Après tant d'années, elle se demande encore comment sa mère parvient à reconnaître cette couleur dans la couverture rouge qui enveloppe la voûte. Serafina, armée d'un râteau, racle les braises du plan de cuisson, laissant cuire le pain avec la seule chaleur des briques. « Cette fournée, on la lui met tout entière dans sa valise », conclut-elle en se frottant les mains sur les hanches.

Anna dénoue son tablier et le suspend au clou près du four, elle se lave les mains dans un seau et se rafraîchit le visage en se posant les paumes sur les joues.

« Maman, tu sais, on fait aussi du pain en Suisse.

— Oui, mais quel pain, ça, tu ne le sais pas. Un petit doit manger des choses saines. »

Les chiens aboient dans la cour, le klaxon d'une voiture retentit au loin et Anna sort voir qui c'est, elle grimpe sur le banc en pierre, ouvre grand les yeux et reconnaît la voiture grise qui avance dans l'allée.

« Ils sont arrivés », fait-elle savoir à Serafina, et elle reste le regard rivé sur les collines ondulées et rocheuses qu'elle pourrait dessiner les yeux fermés. Des collines tantôt ensoleillées, tantôt plongées dans l'obscurité, verdoyantes l'hiver, multicolores l'automne et arides l'été, des années passées comme des minutes à attendre en vain Peppe sur le banc avec Nina et Serafina. Alors que Nina résistait en se tenant les genoux avec les mains, Anna serrait la main de sa mère en la priant de descendre. Mais on ne descendait que lorsque Serafina se plaignait de ses douleurs au dos et retournait dans la cuisine, qu'elle s'y enfermait et épanchait sa douleur en entrechoquant casseroles et vaisselle.

« Tu es encore là ? » l'exhorte Serafina en se postant à la porte, en sueur, un torchon pendant à l'épaule. « Allez, on ne sait jamais, des fois que ta sœur tomberait dans l'escalier avec le petit dans les bras. »

Anna retrouve Nina au milieu de l'escalier. Elle tient Giuseppe dans les bras, monte une marche à la fois, le regard rivé au sol. Elle porte une robe bain de soleil élimée et décousue, ses cheveux filasse tombent sur son visage hâve et sans maquillage, elle qui est toujours si coquette d'habitude, maquillée avant même le réveil du matin.

« Tu es la merveille de ta tante ! » L'enfant tend sa petite main, agite les jambes et les mains et Anna s'en empare en le couvrant de baisers.

Nina reprend son souffle. « Heureusement que tu es descendue, j'allais m'évanouir à cause de la chaleur.

— Et Carmelo ? demande Anna à sa sœur.

— Il revient, il est allé au village pour les derniers adieux.

— Severino ne sait pas s'il réussira à sortir du travail à temps. Il vous passe le bonjour. »

Nina s'arrête sur une marche, tend le menton et ouvre grand les narines. « Vous avez fait du pain. »

Anna soulève le tee-shirt de Giuseppe en lui chatouillant le ventre. Elle y plonge son visage et improvise des bruits amusants. « Oui, oui, nous avons fait du pain exprès pour ce petit jeune homme. »

Pendant que Giuseppe rit aux éclats, elle redessine avec un crayon imaginaire les traits de son neveu. Ses yeux verts. Ses cheveux, nombreux, noirs et fins, entremêlés en un écheveau si épais qu'il n'y passe pas un rayon de lumière. Son nez retroussé. Son grain de beauté sur la fossette du menton. Ses lèvres saillantes et charnues. Il semble avoir été coulé dans le même moule que son grand-père.

Nina franchit la dernière marche et se fige d'un coup dans la cour.

Elle regarde autour d'elle de ses grands yeux et son visage se plisse comme lorsqu'elle est sur le point de pleurer.

« Nina, tu vas bien ? »

Nina lui reprend l'enfant. « Tu sens l'odeur de maman ? Maintenant on entre et on mange tout le pain de grand-mère. » Elle se glisse aussitôt dans la pièce où se trouve le four sans laisser à sa sœur le temps de chercher à comprendre, alors Anna la suit et elles surprennent Serafina occupée à assaisonner avec de l'huile et de l'origan une miche à peine sortie du four.

Giuseppe, à la vue de sa grand-mère, se débat dans les bras de sa mère et essaie de s'échapper. Serafina se nettoie vite les mains sur un torchon et ouvre grand les bras, le prenant avec elle. Ils tournent autour de la table où sont posés les pains fumants, ils s'approchent du four et elle lui désigne le feu, la pelle, lui raconte comment sa grand-mère fait le pain. Puis elle rompt une miche, souffle dessus et lui met un morceau dans ses petites mains. Giuseppe le porte à sa bouche, le regarde et tourne son index sur sa joue.

Serafina éclate d'un rire bruyant. « C'est bon, pas vrai ? » Elle ramène l'attention de ses filles sur son petit-fils. « Giuseppe, dis à ta tante et à ta maman comment il est, le pain de grand-mère. »

L'enfant répète le geste, et alors qu'Anna applaudit en lui disant bravo, elle remarque Nina. Celle-ci fixe un point vague de la pièce, les bras croisés.

Elle lui donne un léger coup de coude dans le côté. « On peut savoir ce que tu as ?

— Parle doucement », la reprend-elle à voix basse. Elle penche la tête en direction de la porte.

« Invente une excuse. Ici, on ne peut pas parler. »

Anna pousse un soupir. Elle s'éclaircit la voix. « On a oublié le romarin, maman, on va en cueillir avec Nina et le glisser dans sa valise. »

Serafina fait un oui distrait de la tête, elle a posé l'enfant à terre et l'encourage à marcher autour de la table en le tenant par ses petites mains pour l'aider à rester debout.

D'un geste fulgurant, Nina la saisit par le bras et la tire hors de la pièce où se trouve le four, elles traversent la cour à la hâte et Anna lui demande en vain de ralentir tandis qu'elles caracolent le long des marches menant aux remises du *casolare*. Nina ouvre la porte pivotante, tâte le mur intérieur contigu à l'entrée et allume la lumière.

« Entre. »

Anna franchit le seuil et une bouffée d'air humide et frais lui donne la chair de poule. Elle écarquille les yeux. Les tonneaux sur leur support fabriqués de ses mains, le banc sur lequel ses amis et lui tiraient le vin, l'entonnoir renversé sur le verre acheté exprès pour déguster à la manière d'un sommelier, le tablier blanc pour les vendanges suspendu près du pressoir, encore taché de raisin sur les manches et le col, et la moto recouverte d'une toile militaire qu'il gardait comme si c'était une tapisserie précieuse. Un soldat américain la lui avait offerte alors qu'il rentrait chez lui à la fin de la guerre. Ses affaires s'étaient immobilisées à l'instant même où il les avait laissées, ensorcelées par un sortilège qui les avait conservées intactes.

Nina referme la porte. « Ici, on est en sécurité. Maman n'y met jamais les pieds. »

Elle l'enlace en éclatant en sanglots.

« Je ne veux pas y aller, lui dit-elle. Je ne veux pas, Anna, je ne veux pas.

— Nina », parvient seulement à dire Anna. Sa sœur la serre autour des épaules, presse ses bras contre son dos comme pour se fondre dans son corps, et un souvenir s'empare de son esprit, un souvenir qu'elle ignorait posséder. Elles étaient ainsi, avant de naître, étreintes comme une seule vie dans le même ventre.

« J'ai essayé de lui dire. Mais avec lui, c'est impossible de discuter. Ou je pars ou il s'en va tout seul et me laisse ici avec le petit. »

Anna la fait asseoir sur le banc et s'installe à côté d'elle. Elle lui écarte les cheveux sur le front et essuie ses larmes de la paume de sa main.

« Tu l'as dit à maman ?

— Hors de question. Elle m'accompagnerait en Suisse à coups de trique. »

Elle la fixe, apeurée. Ses yeux brillants de larmes reflètent comme un miroir, un miroir dans lequel elle reconnaît une Anna qui n'est plus.

« Tout est la faute de papa. S'il était là aujourd'hui, il aurait dit ses quatre vérités à ce mari présomptueux et même à maman si elle avait ouvert la bouche. »

Anna l'entraîne au centre de la remise. Elle écarte les bras.

« Voilà ce qui reste de papa. Un tas de bric-à-brac entassé dans une remise. » Elle serre le visage de Nina entre ses mains. « Tu ne peux pas t'en prendre à ceux qui ne sont pas là. Les personnes qui s'en vont t'oublient, tu dois te débrouiller seule, tu comprends ? »

Nina aussi lui serre le visage entre ses mains.

« Regarde-nous, regarde comme nous sommes malheureuses. »

Anna pose la tête de sa sœur contre sa poitrine. « Tais-toi. Arrête. »

Nina la repousse. « Non, je ne me tais pas. S'il avait été là à garder le cabanon, toi, tu ne te serais jamais mariée et moi, je ne serais pas là à te dire adieu. Depuis qu'il a disparu nous n'avons rien fait d'autre qu'obéir, obéir et obéir.

— Papa n'a rien à voir là-dedans. Cette vie, c'est toi qui l'as choisie et maintenant tu dois l'assumer.

— Non, non et non, je ne veux pas partir d'ici. » Nina recommence à sangloter, et Anna lui désigne la porte.

« Alors, prends cet escalier, parle à Serafina et change les choses une fois pour toutes. »

Nina se rassied sur le banc. Ses bras pendent entre ses jambes écartées.

« Papa me l'avait dit sur le Monte Meliuso. Nina, dans la vie, tu ne dois faire que ce que tu veux faire, et moi, qu'est-ce que j'ai fait ? J'ai toujours baissé la tête et maintenant il est trop tard. »

Anna se glace. « Il t'a emmenée sur le Monte Meliuso ? »

Nina se frotte le nez du dos de la main. Ses lèvres humides s'entrouvrent en un sourire. « Je m'en souviens comme si c'était hier. Maman voulait que j'aille chez Bartolo, j'ai accepté mais ensuite j'ai couru chez lui, en larmes.

— Il t'a parlé de Benito, c'est ça ?

— J'ai rêvé je ne sais combien de nuits de ce maudit chien. »

Elle lui indique le coin de la remise où se trouve la moto.

« On y est allés avec celle-là. Ç'a été mon premier et mon dernier tour à moto. Il m'a fait promettre de ne jamais le dire à maman. »

Anna retire la toile qui couvre la moto et, dans l'obscurité, émergent le rouge vif de la peinture, le phare rond au centre du guidon, les grandes roues fines aux rayons argentés surélevées du sol par la béquille centrale. Elle passe ses doigts sur l'aigle doré gravé sur le réservoir.

« La Guzzino de papa. »

C'était un samedi. C'était l'après-midi. Anna avait douze ans, et alors qu'elle marchait dans l'allée, donnant un coup de pied dans toutes les pierres qu'elle rencontrait, Peppe revenait à la maison sur sa moto rouge. Il s'était arrêté, avait coupé le moteur.

« Qu'est-ce que tu fais ici, toi ?

— Je fais une promenade.

— Qu'est-ce qui s'est passé ?

— Ce qui s'est passé ? Il ne s'est rien passé.

— Tu as pris une raclée de la part de maman ? »

Anna avait acquiescé, les lèvres serrées. Peppe s'était laissé glisser sur l'arrière de la selle et lui avait fait signe de monter devant.

« Seulement jusqu'à la bifurcation avec la route secondaire. »

Anna était montée sur la selle et avait tendu les mains sur le guidon. « Mais si quelqu'un me voit ? »

Peppe avait actionné le démarreur avec le pied et le moteur avait vrombi.

« On dira à maman que les temps ont changé et qu'en Amérique les belles femmes vont à moto comme les hommes. »

À la bifurcation de la route secondaire, Peppe était passé devant elle et lui avait dit que, ce jour-là, ils iraient dans un nouvel endroit. Anna s'était serrée contre sa taille et, à mesure qu'ils laissaient le village derrière eux, elle avait vu les collines verdoyantes se transformer en montagnes arides et rocheuses, il n'y avait plus de maisons alentour, l'air était devenu froid et elle avait enroulé ses jambes contre celles de son père, il avait étiré un bras à l'arrière, frottant sa main le long de sa cheville. Plus ils grimpaient, plus la route se faisait sinueuse entre les arêtes tachetées de figuiers de Barbarie, émergeant d'un treillis métallique qui retenait des amas de roche tombée des falaises. Les lignes blanches sur l'asphalte s'estompaient kilomètre après kilomètre, les rails de sécurité aussi allaient disparaissant, c'étaient des fougères, des ronces et des taches d'herbe sèche et jaune comme l'or qui marquaient la ligne sinueuse des virages raides et escarpés serpentant entre les montagnes. Le soleil tapait, le vent s'était réchauffé, il sentait les embruns, et dans la grisaille des masses rocheuses on entrevoyait des portions de mer, de mer et d'îles que vous pouviez couvrir d'un doigt tant elles étaient petites. Puis il n'y avait plus d'asphalte, la route s'interrompait devant une barrière à bandes blanches et rouges. Peppe lui avait demandé de descendre de la Guzzino, Anna avait déplacé la barrière et ils avaient poursuivi à vitesse réduite sur un chemin muletier surplombant un ravin.

« Ne regarde pas en bas », lui avait-il recommandé, et elle avait fermé les paupières jusqu'à ce que le moteur s'éteigne et que Peppe lui pince la jambe. Elle avait ouvert les yeux sur un pré de marguerites jaunes. Il y avait des marguerites à perte de vue, partout où elle posait le regard, comme une mer. On aurait dit une île de fleurs qui flottait sur l'eau.

« Tu veux descendre ou tu restes ici ? »

Il s'était penché, les bras dans le pré, avait cueilli une marguerite et la lui avait glissée derrière l'oreille. Il lui avait désigné du doigt une petite butte où s'élevaient les vestiges d'une cabane en pierre.

Ils s'étaient assis entre les ruines, au milieu de buissons d'ampélodesme et de bleuets violets tourmentés par de gros bourdons velus.

« Dis-moi un peu, qu'est-ce que tu as fait ? »

Peppe avait ramassé un caillou et l'avait lancé contre un pieu en bois planté dans le sol en le frappant de biais. Anna avait relevé les genoux et posé son menton dessus.

« Maman veut que quand je termine l'école j'aille chez Bartolo avec Nina.

— Et toi, tu ne veux pas y aller », avait poursuivi Peppe en essayant un autre lancer.

Anna aussi avait pris un caillou et l'avait jeté contre le pieu. Elle l'avait manqué.

« Moi, je ne suis pas Nina. Nina aime coudre, pas moi.

— Qui t'a dit que ta sœur aimait coudre ?

— Nina y va, c'est qu'elle aime ça. »

Peppe avait secoué la tête en faisant claquer sa langue.

« Nina y va parce qu'elle est obéissante et qu'elle fait même les choses qu'elle n'a pas envie de faire. »

Anna avait haussé les épaules. « Tant pis pour elle. Moi, je n'y vais pas, un point c'est tout. »

Peppe lui avait passé la main dans les cheveux, il avait fait la moue et avait ri.

« Tu as la tête dure, qui sait d'où tu tiens ça. »

Anna aussi avait ri en faisant la moue.

« Comment tu le connais, cet endroit ?

— Tu veux vraiment le savoir ? »

Anna avait acquiescé et également touché le pieu. « Seulement si tu veux me le dire. Peppe ne doit faire que ce que Peppe veut faire. »

Peppe avait souri. « Nous avions un chien de berger. Il était gros et marron, on aurait dit un ours. Il s'appelait Benito. C'était une vraie calamité. Une nuit, il s'était faufilé dans l'enclos des moutons et en avait attaqué quatre. »

Anna avait porté la main à son front.

« Ce matin-là, c'est moi qui suis entré le premier dans l'enclos. J'aimais bien Benito et je savais quelle fin on lui réserverait. »

Anna avait tendu la main et l'avait passée sur sa gorge comme pour la trancher et Peppe avait acquiescé.

« Alors je l'ai amené ici, je l'ai attaché à ce pieu et chaque jour je venais en cachette lui donner à manger.

— Et puis ?

— Et puis ton grand-père a voulu savoir où il était, moi j'aurais préféré qu'il me tue plutôt que de lui dire et il m'a donné une sacrée raclée. » Il avait scruté l'horizon et lancé un caillou contre le pieu. « Au moins, pour une fois, je ne me prenais pas une tannée pour rien.

— Grand-père a trouvé Benito ? »

Peppe avait hoché la tête. « Une semaine après, alors que j'étais dans le noisetier, j'ai entendu aboyer. Je l'ai reconnu tout de suite. Tu sais, quand tu reconnais quelqu'un rien qu'à sa voix ?

— Oui, mais qu'est-ce que tu as fait ?

— J'ai couru jusqu'à l'étable mais je ne suis pas arrivé à temps. Benito était là, autour de l'enclos des moutons, il remuait la queue devant ton grand-père. Il était content.

— Les chiens sont stupides.

— Les chiens sont fidèles. Ils ne savent pas ce que c'est, la liberté, c'est pour ça qu'ils obéissent toujours.

— Comment il a fini ? »

Peppe avait arraché un épillet d'ampélodesme et l'avait frotté entre ses mains. « Qui ?

— Benito ! Qui d'autre ?

— Toi, tu n'es pas Nina. Si tu ne veux pas être couturière, tu ne dois pas être couturière, tu as compris ?

— Dis-le à maman, toi. »

Peppe lui avait pris le nez entre ses doigts.

« C'est la vie d'Anna, pas celle de Peppe et d'Anna… »

Anna avait fait pareil avec le nez de Peppe.

« … Anna ne doit faire que ce qu'Anna veut faire. »

Ils avaient ri, et Peppe l'avait embrassée avec deux claquements sur le front.

« On y va, autrement maman va me frapper moi aussi, si on ne rentre pas pour le dîner. »

Anna ouvre la porte pivotante. Du seuil de la remise, elle entrevoit la route en terre battue qui monte entre les oliviers. Le toit du cabanon se dresse au milieu des feuillages comme un repère rouge parmi les arbres. « Papa nous a expliqué la liberté à sa façon et puis il l'a mise en pratique en ruinant les vies de ceux qui l'aimaient. »

Elle se retourne vers Nina. « Tu veux vraiment élever un enfant sans père et briser le cœur de cette pauvre femme qui nous a mises au monde et ne vit que pour nous ? »

Nina la saisit par le bras. « Tu m'écriras, n'est-ce pas ? »

Anna lui sourit. « Seulement si tu m'envoies du chocolat. » Elle lui caresse le visage. « Ça passera. Tu dois oublier la vie que tu voulais et choisir celle-ci sans faire de mal à personne.

— Anna, fait Nina. Ne répète jamais à maman un seul mot de ce qui s'est dit dans cette remise.

— Sois tranquille. Je ne lui causerais jamais une autre douleur. »

Anna l'incite à sortir d'un mouvement de tête. Pour la dernière fois, elle regarde dans la remise, et si elle avait une aiguille, du fil et deux de ces poupées qu'elle cousait pour Daniela, elle se mettrait à la tâche. Elle les habillerait comme elle et sa sœur à cet instant, souderait leurs mains de chiffon l'une dans l'autre et les laisserait assises sur le banc, parmi les affaires de Peppe.

« On monte, maintenant. Mais avant, va t'arranger un peu dans la salle de bains quand même. Autrement, si Serafina te voit comme ça, elle va commencer à poser des questions. »

La cuisine est devenue un garde-manger, la nourriture déborde de la table. Légumes, dont certains en provenance du potager, bouteilles de vin et d'huile enveloppées dans des sacs en plastique, Serafina entasse tout dans la valise pendant que Giuseppe se balance sur les jambes de Carmelo.

Nina apparaît, souriante, dans la cuisine, embrasse son mari et Giuseppe, fixe la valise, les mains sur les hanches. « Alors, on est prêts ?

— On est prêts », lui répond Carmelo, qui prend la valise et ouvre le chemin. Serafina le suit, Giuseppe dans les bras, Anna serre la main de sa sœur. Elles marchent ensemble et, de temps en temps, Nina ralentit le pas et sanglote, alors Anna la tire en avant, Anna regarde de l'avant parce que Nina a choisi cette vie et, à présent, elle doit l'assumer comme elle-même l'a fait. Mais si ses yeux ne voient rien d'autre à l'horizon que cailloux, rosiers et oliviers dégarnis, ceux de Nina, elle le sait désormais, attendent qu'apparaisse au bout de l'allée Peppe sur sa moto rouge. Peppe, enfin de retour, qui s'arrête, tend la main vers sa sœur, la fait monter en selle et l'emmène, parce que Nina ne doit faire que ce que Nina veut faire.

Anna n'aurait jamais osé l'avouer, mais de toutes les choses qu'elle voudrait être le 30 juin 1967, elle voudrait être Nina imaginant Peppe qui revient pour l'emmener. Elle le regarderait droit dans les yeux et le lui dirait une fois pour toutes.

« Je ne suis pas Nina. Laisse-la en paix, laisse ma sœur en paix. »

Carmelo charge la valise dans le coffre de la voiture. Nina étreint sa mère, lui promet qu'elle lui écrira souvent, qu'ils reviendront pour Noël et qu'elle lui enverra des photos de Giuseppe, ainsi elle le verra grandir petit à petit même s'ils sont loin. Anna embrasse l'enfant. « Je compte sur toi, Peppe. Veille sur ta maman » et alors que ses lèvres sont posées sur la joue de Giuseppe, elle s'adresse à voix basse à sa sœur.

« Toutes les fois où tu auras envie de fuir, résiste. Souviens-toi que tu n'es pas seule. Toi et moi, on a choisi de rester. Toi et moi, on est pareilles. »

Elle l'embrasse sur le front de deux claquements. Elle ferme la portière, et Carmelo accélère en soulevant un nuage de poussière et de fumée noire.

« Que Dieu vous accompagne. » Serafina les bénit tandis que la voiture parcourt l'allée.

« Pourquoi tu l'as laissée partir ? lâche Anna.

— Les maris, on les suit même au bout du monde.

— Si tu savais où est allé le tien, tu le suivrais même s'il t'a abandonnée ? »

Serafina lui pose la main sur l'épaule. « Sur-le-champ, ma fille. Sur-le-champ. »

Anna pose sa joue sur l'épaule de sa mère, et ferme les yeux.

C'était le 13 septembre 1959. Peppe, ce jour-là, avait le dos tourné, occupé à ranger les fusils dans les étuis capitonnés.

« Papa, tu m'as appelée ?

— Assieds-toi, mon amour. »

Anna s'était assise sur le banc, près du pantalon de chasse suspendu au bord, des bottes aux bouts couverts de fins grains de sable et du pull plié, tricoté par Serafina devant la cheminée les soirs d'hiver où il faisait nuit tôt. Il était en laine et lui piquait le visage chaque fois qu'elle se jetait au cou de Peppe. Elle avait glissé le nez dans le pull et respiré l'odeur de poisson et d'algues marines, puis cette senteur sèche de calcaire et de poussière de roche.

Peppe avait laissé les fusils sur la table, s'était agenouillé à ses pieds et lui avait pris les mains dans les siennes.

« Papa part demain. »

Anna s'était mis le pull sur les épaules, comme un manteau.

« Tu reviens quand ?

— Je ne reviens pas.

— Qu'est-ce que ça veut dire, que tu ne reviens pas ?

— Ça veut dire que je ne reviens plus, Anna. »

ONZE

Avant de sonner à l'interphone, je m'assure d'être au bon endroit et je relis le nom peint sur le carreau de céramique fixé au muret.

« Scilipoti A. », je répète tout bas.

J'appuie sur le bouton de l'interphone et une voix de femme me répond au haut-parleur.

« Oui, qui est-ce ? »

J'approche la bouche de la petite grille métallique. « Bonjour. » Je bredouille, je réfléchis rapidement à ce que je dois dire. Le docteur Scilipoti est chez lui ? Je cherche le docteur Scilipoti, c'est-à-dire pour autant qu'il soit encore vivant, bien sûr. S'il est vivant, il est là ? Et il a une bonne mémoire ?

« Qui êtes-vous ? me presse mon interlocutrice.

— Je suis Severino Greco. Je cherchais le *dottor* Scilipoti. »

La grille s'ouvre, la porte d'entrée aussi et une femme d'environ soixante-dix ans, petite et aux cheveux blonds ébouriffés, se montre sur le pas de la porte en me faisant signe d'avancer.

Je m'engage sur l'allée de cailloux qui traverse le jardin et à mi-chemin je m'arrête, attiré par un petit canot de pêche utilisé comme jardinière.

« Cela vous plaît ? demande-t-elle en me souriant.

— Oui, dis-je, en allant à sa rencontre. On voulait en faire un comme ça avec ma femme mais on n'avait pas la place. Et pas la barque non plus. »

Je monte les trois marches du porche, ôte mon Borsalino et lui tends la main.

« Bonjour, *signora*. »

Avant de me la serrer, elle frotte la sienne sur son tablier de cuisine.

« Lina, la femme du docteur. Excusez-moi, j'étais affairée en cuisine. Aujourd'hui, je prépare des pâtes fraîches.

— Severino Greco, dis-je. Ne vous inquiétez pas, les mains qui cuisinent sont toujours propres.

— Entrez. Mon mari est dans le séjour. Je vais vous l'appeler. »

Je la suis à travers le couloir éclairé par des lampes semblables à des torches encastrées le long des murs recouverts d'anciennes photos de la ville, des aperçus du centre historique de Patti aux allures de peintures. Lina me laisse dans le couloir et m'annonce sur le seuil du séjour.

« Antonio, tu as de la visite. »

Je me penche un peu et l'aperçois. Il est de dos, assis dans un canapé de cuir noir, le crâne chauve, les branches dorées de ses lunettes recourbées derrière ses oreilles, le visage plongé dans le journal déplié entre ses mains trapues, rugueuses mais trapues comme dans mon souvenir.

« Antonio. » Sa femme l'appelle à nouveau mais cette fois élève la voix, le visage émerge du journal et se retourne.

« Qu'est-ce qu'il y a ? Pourquoi tu cries comme ça ? Je ne suis pas sourd.

— On te cherche, lui dit-elle.
— Qui me cherche ? » fait-il.
J'attends, muet, l'oreille tendue et le corps parcouru d'adrénaline.
« Severino Greco, précise Lina.
— Et qui est-ce ? »
Puis le silence. Aucun des deux n'ouvre plus la bouche. Je me les imagine communiquant en cachette par gestes, comme tu le faisais avec moi lorsque j'étais lent à comprendre et que je tombais des nues.
Lina vient me chercher.
« Vous voyez qu'il est sourd, il commence même à avoir des trous de mémoire. Soyez patient, me dit-elle à voix basse alors que nous entrons ensemble dans le séjour.
— Installez-vous », m'invite-t-il. Il a replié le journal, l'a posé sur la table près de ses lunettes et d'une boîte de pilules qui ressemblent à celles que je prends pour le diabète. Je m'assieds dans un fauteuil en velours et j'ai l'impression de m'enfoncer dans un trou. Scilipoti me regarde, effaré, de ses yeux alourdis par des paupières tombantes. Il s'est voûté, son ventre flasque et abondant déborde de son pantalon, son visage desséché par les années lui a agrandi le nez et allongé le menton.
« Excusez-moi, mais je ne parviens vraiment pas à me souvenir. Comment avez-vous dit que vous vous appelez ? »
Lina soupire. « Severino Greco, il s'appelle Severino Greco. »
Je croise les jambes, pose mon Borsalino sur mon genou. « Ne vous inquiétez pas, *dottore*. Après tant d'années de travail à l'hôpital, il est impossible de se souvenir de tout le monde. »

Lina me demande si un café, un alcool, une boisson fraîche me ferait plaisir. Je lui dis qu'elle est gentille mais que je ne bois rien.

« Vous êtes sûr ? Une de nos voisines fait un limoncello à tomber par terre. Vous voulez le goûter ? »

Je soupire, je simule les mouvements faciaux d'un sacrifice. « Alors d'accord. Mais très peu, juste un demi-doigt. »

Scilipoti continue à m'étudier, j'entends les rouages de sa mémoire s'enrayer et prendre feu.

« Rien, vraiment je ne m'en souviens pas. Si vous ne me le dites pas, on va y passer la nuit. »

Je lui souris, j'avais commencé à éprouver du plaisir à le voir se torturer ainsi les méninges.

« Anna Mazzone, ça vous dit quelque chose ? »

Il se gratte le front, répète ton nom comme une litanie, les yeux fermés. Puis il frappe dans ses mains. Il me désigne.

« Annexectomie bilatérale, la première de ma carrière. C'était le 7 janvier 1968. »

Scilipoti prononce cette date-là et mon esprit ramène ce jour à la vie.

C'était en 1968 et voilà que cela se représentait encore.

« Si on me le tue, je ne te le pardonnerai jamais », me lanças-tu lorsque l'infirmière vint te chercher pour t'examiner en urgence.

J'attendis debout, adossé au mur à côté de la porte, retenant ma respiration. Je n'ouvrais la bouche que lorsque j'étais sur le point de suffoquer, une apnée qui dura trente minutes. Puis un jeune homme en blouse sortit, il me parlait doucement, trop doucement. Je le saisis par les épaules.

« Qu'est-ce qu'elle a ? » répétais-je en le secouant.

Il ne réagit pas. Il essaya seulement de m'expliquer.

« Nous devons intervenir, le fœtus s'est niché dans la trompe et l'a détruite. Elle a l'abdomen rempli de sang. »

Je lui arrangeai sa blouse froissée, je me frottai la bouche avec la main. Je l'implorai, les mains jointes. « Faites vite, je vous en supplie. »

Le docteur Scilipoti entrouvrit les yeux. « Je ferai tout mon possible. Aussi bien pour elle que pour l'enfant. » Je le laissai parler tout seul, je tentai d'entrer dans la pièce mais mes jambes ne suivirent pas le mouvement. Elles tremblaient.

Je restai sur le seuil. De là, je parvenais à te voir presque entièrement, c'était toi, le visage en moins.

Tu étais couchée sur le lit d'examen, une perfusion dans le bras, on t'avait donné un sédatif, c'est pour cela que tu ne te plaignais plus. On te préparait pour la salle d'opération. Une infirmière trapue, la coiffe sur la tête, te tenait la main, passant ses doigts sur tes ongles livides. L'espace d'un instant, je t'imaginai morte.

Aurais-je dû te perdre pour un enfant qui n'existait même pas encore ?

Quel lâche, Anna. Je détestai tant ce soupçon de vie qui était en train de te tuer de l'intérieur. J'aurais voulu entrer dans la salle d'opération et te l'arracher du ventre de mes mains.

Après plus d'une heure, Scilipoti ouvrit en grand un battant de la porte. Il m'appela à l'écart.

« Écoutez-moi bien. Votre femme est en danger. Je peux la sauver elle ou sauver l'enfant. Un des deux seulement. Si j'interviens, elle ne pourra cependant plus avoir d'enfants. Votre épouse est intubée, elle n'est pas à même de prendre une décision. C'est à vous de le faire. »

Je posai la main sur son épaule.

« Si Dieu a décidé qu'elle ne pourrait plus avoir d'enfants, je suis qui pour le contredire ? Je vous en prie, sauvez-la. »

Je sortis de ma poche le stylo que je portais toujours sur moi depuis que j'avais commencé à travailler et je signai l'autorisation.

Pendant que tu étais sur le billard, je me promenai dans la cour en fumant une cigarette après l'autre. Un monsieur entre deux âges s'approcha en me demandant si j'avais du feu. Il était en salopette et portait un Borsalino gris qui jetait une ombre sur son visage. C'était comme s'il avait un heaume sur la tête qui le protégeait des autres. Il pouvait avoir accompli les pires méfaits, personne ne l'aurait reconnu avec ce Borsalino enfoncé sur le front. Il bredouillait, peut-être était-ce un fou, un désespéré au bout de sa vie, je ne sais pas, mais je lui demandai où il avait acheté ce chapeau et il me répondit : « Si tu me donnes du feu, je te l'offre. »

Je troquai une boîte d'allumettes contre son Borsalino. Je le porte toujours depuis, sans lui je serais bien incapable de sortir parmi les gens, il m'aide à cacher le regard coupable d'un homme dont je jure qu'il a essayé de se repentir mais n'y parvient pas.

Scilipoti appelle encore notre enfant « le miracle ». Il se fait préparer par sa femme un espresso *macchiato* avec lait et cacao mais il ne le boit pas, il ne parvient pas à interrompre son récit.

« Je me suis repassé mentalement cette intervention des centaines de fois, croyez-moi. J'étais novice, mais je n'ai commis aucune erreur. » Il s'apprête à poser les lèvres sur le bord de la tasse, la remet sur la table et un gros mot lui échappe.

« J'ai retiré les ovaires sans laisser un seul résidu, j'en suis certain. J'ai même recontrôlé plusieurs fois avant de la recoudre, vous savez comment c'est, j'étais très jeune et je ne voulais pas d'ennuis. Votre épouse est sortie de l'hôpital stérile. »

Il boit finalement son café, et se plaint auprès de Lina qu'il est froid.

« Vous pensez qu'au cours des années j'ai oublié ? J'ai cherché partout des cas semblables mais je n'en ai croisé aucun, pas un seul.

— Je vous demande humblement pardon.

— De quoi ?

— Comment, de quoi ? J'ai failli vous frapper quand vous êtes sorti de la salle d'opération. »

Il hausse les épaules. Il sourit.

« Je vous en prie, vous étiez désespéré et puis ça s'est passé il y a une éternité.

— Pourtant vous vous en souvenez », j'ironise. Nous rions ensemble. Mon rire s'estompe, laissant place à la question pour laquelle je suis venu.

« Aucune erreur médicale, donc ?

— *Signor* Greco, la médecine n'a toujours pas d'explications aujourd'hui quant à ce qui est arrivé à votre épouse. Pour la science, votre enfant n'aurait jamais dû naître. »

Scilipoti me demande comment tu vas, où je t'ai laissée, m'interroge aussi à propos d'Antonio.

« Tout le monde va bien, merci.

— Je voudrais serrer à nouveau dans mes bras ce miracle qu'est votre fils. Je me rappelle encore le jour où il est né. On faisait la queue dans le service de pédiatrie pour le voir. Il y avait de quoi se frotter les yeux comme dans un rêve. »

Lina revient de la cuisine, me demande si un autre petit verre me ferait plaisir. Je la remercie mais décline la proposition, même si j'en boirais à flots pour m'étourdir. Je suis resté assez longtemps, c'est l'heure du déjeuner et je ne supporte pas les visiteurs qui demeurent collés à leur fauteuil lorsque mon estomac gargouille.

Je me lève, enfonce mon Borsalino sur la tête et tends la main à Scilipoti.

« Il se fait tard. Ç'a été un plaisir de vous revoir. »

Il se lève péniblement du canapé. Il me tend la main à son tour.

« Saluez votre femme de ma part. Elle est restée dans mon cœur. Elle désirait tellement devenir mère que Dieu s'est plié à sa volonté au mépris de la nature.

— Je n'y manquerai pas, lui dis-je en me dirigeant vers le couloir.

— Attendez.

— Oui ? dis-je en me retournant vers lui.

— Pourquoi êtes-vous venu me trouver seulement maintenant, après tout ce temps ?

— Je ne voulais pas dire adieu à ce monde sans savoir d'abord si le destin de ma femme était vraiment celui d'être mère. »

Il sourit sans rien dire. « Et qui peut le dire, *signor* Greco ? Le nôtre n'était certainement pas celui de l'en empêcher.

— En effet, dis-je. Portez-vous bien, *dottore*. »

DOUZE

L'homme au mégaphone sur l'escalier du sanctuaire soulève son pull, montrant son ventre recousu à la foule rassemblée sur la place.

« Cette femme a perdu pour toujours le don de donner la vie, prions afin que Notre-Dame de Tindari rende son ventre fécond. »

Les fidèles font le signe de croix et, les mains jointes, entonnent l'*Ave Maria.* Anna sent son ventre se remplir, son ventre gonfle à vue d'œil et plus il gonfle plus l'homme au mégaphone incite ses ouailles à prier. « Faites-vous entendre, la Vierge vous écoute. »

Anna se penche en avant, elle se redresse les mains sur les genoux, son ventre est devenu un roc, la suture se déchire et alors elle descend l'escalier, les saisit par les épaules un par un, les implorant d'arrêter, mais ils continuent, bougent les lèvres simultanément, les yeux tournés vers le ciel. Elle essaie de s'échapper en se faufilant dans la foule et parvient à se frayer un chemin en jouant des coudes lorsqu'elle se retrouve face à Serafina qui lui barre la route, elle prie elle aussi en communion avec les autres et ouvre les bras, l'empêchant de fuir. Anna recule, une douleur déchirante lui écorche l'abdomen, les points de suture cèdent et elle s'effondre sur elle-même, pourtant elle ne renonce pas, elle change de direction et marche à quatre pattes en sang entre les jambes des dévots, atteignant péniblement la balustrade qui surplombe la mer. Elle l'enjambe, se laisse tomber dans le vide et dégringole la falaise, terminant sa chute sur la plage dorée des petits lacs. Elle tend le bras vers la mer, la mer est proche et elle rampe sur les coudes pour l'atteindre, elle doit faire vite, les fidèles continuent à prier en se penchant au-dessus de la balustrade. Un mètre encore et elle roule sur la laisse, s'abandonne aux vagues et flotte allongée sur le ventre, poussée par le courant qui l'éloigne du rocher de Tindari, tandis que son ventre apaisé par la salinité redevient plat.

Une voix lointaine et étouffée lui parle.

« *Signora*, comment allez-vous aujourd'hui ? »

Elle ouvre à peine les yeux et, par les minces interstices de ses paupières, elle entrevoit l'image floue d'un homme vêtu d'une blouse. Il soulève le drap, examine son incision, lui dit que tout va bien, puis lui sourit en la recouvrant avec délicatesse. Anna le regarde sortir de la chambre, la mer dans laquelle elle nageait a disparu, et pourtant l'odeur de l'eau est encore présente dans ses narines. La chambre est enveloppée dans la blancheur de la lumière du jour, sur la table face au lit se détachent un vase avec des marguerites jaunes, une bouteille d'eau et le sac de sa mère. Elle n'est pas là, la chaise sur laquelle Serafina a passé plusieurs nuits à la veiller est vide. Le lit à côté aussi est vide. Jusqu'à la veille, il y avait une dame dans la chambre, elle était en plein travail et rugissait comme une bête en peine, maudissant tout le monde, jusqu'à l'enfant qu'elle était sur le point de mettre au monde. J'en ai marre d'agoniser comme un poisson, je suffoque, faites-le sortir, répétait-elle aux infirmières, et celles-ci lui demandaient de se montrer patiente, les contractions avaient à peine commencé et elles prenaient une profonde inspiration et lui disaient de faire pareil, *signora*, détendez-vous et recueillez tout l'air que vous pouvez puis expirez lentement. Elle s'agrippait aux bords du lit, se soulevait sur les coudes et se cambrait comme si elle avait un démon dans le ventre. Entre deux contractions, la femme a croisé son regard et, en proie au désespoir, l'a maudite elle aussi, qu'est-ce que tu regardes, si ça te plaît tant fais-le à ma place, lui a-t-elle dit, les dents serrées et les yeux veinés de rouge à cause de l'effort. Anna ne lui a pas répondu ; avant de se tourner de l'autre côté, elle a imité sa drôle de respiration et lui a souri.

Serafina entre dans la chambre, elle tient un chapelet à la main, dépose l'image d'un Christ en ascension sur la table de chevet. Elle revient de la petite chapelle aménagée dans un coin du service, un petit banc débordant de fleurs avec au centre une statue de la Vierge en prière. Bien qu'assommée par la morphine, c'est la dernière chose qu'elle a vue avant de franchir sur le brancard les portes du service, la chapelle et Severino à côté de l'un des brancardiers qui lui serre la main et lui répète des mots pour elle incompréhensibles.

« Maman, jette ces marguerites.

— Non, je ne les jette pas, je vais plutôt leur remettre de l'eau. » Serafina se glisse dans la salle de bains, remplit un verre d'eau et le verse dans le vase. Elle s'assied sur le bord du lit. Elle lui borde le drap.

« Il attend dehors ce matin aussi.

— Il peut envoyer toutes les fleurs qu'il veut. Mais il ne met pas les pieds ici. »

Serafina lève les yeux au plafond et secoue la tête. « Anna, pour l'amour de Dieu, c'est ton mari. »

Elle roule péniblement sur le côté, lui tournant le dos. La suture l'entrave dans ses mouvements ; après l'intervention, c'est comme si chaque partie de son corps avait des tendeurs accrochés sur son ventre. Il lui suffit de hasarder un geste, un banal mouvement du bras ou du buste en quête d'une position plus confortable pour qu'un élancement rapide et intense lui aiguillonne le ventre. Son corps depuis plus d'une semaine est bridé par une incision qui deviendra une cicatrice, le souvenir pérenne que de tout ce qu'elle pouvait être, elle ne sera jamais une mère.

« Je suis fatiguée, j'ai besoin de me reposer. »

La main de sa mère se pose sur son épaule. « Qu'est-ce qu'il devait faire, risquer de te laisser crever après l'enfant ?

— Il devait se mêler de ses affaires et laisser les choses aller comme elles devaient aller.

— Les choses sont allées comme elles devaient aller. »

Anna se retourne d'un coup. « Maman, dis-moi si c'était ça que tu voulais pour ta fille. »

Serafina porte son regard ailleurs. « Non, grand Dieu. Mais chacun de nous dans ce monde a un chemin qui est écrit. Tu dois lui pardonner. Dieu n'a rien à voir là-dedans. »

Elle la regarde s'éloigner du lit, fouiller dans son sac et en sortir une petite boîte en bois avec un couvercle à charnière. Elle l'ouvre avec précaution et en extrait une longue-vue en laiton, un modèle de poche, qui s'étire pour faire la mise au point sur de grandes distances. Elle revient s'asseoir à côté de sa fille sur le bord du lit.

« Lorsque ta défunte grand-mère m'a promise à ton père, je me suis sentie mourir. » Elle nettoie la lunette de la longue-vue avec un bout de sa manche.

« La seule pensée de me marier avec un inconnu me terrorisait mais on n'avait pas le choix, il fallait respecter les convenances, il était interdit de se rencontrer avant le mariage. Tu te rappelles la fin de la tante Rosa, n'est-ce pas ? »

Anna acquiesce.

C'était le jour des Morts et Nina et elle avaient à peine plus de quinze ans lorsque Serafina leur raconta l'histoire de cette pauvre malheureuse, pour les mettre en garde contre les flatteries de futurs soupirants malintentionnés.

Rosa avait été promise à Salvatore, un carabinier de Messine venu récemment servir au village. Salvatore était un homme de la ville et il ne voulut pas respecter les règles, alors il convainquit Rosa de les enfreindre et ils se rencontraient en secret la nuit dans la caserne où il logeait. Quelques jours avant le mariage, Salvatore se présenta chez Rosa et fit marche arrière, en retirant sa proposition. Le mariage fut annulé mais Rosa était une jeune fille ravissante et les prétendants ne tardèrent pas à se manifester. On la promit à un professeur de musique respecté et ils se marièrent avec la fanfare, un ténor à l'église et les accordéonistes pour égayer le banquet. Une semaine plus tard, l'homme la ramena chez elle, la répudiant parce que quelqu'un l'avait touchée avant lui. Après cela, aucun homme ne voulut plus rien savoir d'elle et Rosa demeura vieille fille dans la maison de ses parents, maudissant Salvatore pendant le restant de ses jours.

Serafina retourne la longue-vue entre ses mains.

« Ton père était un honnête homme. Il ne se risquait même pas à me regarder s'il me rencontrait par hasard au village. »

Anna tend la main vers la longue-vue. « C'est à lui ?

— Reste tranquille », proteste Serafina. Elle étire la longue-vue, passe l'index sur l'inscription gravée le long des trois cylindres en laiton et la lui montre.

Anna lit à voix basse : « Où que tu regardes, tu ne verras jamais que moi. »

Serafina lui fait signe de regarder dans la longue-vue, Anna glisse l'œil et découvre la photo de Peppe, il est jeune et porte un costume, il pose, souriant, les bras croisés, appuyé contre la selle de sa moto.

« Tu as vu quel beau garçon c'était ? » Elle lui sourit, tout son visage s'illumine. « Il me l'a donnée en cachette sous l'amandier derrière chez moi. Jusqu'au mariage, je n'ai cessé de la regarder. Quand je l'ai épousé, il me semblait le connaître depuis une éternité. » Elle porte ses yeux au-delà de la fenêtre, les ferme en se concentrant sur une pensée et les rouvre d'un coup comme si elle voulait leur donner la bonne impulsion pour que cette pensée arrive à destination.

« Je le regarde tous les soirs avant de dormir et j'ai l'impression d'être redevenue jeune fille, quand je comptais les jours qui me séparaient du mariage. »

Elle rougit et Anna lui caresse la joue, elle sent sous sa paume l'épaisse toile d'araignée de rides qui s'interrompent autour de sa bouche, la peau aux bords est restée lisse parce que, depuis que Peppe s'en est allé, la tristesse lui a épargné les plis du rire. Elle ne l'avait jamais vue sourire comme maintenant.

« Où que tu regardes, tu ne verras jamais que moi. » Menteur. Son père est un menteur.

« Pourquoi tu l'aimes encore ? Il pourrait être heureux ailleurs, il pourrait t'avoir oubliée, nous avoir oubliées, maman. »

Serafina lui prend le menton entre les doigts. Son visage devient sérieux.

« Ne parle pas comme ça de ton père. C'est mon mari, j'ai juré devant Dieu de l'honorer et de le respecter toujours, quel qu'en soit le prix, et toi tu dois faire pareil avec le tien. »

Elle repose la boîte avec la longue-vue dans son sac. Elle se dirige vers la porte. « Je vais l'appeler. Je lui ai promis qu'il entrerait dans cette chambre aujourd'hui, donc pas d'histoires.

— Maman », fait Anna, et Serafina s'arrête net sur le pas de la porte. Elle lève l'index.

« Il n'y a pas de "maman". C'est un brave homme et tu dois l'aimer.

— Fais-le entrer, mais promets-moi que tu n'ouvriras plus cette boîte. »

Serafina se frappe la poitrine de la main. « D'abord, il faudra que le cœur de ta maman s'arrête de battre, et après, vous devrez la mettre avec moi dans le cercueil, autrement vous m'entendrez crier même depuis l'autre côté. »

Alors que Serafina disparaît dans le couloir, Anna voit passer les infirmiers, des blouses blanches poussant des femmes enceintes dans des fauteuils roulants, et des femmes enceintes qui marchent gauchement, endolories, courbées sur leurs ventres, des femmes qui pendant toute leur vie se sentiront responsables d'un autre être parce qu'elles l'ont mis au monde et graviteront pendant le reste de leurs jours autour de leurs enfants, brillant de leur lumière réfléchie.

Je vis pour mon enfant, diront-elles, je souffre pour mon enfant, je suis heureuse pour mon enfant, il me suffit que mes enfants se portent bien, que personne ne touche à mes enfants. Elles seront mères pour toujours.

Un soulagement effrayant et euphorique l'assaille, cette fois personne ne pourra changer les choses. Anna est stérile, c'est une femme qui dorénavant ne sera responsable que d'elle-même, et sa lumière sera seulement la sienne.

Severino s'arrête sur le seuil, frappe à la porte grande ouverte en demandant à entrer. Il porte un Borsalino gris, a la barbe négligée, les yeux enfoncés, petits et brillants comme ceux d'une souris. Il ne se hasarde pas à franchir la limite, demeure cloué au sol en attente d'un signe et Anna, de toutes les choses qu'elle ne voudrait pas être en ce froid hiver 1968, ne voudrait pas être la femme de cet homme contrit et ravagé par la culpabilité, immobile sur le pas de la porte, demandant à pouvoir entrer comme s'il demandait pardon pour son trop-plein d'amour, pour l'égoïsme féroce avec lequel il a choisi pour elle parce qu'il aurait été incapable d'aller tout seul de l'avant. La liberté ne regarde personne en face, lui répétait toujours Peppe. La liberté et l'amour, lui répondrait-elle maintenant. La liberté et l'amour ne regardent personne en face.

« Il sort d'où, ce chapeau ? »

Severino porte la main au Borsalino, rit nerveusement.

« Il me va bien, n'est-ce pas ?

— Il est affreux. On dirait un vieux. Entre, prends-toi une chaise. »

Quelqu'un ferme la porte de l'extérieur.

Severino s'assied à son chevet. Les jambes serrées, le Borsalino sur les genoux, il fixe le chapeau en le retournant dans ses mains.

« Comment tu vas ?

— Tu as arrosé les bégonias ?

— Oui, oui, et aussi les géraniums. J'ai même appelé Filippo pour tailler l'olivier.

— Tes vêtements, qui est-ce qui te les lave ?

— Ta maman. Je voulais le faire mais elle n'a pas voulu en entendre parler.

— Tu arrives à cuisiner ? »

Il pleure. Elle n'avait jamais vu un homme pleurer, il sanglote doucement en avalant les larmes entre ses lèvres. « Tu étais sur la table d'opération, Anna. Je n'avais pas le temps de réfléchir. Tu pouvais mourir et j'ai craqué. » Il s'essuie le visage de la manche de son manteau, sa voix se brise. « Qu'est-ce que tu aurais fait à ma place ?

— Tais-toi et viens ici. » Elle lui fait de la place sur le lit, arrange le col de sa chemise, l'embrasse sur les lèvres. « Tu m'as toujours aimée, tu es un homme bon. Tu n'as rien à te reprocher. Les choses sont allées comme elles devaient aller. »

Severino lui promet qu'ils seront heureux quand même, il y a réfléchi longtemps et s'ils ne peuvent avoir d'enfants, ils en adopteront et ce seront les leurs aussi. Nous en adopterons un, lui dit-il, il a déjà parlé avec une personne qui s'est proposée de les aider. Tout ira bien.

« Qu'est-ce que tu as fait ? » Anna le pousse d'une tape sur la poitrine. « Je suis encore dans un lit d'hôpital et tu penses à me trouver un autre bébé ?

— Anna, écoute.

— Non, je n'écoute pas. » Elle le frappe encore, et si la suture ne l'empêchait de se mouvoir aisément, elle ne s'arrêterait pas, elle continuerait jusqu'à épuisement de ses forces.

Severino s'éloigne, lui dit qu'il a peut-être eu tort de lui en parler maintenant, qu'il est trop tôt pour discuter d'une chose aussi importante. Ils en reparleront plus tard, lorsqu'elle aura retrouvé ses forces et sera moins en colère contre lui.

Anna secoue la tête. Elle rit de façon hystérique. « Non, toi et moi, on en parle maintenant.

— Moi pas, maintenant je m'en vais. » Severino boutonne son manteau, met son Borsalino, l'enfonce sur sa tête jusqu'à couvrir son front et ses yeux, il lui parle pardessous le rebord et elle explose, crie jusqu'à s'égosiller. « Enlève ce chapeau et dis-moi comment diable tu as pu prendre une décision aussi importante sans même me demander mon avis ! »

Il ne lui répond pas, se dirige tout droit vers la sortie.

« Qu'est-ce qu'il y a, tu ne peux pas accepter que je ne pourrai jamais te donner d'enfant ? »

Severino relève le Borsalino au-dessus de ses yeux. Il pointe son index vers sa propre poitrine. « Je t'aurais épousée même si tu étais née stérile.

— Alors on se suffit toi et moi. On n'a besoin de s'occuper de personne.

— Pour le moment. Mais quand tu désireras un enfant, tu me détesteras pour ce que je t'ai fait et notre mariage tournera mal.

— Donc on adopte un enfant pour ça ? Pour sauver notre mariage ?

— On en adopte un parce que je veux que tu sois heureuse avec moi, je veux pouvoir te regarder sans avoir peur qu'un jour tu arrêtes de m'aimer. »

Anna lève la main gauche, elle désigne l'alliance qu'elle porte à l'annulaire.

« Je t'ai épousé. J'ai promis devant Dieu de rester à tes côtés pour le meilleur et pour le pire. De quoi tu as peur ? De nous deux, c'est moi qui ai un défaut. »

Severino s'approche du lit, serre le bord entre ses mains et ses bras tremblent de rage. « C'est moi qui t'ai épousée. Toi, tu m'as seulement suivi.

— Si tu crois que l'amour arrive avec les enfants, tu te trompes.

— Alors continue à me suivre si tu n'es pas à même de m'aimer », lui crie-t-il en frappant des poings la barrière du lit.

Anna, cramponnée au matelas, glisse le buste en arrière jusqu'à ce que son dos touche la tête de lit. « Va-t'en. »

Severino écarte les bras en signe de reddition. « Ça va. Si tu ne veux pas adopter un enfant, on n'en adoptera pas. »

On frappe à la porte. Anna dit d'entrer et Serafina pénètre dans la chambre, scrute leurs visages tendus et fait signe de la tête à Severino de sortir.

Il s'arrête à côté d'elle. « Parlez-en avec elle, essayez de lui faire entendre raison si vous pouvez. »

Serafina ferme la porte. Elle croise les bras sur sa poitrine. Guindée dans sa robe noire, elle lui lance un regard sévère.

« Tu le savais ? s'insurge Anna en s'asseyant au milieu du lit.

— Bien sûr que je le savais.

— Et tu es d'accord ?

— Écoute-moi bien. Je ne permettrai pas que ton mariage tourne mal parce que ton mari se lèvera un jour du mauvais pied et se cherchera une autre femme au ventre fertile.

— Ça suffit, maman. Mets ton cœur en paix. Anna Mazzone est stérile et si elle ne peut pas avoir d'enfant à elle, elle ne sera la mère de personne. »

Serafina s'adosse à la porte. Les bras le long du corps. Les paumes collées à la porte. « J'ai un mal qui me ronge. »

Anna n'a pas compris, elle lui demande de répéter. « Maman, qu'est-ce que tu as dit ? » Elle secoue la tête. « Non, ce n'est pas vrai.

— Ta sœur ne sait rien. Personne ne doit rien savoir. Je veux vivre ce qui me reste sans endurer la pitié de personne.

— Allons dans le Nord, dans le Nord ils sont avancés pour ces choses. On te soignera.

— Anna, j'ai deux souhaits qui me tiennent à cœur avant de m'en aller.

— On t'emmène en Suisse. J'appelle Nina tout de suite, on prend un train et on arrange tout.

— Écoute-moi une bonne fois pour toutes, dit-elle, couvrant sa voix et la faisant taire. Le premier, je l'emporte avec moi dans la tombe. Le second est de te laisser entre de bonnes mains. Promets-moi que tu adopteras cet enfant. »

Anna ne lui répond pas. La voix de l'homme au mégaphone hurle dans sa tête, comme les prières des fidèles réunis sous le sanctuaire de Tindari. Elle cherche la mer par-delà la fenêtre, et si ce rebord était une balustrade surplombant l'eau, elle l'enjamberait et plongerait, nageant à toute vitesse et se mettant en sécurité.

« Promets-le-moi », insiste Serafina.

Anna ferme les yeux, acquiesce, et promet.

TREIZE

7 novembre 1964

La femme est descendue de la barque, elle a emporté ses sacs de provisions, les a posés sur le sable et a ôté ses sandales. Elle les a enlevées en se penchant à peine, les a retirées à partir du talon. Personne ne l'a aidée, chacun d'eux était déjà sur le sentier de la carrière, sa pioche sur l'épaule.

Le contremaître s'est approché. C'est ma fille, je la fais venir une fois par semaine. Elle lavera tes vêtements, s'occupera du ménage, et elle se débrouille aussi très bien en cuisine, a-t-il dit.

Une fois par semaine, a-t-il dit. Tu as besoin d'une femme, a-t-il dit.

Elle est passée tout près, les yeux à terre, comme les miens, elle est entrée dans la maison et j'ai emboîté le pas des autres vers la carrière. Lorsque nous sommes rentrés le soir, elle attendait assise sur le pas de la porte avec une corbeille et des écorces d'oranges en tas à côté d'elle.

Une femme aux cheveux auburn tressés, la peau claire, le visage cireux et la bouche rose, si rose qu'on distinguait à peine ses lèvres. Elle s'est levée, est venue à notre rencontre, son panier coincé sous l'aisselle, et nous a distribué les oranges pelées.

Elle m'a donné la dernière. Tiens, de bonnes oranges, a-t-elle dit, et elle m'a tendu le bras, le fruit dans la main.

Je les ai aidés à pousser les barques dans l'eau, je les ai salués et je suis rentré chez moi.

Dans la baraque, il y avait une odeur de propre, le bois sentait bon le citron et le savon fait maison et il y avait déjà un feu allumé dans le coin cuisine, une soupe de légumes sur le feu, une couverture sur le lit d'appoint, une serviette propre sur le bord de la bassine et les vêtements avec lesquels j'étais arrivé se retrouvaient lavés et pliés sur la table en noyer. Le pantalon de chasse, le gilet à grandes poches et le pull en laine tricoté par la femme que j'avais dans mon autre vie. Je les avais laissés, sales, suspendus à un clou. Je n'avais pas pu me résigner à les jeter, j'avais même pensé les ensevelir, si je les avais portés de nouveau ç'aurait été comme retourner dans la peau d'un homme que j'ai décidé d'effacer. Un homme et sa culpabilité. Et elle les a lavés, pliés et laissés sur la table. Lorsque je les ai jetés au feu, une chape de fumée noire a rempli la maison et je ne parvenais plus à respirer, je toussais, je suffoquais presque. J'ai ouvert tout grand la porte et la fenêtre, ainsi que la petite porte du coin cuisine et j'ai éteint le feu avec un seau d'eau.

Je me suis agenouillé et, dans le fourneau, il y avait mes vêtements carbonisés, un tas de cendres et du charbon mouillé.

J'ai rabattu la petite porte de la main et je suis resté à l'extérieur jusqu'à ce que la puanteur se soit dissipée.

Je devais me brûler moi aussi et pas seulement mes vêtements. Et même si à présent j'ai une autre vie, je demeure toujours Peppe.

QUATORZE

Le Chinois a fermé son auberge pour effectuer des travaux, il m'a donc fallu déménager. J'ai trouvé une pension accueillante sur le *lungomare* de Patti Marina. Lorsqu'on m'a remis la clef de la chambre, ç'a été comme retourner à la maison, dans notre chambre à coucher. Les meubles rustiques, la fenêtre avec les volets intérieurs en bois blanc, le sol avec les briquettes en terre cuite disposées en arêtes de poisson.

Je boutonne entièrement mon manteau devant le miroir au-dessus d'une commode. Le froid de décembre m'a donné mal à la gorge. Derrière moi tu es là, je te vois reflétée dans le miroir, désignant mon col, lève-le, Seve, tes cervicales, Seve, après tu te plains de douleurs et tu mets ça sur le compte de la vieillesse.

Le monsieur qui gère la pension m'a proposé de m'accompagner à la gare. C'est loin pour vous, je vous emmène, a-t-il dit. Il m'a demandé quand je comptais revenir, pour venir me chercher.

Je reviens, lui ai-je répondu, je ne sais pas quand mais je reviens. La billetterie est fermée, je fais la queue devant une petite machine automatique parlante et, lorsque c'est mon tour, je demande de l'aide à une jeune fille qui porte une guitare sur le dos.

Trop de boutons pour moi. La bouche de la petite machine crache le billet Patti-Messine, le panneau des départs au-dessus de ma tête indique que le prochain train partira dans trente minutes à la voie deux. Je descends dans le passage souterrain, les mains dans les poches, je cherche le morceau de papier, je ne le trouve pas et je m'arrête pour ouvrir mon manteau.

Par chance, il est dans la petite poche intérieure, avec mon portefeuille et ta photo.

Le wagon est vide, hormis quelques passagers assis çà et là et un groupe de jeunes vautrés sur les sièges, leurs sacs à dos sous leurs pieds, jouant à la *briscola*. Ils se font des signes, jettent les cartes sur la table lorsqu'ils marquent des points, se chamaillent. Je m'installe sur un des sièges à côté, je tends le cou pour suivre la partie mais ils sont loin.

L'un d'eux s'en aperçoit.

« Si vous faites équipe avec moi, on fait un *quattro e sessantuno* », me propose le garçon mal rasé aux cheveux longs, aussitôt celui d'en face se lève et me cède sa place. Pour les jeunes, nous les vieux, nous sommes les maîtres de la *briscola* et de la *scopa*, c'est un honneur de nous avoir comme partenaires. Nous jouons jusqu'à Barcellona Pozzo di Gotto[1], le gars aux cheveux longs et moi avons une avance de dix points lorsque je me trompe dans la dernière manche, que je manque comme un débutant. J'ai perdu le compte des atouts qui restent encore dans le tas.

Toi et moi, en hiver, lorsqu'il faisait nuit tôt et que Stromboli disparaissait englouti par la nuit, nous passions des après-midi entiers à jouer à la *briscola* et à boire de petits verres de sirop de griottes fait maison.

---

1. Ville de la province de Messine.

Je descends du train et je sens les crampes dans mes jambes se réveiller, le fourmillement dans mes pieds me tourmenter. Je me suis entraîné une année entière pour affronter ce voyage, j'ai fait le tour de l'île tellement de fois que j'en ai perdu le compte. Et pourtant je suis déjà fatigué, Anna, je veux retourner à la maison et dormir dans notre lit, étendre les jambes sur notre canapé, regarder l'émission des *pacchi* et m'occuper du potager, te cueillir des légumes et puis nous disputer au déjeuner parce que tu les as trop ou pas assez salés. Le plus beau moment pour nous devait avoir lieu maintenant, au crépuscule.

Et au lieu de cela, tu nous as interrompus, séparés, tu m'as contraint à une solitude que je ne parviens pas à accepter.

Je prends un taxi devant la gare de Messine, je relis le nom de la rue sur le morceau de papier et je passe le voyage la tête contre la fenêtre et le Borsalino incliné sur le nez.

Je me souviens bien du petit immeuble, je passe les noms en revue, je cherche celui de Patrizia Pinzone en espérant qu'elle habite encore ici. « Pinzone P. », lis-je sur la plaque de l'interphone.

Je sonne, une voix qui me semble être la sienne me répond. J'hésite un instant, je ne sais que dire, quels mots choisir, je prononce seulement mon prénom et mon nom. Le grésillement du haut-parleur s'interrompt, la porte ne s'ouvre pas, deux minutes et il ne se passe rien, puis j'entends le déclic, la lumière s'allume dans le hall. Je pousse le battant et prends l'ascenseur, je me souviens de l'étage comme si je montais, avec toi, ce jour-là, ce matin ensoleillé et venteux du 3 mai 1968.

Patrizia m'attend à la porte avec un tablier de cuisine noué autour de la taille, vieillie et pourtant immédiatement reconnaissable. L'odeur de *ragù* et d'aubergines frites envahit le palier. Avec ses pantoufles, son tablier jaune décoloré et son torchon sur l'épaule, on dirait une grand-mère en train de cuisiner le déjeuner du dimanche pour ses petits-enfants.

Dans ses yeux céruléens, je reconnais la même énergie que celle qu'elle avait lorsqu'elle était une jeune fille arrogante et effrontée qui mâchonnait un chewing-gum la bouche ouverte, crachait des gros mots et portait des jeans larges déchirés aux genoux.

Je lui dis que je désire simplement lui parler, cinq minutes, que pourrait vouloir de plus Severino Greco après cinquante ans ? « Faisons vite, j'ai du monde à déjeuner. »

Elle rentre dans l'appartement, me demande de fermer la porte d'entrée alors qu'elle est déjà dans la cuisine en train de mélanger le *ragù* dans la casserole.

« Installez-vous », me lance-t-elle en me tournant le dos, occupée à remettre le couvercle sur la casserole, attentive à laisser un petit interstice pour faire respirer la sauce.

La table est dressée pour deux. La paroi métallique de la hotte est tapissée d'aimants de villes du monde, sur le réfrigérateur figure une photo d'elle et d'un garçon avec une couronne de laurier sur la tête, qui boit à la paille dans une bouteille de *spumante*.

Je la fixe je ne sais combien de minutes, c'est le couteau qui arrête de trancher le pain sur la planche qui me ramène dans la cuisine.

« Qu'est-ce qu'il y a ? Il devait devenir votre fils et au lieu de ça il est resté le mien », sourit-elle, plongée dans le souvenir de cette journée immortalisée sur la photo. Elle se frotte les mains dans le torchon accroché au mur derrière la cuisinière, détache la photo du réfrigérateur et la serre entre ses doigts.

« Là, on était à l'extérieur de l'université, c'était la remise de diplôme d'Alessandro pour son master en génie civil, m'indique-t-elle avec une grimace d'approbation. Cent dix et les félicitations du jury, mon prodige. »

Maintenant que ses yeux, ses yeux de mère, brillent, elle n'est plus la Patrizia que nous avions rencontrée toi et moi.

C'était un vendredi et, avant de partir, tu avais voulu passer à la pâtisserie. Le samedi au Jolì, on préparait les meilleures tartes aux fraises de tout Patti.

Nous nous assîmes à une table et tu en commandas une part.

« Qu'est-ce que tu en dis, j'en fais emballer une et on lui apporte ? »

La marmelade t'avait taché les lèvres, quelques miettes étaient demeurées accrochées à ton menton. Je te fis signe de t'essuyer, et tu ris. J'eus peur, ton rire me donna la chair de poule. Il ne restait aucune trace de la femme alitée à l'hôpital qui invectivait son mari. Tu remuas la petite cuillère dans ton café, tu tendis la main de l'autre côté de la table, vers moi, et me caressas la joue.

« Tout ira bien. Tu as entendu l'avocat ? On n'est pas les premiers et on ne sera pas les derniers, il ne nous arrivera rien. »

À ma place conduisit un homme qui n'était pas moi, plus nous approchions du lieu de la rencontre plus je me sentais comme piégé dans un liquide visqueux d'où personne ne venait me tirer. De temps en temps, tu baissais la vitre, tu attrapais l'air dans ton poing et tu me parlais berceaux, tables à langer, petits ensembles et combinaisons que ta mère et toi choisiriez ensemble. On fait ce qu'il faut, disais-tu, qui sait ce qu'il serait devenu, pauvre petit, enfermé dans un orphelinat ou aux mains d'une famille dépravée. Comment parvenais-tu à ignorer mon silence, les cigarettes que je fumais l'une après l'autre, l'air qui finit par me manquer et qui nous obligea à nous arrêter sur une aire d'autoroute ? Et pourtant tu étais avec moi lorsque je m'éclipsai de la voiture pour filer aux toilettes.

J'ouvris le robinet, recueillis l'eau dans mes paumes et restai là à la regarder déborder de mes doigts, glisser, aspirée par la bonde. J'aurais voulu m'échapper en me faufilant par les tuyauteries et déboucher n'importe où, loin de toi, de cette folle décision dans laquelle je ne t'avais entraînée que par peur de ne plus t'avoir à côté de moi.

Je me rinçai le visage une, deux, trois fois, jusqu'à ce que les traits de l'homme qui aurait voulu sortir de ces toilettes, monter en voiture et retourner chez lui ne disparaissent sans laisser de trace.

Tu m'obligeas à me séparer de mon Borsalino. « Tu dois avoir l'allure d'un père, tu as le temps avant de devenir grand-père. »

Il demeura sur la banquette arrière avec la tarte aux fraises.

Dans l'ascenseur, tu arrangeas le col de ma chemise et me donnas un baiser sur la bouche : « Tu es prêt ? »

Severino, celui d'alors, l'imposteur, acquiesça.

Dans le salon de cet appartement nous attendaient Patrizia et l'avocat Curatola, un homme distingué, en costume, fumeur de pipe, un vétéran des adoptions en sous-main.

Ce fut lui précisément qui nous souhaita la bienvenue, il nous présenta à la jeune fille et nous invita à nous asseoir dans un canapé rouge. Patrizia et lui étaient installés en face de nous, dans deux fauteuils.

Tu croisas les jambes, et croisas les bras. « Alors, comment se passe la grossesse ? »

Patrizia cracha dans sa main le chewing-gum, le roula en boule et le mit dans un mouchoir en papier. Elle regarda ce soupçon de ventre tout juste visible.

« Mal, tout ce que je mange me dégoûte mais je le mange quand même et je vais devenir un éléphant. »

L'avocat éclata de rire et tu ris toi aussi alors que je me tâtais la tête en quête du Borsalino. Patrizia m'étudiait de la tête aux pieds, le regard impudent et provocateur. « Donc on se fout du juge, on lui dit que j'ai eu cet enfant avec lui et quand il naît ils l'emmènent ? »

L'avocat s'éclaircit la voix et commença à parler de lois, de tribunal pour mineurs, de papiers à signer.

« Pourquoi tu veux t'en débarrasser ? » lui demandai-je avec perfidie. L'avocat se tut. Tu me lanças un regard de reproche et intervins en demandant la date prévue de l'accouchement, si nous pourrions venir ce jour-là dans la villa où il aurait lieu et sa voix de gamine couvrit la tienne.

« Je suis danseuse professionnelle, un incident aussi grave pourrait compromettre ma carrière et je ne veux pas d'ennui.

— Et le père ? la pressai-je.

— Qu'est-ce que ça peut bien te faire, de toute façon dans quelques mois ce sera ton fils.

— Et si tu veux le revoir, si tu regrettes et que tu veux le récupérer ? » Je ne parvenais pas à m'arrêter, même si tu me serrais la main et que tu m'intimais de me taire.

Patrizia se leva. « On perd notre temps, vous le voulez ou pas, à la fin ? »

Toi aussi tu te levas, tu la pris par un bras et tu l'emmenas dans une autre pièce. Tu revins avec elle bras dessus, bras dessous en discutant de danse classique, de ballerines célèbres et de remèdes naturels pour soigner les ampoules aux pieds.

Patrizia éteint le feu sous la cafetière, verse le café dans la tasse, me demande si je prends du sucre.

« Non, merci, je le bois noir.

— Alors, qu'est-ce que vous êtes venu faire chez moi après tout ce temps ?

— Ma femme a disparu », lui dis-je après avoir siroté mon café.

Elle dépose la tasse dans l'évier, ouvre le robinet et l'eau coule sur la vaisselle empilée. Elle ferme le robinet. « Et qu'est-ce que vous voulez de moi ? »

Après notre installation à Stromboli pour profiter de nos vieux jours dans ce coin de terre et de feu, Patrizia t'était inexplicablement revenue à l'esprit. Elle te rongeait. Un remords tardif mais déchirant. Tu la mentionnais chaque fois que la télévision passait la publicité où l'on vous encourageait à adopter un enfant à distance. Nous avions été des égoïstes, nous lui avions gâché la vie en nous fichant d'elle et de son enfant. Deux abrutis. Nous aurions dû aller la trouver, ou du moins l'appeler pour lui présenter nos excuses. Que Dieu nous pardonne le mal que nous lui avons fait, disais-tu.

« Ces derniers mois, ma femme n'est jamais venue vous trouver ? Elle n'a jamais essayé de vous contacter pour s'excuser ou pour savoir ce qu'il est advenu de votre enfant ? »

Elle pose ses mains dégoulinantes sur le bord de la table, tire la nappe avec ses doigts écartés et souffle tout près de mon visage, sa respiration assaille la mienne.

« Et pourquoi elle aurait dû s'excuser ? Vous vous êtes fichus autant de l'enfant que de moi. Si elle avait osé venir ici, je lui aurais claqué la porte au nez. Je ne l'ai pas fait avec vous seulement parce que vous n'aviez rien à voir là-dedans. Ça se voyait à des kilomètres que vous ne vouliez pas l'enfant. Mais j'ai fait confiance à votre femme. »

Je me lève, hoche la tête, boutonne mon manteau et cherche la sortie, je n'aurais pas dû venir, déranger de nouveau la vie d'une femme que nous avions déjà bouleversée une fois.

« Merci pour le café », lui dis-je sur le pas de la porte. Elle soupire, une lueur dans les yeux, franche et sincère. Peut-être a-t-elle pitié de moi.

« Je vous ai maudits pendant des mois. Puis quand Alessandro est arrivé, j'ai compris que je pouvais changer mon destin mais que je n'avais pas le droit de changer le sien. »

J'appelle l'ascenseur, je demeure sur le palier en l'attendant et elle, avant de fermer la porte derrière elle, continue de me parler.

« Quand elle m'a prise par le bras, elle m'a emmenée sur le balcon. Elle était gentille, elle m'a juré devant Dieu que vous l'adopteriez. Elle m'a dit que mon bébé était trop important, que c'était une promesse faite à une personne chère et qu'elle tenait toujours ses promesses. »

Les portes de l'ascenseur s'ouvrent, Patrizia disparaît derrière la porte d'entrée.

J'entre dans la cabine, j'appuie sur le bouton du rez-de-chaussée et tu es derrière moi, reflétée dans le miroir de l'ascenseur.

« Tu l'avais promis à ta mère. Voilà pourquoi tu avais inexplicablement changé d'avis. Pas pour nous, pour notre mariage, pour moi. Ne jamais désobéir à Serafina, n'est-ce pas ? »

Je ferme les yeux, je veux que tu disparaisses. Je les rouvre et cela se produit, dans le miroir il n'y a plus que moi. Je passe les doigts sur mes joues qui piquent, ma barbe repousse et je ne la rase plus. Mon Borsalino est décoloré, il est temps que j'en achète un neuf. Noir, cette fois je le veux noir, et regarde, mon pantalon, il tombe sur mes chaussures comme un sac. J'achèterai un jean et des chaussures à lacets noirs, j'en ai vu aux pieds d'un présentateur à la télévision.

Dans le hall d'entrée de l'immeuble, je croise un homme aux yeux céruléens. Il a les mains encombrées par un plateau de pâtisseries, il me sourit et me salue poliment. Il mâchonne un chewing-gum, son visage rappelle celui de sa mère.

« C'est pour moi ? dis-je. Il ne fallait pas. »

Il rit, feint de déballer le plateau. « Si vous y tenez, je vous en offre un.

— Non, je vous en prie. J'ai mon diabète qui ne me lâche pas. »

Je soulève mon Borsalino en signe de salutation et j'imagine avoir pris cet enfant qui n'est pas le mien. L'avoir élevé comme si j'étais son père mais avec le nom de sa mère en poche, la voix de ce fils qui me hantait en me susurrant chaque jour que nous demeurerions toujours des étrangers. Je lui aurais dit, Anna, qu'il n'était pas mon fils. Et il serait quand même là maintenant, il monterait au troisième étage et déjeunerait avec la femme qui l'a mis au monde.

« Alessandro », je répète en moi-même, tandis que je le vois monter dans l'ascenseur, que les portes se ferment et qu'il fait un geste pour me saluer, un signe de la main qui balaie au loin un chemin que nous n'avons pas emprunté.

[illegible]

[illegible] elle sur les marches de l'église [illegible] pour ce
[illegible], entourée de [illegible]. Au pied du
[illegible] des piles de livres de cuisine
[illegible]. Elle
[illegible] le compte [illegible] choses à

QUINZE

Anna pose les sacs de courses sur le paillasson. Elle glisse la clef dans la serrure, tire le pommeau vers elle d'une main pendant que de l'autre elle essaie de tourner la clef. Mario a promis de faire changer la serrure avant la fin du mois, entre-temps il suffit d'insister un peu, la porte finit toujours par s'ouvrir.

Elle soulève les poignées des sacs, pousse la porte du pied et affronte le séjour plongé dans une demi-obscurité en enjambant des cartons scellés et d'autres ouverts, puis encore de la vaisselle, le mixeur, le sèche-cheveux, un tapis enroulé, un écheveau de lampes de Noël, le tourne-disque, les vêtements dans leurs housses en plastique, et parvient enfin à se libérer des sacs sur le granit du coin cuisine. Elle met les mains sur les hanches et regarde autour d'elle. Par terre, derrière le canapé, se trouvent, appuyés l'un sur l'autre, les agrandissements photos des lacs de Marinello, du *duomo* de Syracuse en noir et blanc, et la photo de Severino et elle sur les marches de l'église le jour de leur mariage, entourés de leurs proches. Au pied du meuble avec le téléviseur, des piles de livres de cuisine, cours de crochet, revues éparpillées çà et là. Elle fait mentalement le compte des nombreuses choses à effectuer et se désespère, elle a davantage l'impression d'être dans un magasin que dans une maison. Elle hume l'air. Ils ont peint une semaine auparavant, et pourtant l'odeur âcre de la peinture exhale encore des murs, c'est pourquoi elle ouvre les portes-fenêtres du balcon dans le séjour, fait le tour des pièces en ouvrant en grand tous les volets et la mer écume dans la maison, la brise printanière souffle dans les couloirs et le parfum d'embrun couvre l'odeur de renfermé et de peinture. Elle regarde l'heure à un réveil posé sur le haut d'une caisse et file dans la chambre à coucher, se parfume de deux gouttes d'eau de Cologne derrière les oreilles, noue ses cheveux avec un ruban blanc et se poste à la fenêtre de la salle de bains, la seule qui donne sur la route principale.

Un passant traverse au passage clouté avec un chien noir tenu en laisse, un homme robuste en débardeur, debout à l'arrière d'une camionnette transportant des fruits, tend un sac à une petite fille qui lui donne de l'argent en retour. Une jeune fille, un foulard sur la tête, sort du restaurant d'en face et vide un seau dans une bouche d'égout qui écume de savon. Sur le trottoir, un homme âgé, un enfant dans les bras, pousse une poussette vide suivi de deux femmes bras dessus, bras dessous et enfin, au loin, apparaît Serafina. Elle avance la tête droite et le regard rivé devant elle. La maladie l'a diminuée, l'a obligée à expérimenter la lenteur et elle est comme devenue gracieuse, elle marche là dehors avec une élégance insolite qui lui sied et qu'elle semble ne pas supporter. Elle a les mains vides, elle qui ne sort jamais sans un sac, un petit récipient, une pochette. Anna agite la main en se penchant à l'allège, rentre dans la maison et pousse un soupir d'anxiété. Elle descend l'escalier en se tenant à la main courante, à une rampe et l'attend, une mère qui peine à s'habituer, une femme amaigrie, flétrie, les cheveux abîmés ramassés en un chignon sur la nuque, le visage décharné, strié par des os émergeant comme après une sécheresse. Enveloppée dans son habituelle robe noire, elle s'arrête dans le hall d'entrée et reprend son souffle, lève la tête et la regarde de ses petits yeux éteints, deux agates noires jadis brillantes, austères et maintenant effrayées, retirées dans leurs orbites comme cachées dans une coquille.

« Maman », prononce Anna depuis la dernière marche avant le hall d'entrée. Elle court à sa rencontre, la prend par le bras et Serafina lui montre sa joue, se laisse embrasser puis soutenir une marche après l'autre.

Anna s'excuse pour le désordre, ils sont encore en train de déménager les dernières affaires, la maison de Tindari était trop petite pour trois, en revanche celle-ci est spacieuse et il y a même une chambre pour lui, lorsqu'il sera plus grand. Et puis Oliveri[1] est sur la mer et l'air marin fait du bien aux enfants, ils grandissent avec des poumons solides et tombent moins malades. Serafina observe le séjour d'un coup d'œil rapide, repère une chaise libre, s'installe, épuisée, les coudes sur la table, sort un mouchoir de sa manche et se tamponne les lèvres et les joues.

« Vous avez de l'eau dans cette maison ? »

Anna lui verse de l'eau, lui reproche d'être têtue, il n'était pas nécessaire de venir en car et puis de faire toute cette route toute seule, Severino et elle seraient passés la prendre chez elle dans l'après-midi.

Serafina boit son verre d'un trait, le pose sur la table et agite la main en émettant un grognement de

1. Commune de la province de Messine.

déception. « Oubliez ça. Tant que j'en suis capable, je me débrouille toute seule. »

Elle croise les bras sur sa poitrine, s'éclaircit la gorge et demeure silencieuse, le regard fixé sur l'enveloppe blanche posée bien en vue sur le bord du cendrier. Ses joues s'empourprent, elle est consumée par cette honte habituelle lorsqu'elle est contrainte de devoir lui demander d'écrire ou de lire pour elle.

Anna sait qu'elle est venue expressément pour la lettre de Nina, et elle s'assied à côté d'elle, ouvre l'enveloppe et en sort le courrier accompagné d'une photo. Elle la lui remet. Serafina la considère pendant une poignée de secondes scandées par des inspirations bruyantes et lourdes.

« Comme ils sont beaux. » Elle la regarde en quête d'approbation et Anna l'exauce : « Ils sont très beaux. »

Depuis que le facteur a sonné à la porte, cette photo est devenue pour Anna une petite obsession qu'elle a cultivée en secret pendant plusieurs jours. Elle l'a sortie de l'enveloppe alors qu'elle sirotait le premier café du matin, déballait les cartons, nettoyait les vitres, rangeait les vêtements dans l'armoire, elle est revenue la regarder un instant avant de fermer la porte et de sortir faire les courses, elle a même pensé la glisser dans son sac mais elle l'a finalement laissée et a dû tout faire en vitesse pour rentrer chez elle, mue par la pensée obsédante de rouvrir à nouveau l'enveloppe.

Nina porte des lunettes en forme de gouttes et un manteau court à double boutonnage. De ses bras, elle entoure le cou de Giuseppe qui a presque trois ans désormais et semble être un vrai petit homme ; les mains dans les poches et le col de la veste relevé, il fixe en prenant la pose l'objectif derrière lequel doit se trouver Carmelo, le seul qui manque sur la photo. Effroyablement heureuse, voilà comment sa sœur lui est apparue, aucune trace de tourment sur son visage, la vie qu'elle ne voulait pas choisir a pris le dessus. Peut-être ne s'en est-elle pas même aperçue, peut-être absorbée par son devoir assidu de mère et d'épouse a-t-elle cessé d'y penser jour après jour, et tout cela a-t-il été indolore, son malheur disparaissant en une silencieuse et inconsciente euthanasie.

Anna déplie la lettre. « On lit ce que Nina nous raconte depuis la Suisse ? »

Serafina acquiesce d'un signe de tête.

Je vous écris aujourd'hui, le 15 mai, la photo que je vous ai envoyée date du mois d'avril. Ici le froid n'est pas comme chez nous, on porte des vêtements chauds bien après le début du printemps parce que l'air qui descend des montagnes enneigées est glacial et si on n'y prend pas garde, on attrape une bronchite. Par contre, notre maison est chaude en hiver, on peut marcher à l'intérieur en tee-shirt et pieds nus. Carmelo dit que nous avons eu de la chance, le chef de service de Victorinox l'a à la bonne et le paie bien, il dit en revanche que ses collègues italiens touchent la moitié de ce qu'il gagne et qu'ils vivent entassés dans des mansardes gelées où même une petite souris ne serait pas à l'aise. Près de chez nous habite une famille d'Agrigente. Lui travaille dans une menuiserie tandis qu'elle reste à la maison pour assumer son rôle de maman, comme moi. Elle a deux enfants, l'un fréquente l'école élémentaire alors que l'autre a le même âge que Giuseppe, c'est pourquoi nous passons du temps ensemble l'après-midi. Elle s'appelle Antonietta. Nous emmenons les enfants au lac des Quatre-Cantons et faisons de longues promenades, maintenant que le temps le permet. Elle m'enseigne l'allemand et petit à petit j'apprends à prononcer quelques mots, comme ça je peux au moins sortir acheter une brique de lait sans me retrouver comme une sourde-muette qui parle par signes. Les Suisses ne peuvent pas nous voir, les fois où nous sortons et qu'ils nous entendent parler italien ils nous regardent de travers. Ils nous appellent « Cincali ». Je ne sais pas ce que ça veut dire mais Carmelo dit que c'est un mot de mépris. Il paraît qu'ils veulent même faire un vote pour nous renvoyer. Mais Carmelo dit que nous pouvons être tranquilles, la Suisse a besoin des Italiens pour la main-d'œuvre. Son chef le lui a dit.

Cette lettre, je l'ai écrite plus que les autres le cœur serré parce que je suis heureuse de vous annoncer que j'attends un autre enfant. Le docteur m'a recommandé de ne pas descendre en Sicile en août, il dit que le voyage pourrait me faire perdre le bébé, nous avons donc décidé avec Carmelo de ne pas venir. Je suis vraiment désolée de ne pouvoir vous serrer à nouveau dans mes bras mais nous viendrons sûrement à Noël.

Maman, je t'envoie un gros baiser et ton petit-fils Giuseppe t'en envoie un autre encore plus gros. Je lui parle toujours de toi et quand je lui montre ta photo, il met le doigt dessus, me regarde et dit « grand-mère ».

Anna, Dieu seul sait combien je suis désolée de ne pouvoir être auprès de toi pour t'épauler dans cette tragédie qui t'est arrivée. Mais les enfants sont à ceux qui les élèvent et peu importe si tu les fais toi-même ou si c'est quelqu'un d'autre et cet enfant sera pour moi comme mon neveu de sang. Embrasse donc pour moi Severino, fais-le aussi de la part de Carmelo qui le salue chaleureusement.

J'attends impatiemment une lettre de votre part. Je voudrais tant avoir une photo de vous maintenant, pour la mettre sur la table de chevet et vous souhaiter chaque soir une bonne nuit comme si vous étiez ici avec moi.

Je vais bien. J'attends cet autre petit être avec l'impatience d'une femme qui n'a jamais eu d'enfant.

Vôtre,

Nina

Anna lève les yeux de la lettre. Elle pose sa main sur celle de sa mère.

« Maman, tu dois lui dire.

— Dans cette maison on ne respire pas. » Serafina se lève en s'aidant des accoudoirs de la chaise, se traîne lentement vers le balcon.

Anna la suit jusqu'au seuil. Au-delà de la balustrade, la mer glisse sur la laisse et le sable humide brille sous le soleil de midi.

« C'est ta fille, maman.

— On n'en parle pas. Si je le lui dis, elle perdra l'enfant de chagrin. »

Anna demeure muette et l'observe de profil. Les bras croisés, le menton à peine relevé et les épaules redressées, Serafina conserve son orgueilleuse posture de toujours, son corps semble avoir une mémoire qui nie les souffrances de la maladie.

« Tu ne peux pas lui épargner cette peine. Tôt ou tard, elle devra l'affronter.

— Après. Nina ne doit rien savoir pour le moment. Ta sœur n'est pas comme toi.

— Pourquoi, moi, je suis comment ? » lui demande Anna.

Serafina lui désigne la plage et sourit.

Anna passe la tête par-dessus la balustrade. Une femme sur la plage, suivie d'un enfant portant la tenue d'une équipe de football, se dirige d'un pas décidé vers le trottoir, un ballon coincé sous le bras. L'enfant frappe du pied, lui crie qu'il ne veut pas partir et enfin s'effondre les jambes croisées sur le sable. La femme se retourne, l'appelle, l'incite à la suivre, mais il ne veut rien entendre, immobile comme un rocher. Finalement, elle revient sur ses pas, s'agenouille face à lui, lui donne le ballon et l'embrasse sur le front.

« Tu as toujours été comme ce petit garçon. »

Anna observe l'enfant pendant qu'il dribble, shoote dans le ballon, l'envoyant de tous côtés, puis court le rattraper en trébuchant joyeusement dans le sable.

« C'est vrai, mais finalement je t'ai toujours écoutée. »

Serafina serre les lèvres, ferme les yeux et plisse le visage. Elle avale en vitesse quelque chose d'amer, quelque chose qui lui demeure en travers de la gorge.

« Tu ne le sais pas mais tu m'as sauvée. Te tenir tête est la seule chose qui m'ait maintenue en vie après que ton père m'a laissée toute seule. » Elle la saisit par les épaules. « Viens ici. » Elle la serre contre sa poitrine, la secoue de petites poussées vigoureuses comme si elle voulait la faire entrer en elle de force.

« Tu dois me pardonner pour tout le mal que je t'ai fait, alors je pourrai mourir en paix. »

Anna pince sa joue décharnée de ses doigts. « Ne dis pas de bêtises. Je n'ai rien à te pardonner. L'amour que tu me portes, personne ne me le portera jamais.

— L'amour d'une mère est dangereux, il peut adoucir la vie mais aussi l'empoisonner. »

Serafina est prise d'une quinte de toux soudaine et violente. Elle se couvre la bouche de son mouchoir et lui fait signe de s'éloigner. Anna l'accompagne à l'intérieur et lui fait de la place sur le canapé, l'aide à s'allonger, lui ôte ses chaussures par les talons et découvre des pieds gonflés, sur lesquels ont déteint les mocassins noirs qui ont vieilli avec elle et dont elle n'a jamais changé, pas même pour une autre paire identique. Elle se munit d'une éponge, d'un savon et d'une bassine, s'agenouille et alors que sa mère se repose, plongée dans un sommeil forcé, elle frotte ses pieds patiemment, les orteils aux jointures, les talons où la couleur s'obstine à ne pas vouloir s'en aller.

La dernière fois qu'elle lui avait vu aux pieds des chaussures d'une autre couleur, c'était durant l'été. Serafina se préparait pour aller manger une glace à la plage avec Peppe. Elle portait une longue robe près du corps qui finissait en une jupe large et virevoltante et des chaussures bleues à talons, elles lui allaient parfaitement au cou-de-pied, qu'elle avait haut et élancé, elle marchait à travers les pièces du *casolare* sur la pointe des pieds comme une ballerine, dansait sur les briques en terre cuite légère et haletante. Anna était alors une enfant d'à peine six ans qui courait derrière elle en lui demandant continuellement quand ils allaient revenir, refusant de rester à la maison avec Nina et sa grand-mère. Je veux venir aussi, lui disait-elle. Peppe était revenu du village, il était entré dans la cuisine, avait avalé d'un trait un verre d'eau et avait enlacé sa femme à la taille. Serafina avait essuyé ses lèvres humides d'un doigt et lui avait susurré quelque chose à l'oreille pendant qu'Anna tirait un pan de la jupe en la suppliant de l'emmener.

« Je t'ai dit non », lui avait répondu sèchement Serafina. « On y va, il va faire nuit », avait-elle dit à Peppe en le pressant. Anna avait tapé des pieds mais avait fini par capituler. Elle sortait de la cuisine lorsqu'elle s'était retournée et les avait vus échanger un baiser. Elle était demeurée immobile à les regarder, curieuse, pendant que leurs bouches s'unissaient et se séparaient et que sa mère souriait, l'embrassait sur la pointe des pieds et souriait de nouveau.

« Anna, va jouer avec Nina, l'avait réprimandée Serafina en détachant ses lèvres de celles de Peppe.
— Laisse-la tranquille, l'avait-il reprise. Ce sont des enfants. »

L'eau dans la bassine s'est obscurcie, Anna essore l'éponge et continue à frotter les taches noires qui s'estompent mais ne disparaissent pas totalement.

Les chaussures étaient bleues et ils s'aimaient, ils s'étreignaient, se touchaient, se désiraient, ils étaient reclus dans leur amour et ne permettaient à personne d'entrer et il était heureux, il l'emmenait se promener et ils revenaient en pouffant dans l'escalier du cabanon, riaient à table après un verre de trop, dans la campagne pendant la récolte des olives il vidait son panier et elle le poursuivait avec un râteau, ils riaient et auraient pu s'aimer encore et, au lieu de cela, le 13 septembre 1959, cette femme aux chaussures bleues qui danse sur la pointe des pieds les yeux fermés sombre d'un coup dans un vide éternel.

Un vide qui est sur le point de prendre fin.

Anna met de côté la bassine, se dégourdit les jambes et embrasse le front de sa mère, la sortant de son assoupissement.

« Il est quelle heure ? lui susurre Serafina, qui ouvre à peine les yeux.

— Il est l'heure de déjeuner. Ne bouge pas, je vais cuisiner quelque chose puis on ira dans la chambre à coucher, je te montrerai le berceau pour le bébé. Tu verras comme il est beau, c'est un ami menuisier de Severino qui l'a fait.

— Vous avez choisi le prénom de mon petit-fils ?

— Pas encore. J'ai dit à Severino que je le choisirais avec toi. Tu es contente ? »

Serafina peine à garder les yeux ouverts, sa tête balance. « Je suis contente. Même si ce n'est pas ton enfant je suis contente.

— Je vais mettre la sauce sur le feu.

— N'oublie pas de faire blanchir l'oignon avant de le faire revenir.

— Je sais faire de la sauce, tu sais. J'ai eu une excellente enseignante. » Elle lui chatouille un pied et Serafina rit doucement, essaie de parler mais le sommeil lui entrave la langue.

« Dors, je t'appelle quand c'est prêt.

— Anna.

— Dis-moi, maman.

— Quand tu écriras à Nina, dis-lui que je vais bien.

— Sois tranquille. Je ne lui dirai rien mais n'y pense plus. Ferme les yeux et ne pense plus à rien. »

Avant de se retirer dans le coin cuisine, elle branche le tourne-disque à la prise murale. Elle fouille dans un carton plein de vinyles et, parmi les pochettes, reconnaît le quarante-cinq tours de la chanson qu'elle aime tant. Elle le pose sur la platine, actionne le bras de lecture et le tourne-disque entonne la chanson pendant qu'elle coupe les oignons et ferme les yeux en retenant ses larmes. Elle revient dans la salle à manger enlacée à Peppe. Ils dansent pour la dernière fois.

Ils chantent à mi-voix pendant que Serafina dort.

Aimons-nous très fort, mon amour,
mon cœur te dit ne me quitte plus.
Serre-moi fort, ne me dis pas adieu
parce que je ne peux pas vivre si tu me manques.
Si tu peux oublier les baisers que je t'ai donnés,
souviens-toi de ceux que tu m'as donnés.

SEIZE

25 décembre 1964

Ma fenêtre n'a pas de store, or la nuit dernière c'était comme si elle en avait. Le volet était encore ouvert, le soleil s'était couché depuis quelques heures et la seule lumière était celle de la bougie sur un passage de la Torah. Puis, dans le reflet de la fenêtre, sur la vitre rayée qui divise mon visage, me contraignant chaque soir à revoir aussi l'autre Peppe, est apparue une autre lumière. Elle venait de la mer et grandissait au fur et à mesure que se découpaient la silhouette d'une proue puis le profil d'une femme.

J'ai replacé le livre sous mon oreiller, rabattu le volet, fermé la porte avec le verrou et je suis resté silencieux, les mains sur la poignée et l'oreille dressée. Je n'entendais que le feu crépiter dans le coin cuisine et le moteur qui a fini par s'éteindre.

Même si elle a mis longtemps à arriver, j'ai résisté à l'impulsion de retourner à la fenêtre pour regarder, je suis demeuré à écouter les pas légers devenir de plus en plus lourds, jusqu'à s'interrompre derrière la porte. Elle a frappé une fois, deux fois, puis a posé quelque chose par terre et a dit : « Ici il y a deux plats, nous avons cuisiné de la sauce au porc avec les *maccheroni* et des lentilles avec le *cotechino*. »

Elle n'a plus parlé pendant un moment, si bien que j'ai pensé qu'elle était partie et que j'ai marché vers la fenêtre. Elle a dû entendre le plancher craquer.

« Je les laisse ici », a-t-elle dit.

J'ai fait coulisser le verrou les yeux fermés, j'ai tiré le battant vers moi et elle était encore là, immobile, portant une grande veste d'homme, une écharpe effilochée autour du cou, de ses mitaines dépassaient des doigts maigres aux ongles noirs de terre. Son visage était pâle comme toujours mais plus rosé, le froid lui avait déshydraté la peau et aussi les lèvres, les avait creusées de petites crevasses comme si on les lui avait entaillées avec un couteau. Je n'ai rien dit, j'ai pris les plats enveloppés dans des tissus, les ai empilés et lui ai tourné le dos.

« Mon père ne sait pas que je suis venue, a-t-elle dit, et alors que je fermais la porte, elle m'a rappelé qu'elle revenait dans deux jours.

— Tu ne dois plus venir, lui ai-je rétorqué.

— Qu'est-ce que je t'ai fait ? »

J'ai serré les plats entre mes mains, les ai posés par terre et j'ai poussé la porte que j'aurais fermée si elle n'avait avancé son pied, le coinçant entre le montant et la porte.

« Qu'est-ce qu'il y a, tu n'aimes pas les femmes ? » Elle a glissé la tête à l'intérieur. « Pourquoi tu ne viens jamais sur l'autre île ? Mon père dit que tu es peut-être recherché mais qu'on doit se mêler de nos affaires. »

Elle n'a retiré son pied que lorsque je l'ai menacée de parler au contremaître de sa venue en cachette. Après avoir fermé, je suis demeuré immobile, les plats encore par terre.

Le moteur de la barque ne démarrait pas. Plus le temps passait moins il y avait de vrombissement, alors j'ai ôté le loquet du volet et, par le petit interstice entre le volet et la vitre, j'ai vu que la barque était toujours sur le rivage, qu'elle était encore là elle aussi, assise à l'intérieur et soufflant dans ses mains pour se réchauffer, qu'elle serrait les épaules dans sa veste et que ses cheveux, mus par le courant d'air, lui couvraient et découvraient le visage. Le vent rendait la mer mauvaise, il y avait même du ressac et un amas de gros nuages noirs menaçait de tourner à la pluie.

Je suis sorti. Je l'ai prise par un bras et nous sommes retournés à l'intérieur.

La fille du contremaître a accroché sa veste au clou où j'avais gardé mes vêtements de l'autre vie, elle s'est réchauffé les mains dans le coin cuisine, elle tremblait de la tête aux pieds, elle a attisé le feu et a toussé, une toux sèche et forte.

« Ce don de Dieu laissé par terre », a-t-elle dit en désignant les plats, et elle les a ramassés, disposés sur la table, puis elle a retiré le tissu et les a mis à réchauffer sur la surface en fonte de la cuisine. Je l'épiais dans son dos pendant qu'elle s'affairait, les mains dans les plats, son pantalon était trempé, retroussé jusqu'aux genoux. La bougie sur la table projetait son ombre sur un mur. Les courbes du bois déformaient son profil mais je parvenais quand même à retracer du regard les lignes de sa poitrine plate avec ses seins à peine esquissés, la courbe de ses fesses rondes et saillantes et ses cheveux ondulés, tombant jusqu'au coccyx.

« Comment tu t'appelles ? lui ai-je demandé.

— Agatina, a-t-elle dit, et elle s'est retournée vers moi en se léchant les doigts un par un.

— Dans le coffre, il y a des pantalons. »

Je me suis approché de la porte pour sortir.

« Reste ici, il fait froid dehors, ça ne fait rien, je vais me sécher avec la chaleur de la cuisine. » Elle a souri de ses dents jaunes de femme de la mer qui mange salé. J'ai sorti du buffet l'assiette, le verre, les couverts. J'ai dressé la table.

Je me suis assis sans rien dire, j'ai piqué dans le *cotechino* bien savoureux et les *maccheroni* à la sauce au porc, j'ai tendu le bras vers le verre et elle m'a versé du vin, celui qu'elle m'apporte chaque semaine. Puis elle s'est installée en face de moi, debout, car il n'y a qu'une chaise dans la baraque. Une seule.

« Comment c'est ? »

D'un coup j'ai cessé de mâcher, j'ai avalé tout rond. La chaleur de la baraque lui avait redonné des couleurs. Elle avait les lèvres rouges comme le jus des cerises et le visage et les bras d'une peau lisse, presque transparente. J'ai piqué un morceau de *cotechino* et je lui ai mis en bouche comme si elle m'avait jeté un sort. Elle a mâché les yeux baissés, le gras coulait des coins de ses lèvres jusqu'à son menton arrondi et elle s'est essuyée avec la manche de son pull. Elle a émis un faible gémissement de plaisir et, tout de suite après, elle est venue à côté de moi boire une gorgée de vin, laissant l'empreinte de ses lèvres graisseuses sur le bord. J'ai serré les orteils dans mes chaussures, mon estomac s'est noué et j'ai lâché la fourchette.

« Tu n'as pas un mari chez toi ? » lui ai-je demandé en me levant.

Agatina a fait signe que non de la tête et a commencé à débarrasser la table alors même que je lui disais de ne pas le faire. Il faisait presque nuit. Elle devait s'en aller.

« Les tâches d'une maison, c'est une femme qui les fait, et toi ici pour le moment tu en as une », a-t-elle dit, et elle s'est mise à laver la vaisselle dans l'eau froide. Elle lavait et toussait. Lorsqu'elle a eu fini, elle s'est mise à chanceler, et elle m'est tombée dans les bras, comme morte. Elle brûlait comme un tison ardent. Je l'ai couchée sur le lit d'appoint, je lui ai enlevé ses chaussures et son pantalon, elle avait les jambes fines mais musclées. Je lui ai mis mon pantalon, l'ai recouverte d'une couverture de laine et lui ai tamponné le front avec un linge mouillé dans l'eau froide. De temps à autre, un filet d'eau coulait de son front sur ses joues, elle se plaignait et semblait pleurer. Ce n'est que lorsque je lui ai touché le front et qu'il était froid que j'ai soufflé sur la bougie et que je me suis endormi sur la chaise. Puis je ne me souviens de rien.

À l'aube, elle n'était plus là.

[illegible]

[illegible] machines [illegible]

[illegible] quelque [illegible]

[illegible] qu'il est [illegible]

[illegible] que les machines à ne jamais pouvoir changer. Ceux-ci [illegible] sont mieux faits, ils restent vivants [illegible] une [illegible] et [illegible]

DIX-SEPT

Le voyage en train de Messine à Patti se fait en un clin d'œil, lorsqu'on le passe à dormir. La voix métallique annonce l'arrivée en gare, me réveillant juste à temps. Je me lève, étourdi, et me dirige vers la porte en chancelant le long du couloir du wagon. De l'autre côté des vitres des deux grands hublots opaques, le soleil se couche sur la mer. La lumière ambrée a transformé le ciel en une prairie de nuages rouges, elle se reflète sur les murs tagués de la gare et réchauffe un homme de couleur assis sur un banc, un gros sac gonflé et en mauvais état à côté de lui.

Je descends du train, j'emprunte l'escalier du passage souterrain et un banlieusard me dépasse, tenant à la main un de ces paquets de Noël avec un *panettone* et une bouteille de *spumante*. Ce n'est que maintenant que je me dis que Noël approche, et je pense aussi à la crèche, à la mousse que tu m'obligeais à ramasser quelques jours avant, aux bergers en piteux état aux visages décolorés et aux membres cassés que tu t'obstinais à ne jamais vouloir changer. Ceux d'autrefois sont mieux faits, ils semblent vivants, disais-tu. Tu installais une crèche de bergers estropiés et de moutons boiteux, tu y employais des heures et puis la nuit sainte tu oubliais de mettre l'enfant dans le panier.

Dans le passage souterrain souffle un courant d'air froid et mordant, je sors à l'air libre et sur l'esplanade de la gare un jeune gars peste contre sa Vespa. Il tire le starter sous la selle, appuie avec le pied sur la pédale et pousse mais sans succès, le moteur toussote et ne démarre pas. Je m'approche en levant une main et il arrête de s'agiter sur la pédale, laisse échapper un profond soupir et met les mains sur les hanches.

« Rien à faire, cette maudite Vespa ne veut pas repartir. »

Je pose la main sur le phare rond, passe mes doigts sur les chromes et l'emblème Piaggio sur le bouclier, aux bords chromés eux aussi. « C'est une Primavera de 67, n'est-ce pas ?

— Oui, fait-il. Je l'ai restaurée l'année dernière et ça m'a coûté une fortune.

— On s'est trompé de selle, dis-je, celles à bossage sont sorties après, on les a montées sur la première spéciale.

— Impossible », réplique-t-il en tapant la main sur la selle, et il recommence à torturer la pédale.

« Tu as regardé si ce n'était pas la bougie ? » dis-je en élevant la voix pour couvrir les râles du moteur qui tourne à vide. Il secoue la tête, se penche sur le capot latéral, l'ouvre et fixe, pantois, l'intérieur de la Vespa.

« Voyons un peu », fais-je, et je me penche, y glisse les mains, détache la pipette et jette un œil à la bougie.

« Passe-moi la clef.

— Ah oui, bien sûr, la clef. » Il soulève la selle, fouille à l'intérieur et me tend la clef hexagonale.

« C'est quoi le problème, d'après vous ?

— La bougie a dû s'encrasser », dis-je et tandis que je la dévisse je vois déjà la saleté sur la pointe. Je la frotte sur mon pantalon, la revisse à sa place et la recouvre de la pipette.

« Essaie, maintenant », dis-je, me remettant debout alors que je ne sens plus mes genoux.

Le gars donne un coup sec sur la pédale et le moteur démarre. Je regarde mes mains barbouillées de graisse et les larmes me montent aux yeux.

« J'en ai bricolé, des Vespa comme celle-ci à des amis. Je les faisais voler. »

Il me sourit, fait vrombir un peu le moteur et me demande si je veux faire un tour. Je lui réponds que non, il y a des années que je n'ai plus fait de Vespa et puis je n'ai pas de casque.

Il hausse les épaules : « Je n'en ai pas non plus », il recule sur le siège, me fait un clin d'œil et attend bras croisés. Alors je monte et lorsque je sens ses mains serrées autour de ma taille, je passe la première, relâche l'embrayage et accélère et nous zigzaguons sur deux mètres, puis il m'indique une route que je ne connais pas et nous finissons sur une ligne droite qui semble infinie et la vitesse m'entre dans les veines et nous fendons l'air, le vent me tire le visage en me lissant les rides, il soulève mon Borsalino, le gars le saisit et me l'enfonce de nouveau sur la tête. Le vrombissement aigu du moteur en troisième est pure musique, je dépasse les voitures en talonnant l'horizon et rien ne me fait peur sur la Primavera de 67, pas même le fait que tu ne sois pas à côté de moi et que je nous oublie, je suis sans toi et peut-être suis-je vraiment moi. Je ralentis à l'entrée de la rue où se trouve ma pension, je m'arrête devant une boulangerie et descends. Le gars prend ma place, me serre la main et disparaît en se faufilant entre les voitures arrêtées en file. Je redresse mon Borsalino sur mon front, arrange mon manteau, poursuis à pied en dépassant des vitrines de magasins de vêtements et m'arrête pour en considérer une présentant un mannequin que je voudrais être. Il porte une paire de souliers vernis, un jean droit, un pull à col roulé et un Borsalino noir qui me plaît beaucoup, alors j'entre, et je suis accueilli par une dame en tailleur bleu chaussée d'élégantes ballerines.

« Bonsoir, dis-je.

— Bonsoir, vous désirez ? » Elle a le visage poudré, les cheveux courts avec des mèches rouges, les paupières maquillées de la même couleur que son élégante robe. Elle doit avoir cinquante ans, et ne les fait pas.

Lorsque je lui dis que je voudrais les vêtements du mannequin, elle fronce les sourcils et tend le cou vers la vitrine.

« Celui avec le Borsalino vintage ?

— Oui, dis-je, celui-là précisément. »

Elle me demande la taille de mon pantalon, de mon pull, mais je ne les connais pas. C'était toi qui achetais mes vêtements, tu les apportais à la maison et ils m'allaient toujours parfaitement. Je ne connais que ma pointure. Elle me toise de la tête aux pieds, bredouille des tailles les unes après les autres, puis cherche parmi les étagères le pull, le jean, se faufile dans l'arrière-boutique pour chercher les chaussures, puis revient, m'installe dans la cabine d'essayage et me passe les vêtements.

J'accroche mon manteau à la patère fixée au mur et pose mon Borsalino par-dessus. Je m'assieds pour enlever mes chaussures et mon pantalon, je déboutonne ma chemise devant le miroir et demeure en slip et débardeur. Mes vêtements sont tous suspendus au mur et il ne reste que moi et ma peau flasque qui pend aux bras, ma poitrine rachitique et saillante, mes touffes de poils blancs sur le torse, mes jambes violacées et sillonnées de veines, et les quelques cheveux sur les côtés de la tête, gris et ternes. Je me touche, je tâte ce corps imposteur qui a pris possession de moi pendant toutes ces années. Je revêts les habits neufs, glisse la main dans mon manteau et déroule le portrait.

Un œil sur le miroir et l'autre sur le dessin pendant que j'essaie d'imiter la pose.

« Tout va bien ? demande la dame de l'autre côté.

— J'arrive, dis-je, et je remets en place le dessin, j'écarte le rideau, elle m'attend de l'autre côté les bras croisés.

— Faites voir. » Elle tourne autour de moi, pose le Borsalino neuf sur ma tête. Elle fait un cercle en joignant le pouce et l'index, sourit, satisfaite, caresse la manche du pull : « C'est du cachemire, il vous tiendra chaud. » Elle se penche en pressant du pouce la pointe d'une chaussure : « Vous êtes à l'aise dedans ? » Elle arrange l'ourlet du jean, m'aide à passer mon manteau et me demande de faire quelques pas dans le magasin. Je me promène entre les miroirs les mains dans les poches, je me regarde de profil et le Borsalino tombe parfaitement sur le bas du front tandis que j'imite l'expression solennelle que j'ai sur le dessin.

« Parfait, dis-je, je peux partir ainsi ?

— Bien sûr, je vous coupe tout de suite les étiquettes. »

Pendant que je paie, elle s'empresse de glisser le Severino d'avant dans un sac et me laisse une carte pour une réduction de vingt pour cent sur le prochain achat. Qui sait, peut-être reviendrai-je. Pour habiller un autre Severino encore.

Je sors du magasin, sentant le neuf, déplace d'avant en arrière mes talons sur le trottoir, salue avec sérieux un passant en soulevant mon Borsalino, fixe un garçon à vélo et fais mine de ne pas le laisser passer en improvisant deux feintes. Plus loin, je tombe sur une benne à ordures, je m'en approche, noue les poignées du sac et l'y jette. Je traverse la rue, entre chez un traiteur, mange une petite pizza et bois une bière assis sur un tabouret près d'un motard, le casque sur les genoux et un *arancino* en main. J'ai toujours rêvé d'acheter une moto et de parcourir la Sicile, entre les campagnes d'Agrigente, les monts Nebrodi, les villages de l'Etna, de manger et boire dans les trattorias sur mon chemin, de dormir où cela se présente, sans penser à rentrer chez moi.

À la pension, on a installé les lumières de Noël autour de l'enseigne. Sous le comptoir de la réception, il y a une guirlande de lumières rouges et près de la sonnette de table un petit sapin artificiel décoré de boules blanches et rouges. La fille du propriétaire, occupée à tapoter sur l'écran de son portable, me remet les clefs. J'emprunte l'escalier en fixant mes chaussures, ouvre la porte de la chambre et allume la télévision sur la première chaîne, il est déjà sept heures et demie et il y a le présentateur à la peau foncée, aux lunettes fines et aux chaussures semblables aux miennes. Je lance mon Borsalino sur le lit même si cela porte malheur, je me couche habillé et ne me réveille que le lendemain matin, la pointe de mes chaussures dépassant du matelas et le journal télévisé de huit heures à plein volume.

J'éteins la télévision, j'ouvre grand la fenêtre et, dans la rue, une file de voitures a engorgé la station-service située en face de la pension. Un homme agite un ticket de caisse devant la figure du pompiste, sa femme sort de la voiture et tente de le calmer mais ceux-ci en viennent aux insultes tandis qu'un concert de klaxons retentit derrière eux. Dans la cour de la pension, Vincenzo arrose les parterres de fleurs avec un tuyau et mouille délibérément les pieds de l'apprenti boulanger qui apporte le plateau des petits déjeuners pour les clients. Je vais à la salle de bains me rincer le visage et cherche instinctivement mon rasoir ; renoncer à une habitude aussi bien ancrée m'est encore difficile, c'est pourquoi je fais mine de me raser en me passant la main sur les joues. Certains matins, j'ai même imité le ronronnement du moteur. En bas, dans le coin bar, il y a de tout. Un plateau de croissants fourrés de crème à la pistache, de *cannoli* à la ricotta, une corbeille d'oranges parfumées, de petites *cassate* siciliennes posées sur des napperons de papier en dentelle. Derrière le comptoir, Caterina me prépare du café en évoquant ses douleurs à la hanche, aux cervicales, le fait qu'elle n'en peut plus de travailler et que sa fille ne veut pas entendre parler de reprendre la pension.

« Elle veut être avocate, vous comprenez ? » Elle pose la soucoupe sur le comptoir, visse le bras de la machine à café et place la tasse en dessous.

« On a eu tort, je vous le dis. Avec cette fixation pour qu'ils obtiennent un morceau de papier parce que nous on ne pouvait pas, maintenant ils sont tous avocats et professeurs au chômage. »

Elle me sert un café *ristretto* et mousseux.

« Vous avez raison, dis-je, et j'essaie de lui demander une petite cuillère mais sa voix couvre la mienne.

— Et la terre, qui la travaille ? Les entreprises, qui les dirige ? »

Je tends le bras par-dessus le comptoir et je parviens à en prendre une dans le bac pendant qu'elle est penchée, les mains dans le réfrigérateur.

« De toute façon, c'est à nous de nous débrouiller, même démolis et décrépits », conclut-elle, émergeant à nouveau des bas-fonds du comptoir.

Entre-temps arrive Vincenzo en combinaison de jardinage, ses gants dans sa poche poitrine, ses lunettes rectangulaires sur son nez écrasé, l'air toujours pacifique et doux. Il me tapote l'épaule. Il demande lui aussi un café à sa femme.

« *Signor* Severino, mais quand est-ce que vous êtes revenu ? Je vous avais dit d'appeler, je serais venu vous chercher avec plaisir. »

J'avale en serrant les joues, le café est brûlant.

« Ne vous inquiétez pas, j'ai marché un peu. »

Caterina passe la petite tasse à son mari et regarde ses pieds : « Tes chaussures neuves pour nettoyer le jardin ? »

Vincenzo, qui vient juste de poser les lèvres sur la tasse, grogne.

« Je jure que je te les fais disparaître aussi vrai que Dieu existe, le menace Caterina.

— Ça fait trente ans que je la supporte, toujours pour les mêmes choses, me dit Vincenzo en secouant la tête. J'aurais mieux fait de trébucher sur les marches de l'église le jour où je l'ai épousée. »

Caterina lui donne une claque sur le cou. « Vous l'entendez ? Vous parlez comme ça à votre femme ? »

Je prends pour cible un *cannolo* à la ricotta, le rafle dans le plateau et mords dedans, je frotte mes mains collantes de sucre glace sur mon jean que je porte depuis hier.

Tu ne m'aurais pas laissé acheter ce jean cigarette. Tu n'es plus un petit jeune homme, les pantalons serrés sont mauvais pour la circulation et puis tu as les jambes arquées. Tu ne vas pas le porter sans l'avoir d'abord passé à la machine à laver ? Les vêtements doivent toujours être nettoyés, qui sait combien de mains les ont touchés. Et les chemises au col ouvert, tu n'y penses pas, les chaussures modernes te donnent l'air cocasse, les pulls à col roulé mettent en évidence ton double menton.

« *Signora*, j'aimerais pouvoir vous répondre, mais je suis célibataire. »

J'ouvre mon portefeuille et pose ta photo sur le comptoir. « À propos, vous avez vu cette femme dans le coin ? »

Ils s'approchent tous les deux, leurs yeux grands ouverts, et secouent la tête de concert.

Entre-temps leur fille débouche de l'arrière de la réception, passe en vitesse, et Vincenzo l'attire à lui avec son bras.

« Giulia, toi qui es toujours à flâner, tu aurais vu cette dame, par hasard ? »

La jeune fille s'arrête sur la photo, saisit un bonbon de bienvenue dans le bol sur le comptoir et le déballe, le mâche en fixant ton visage, grimace et fait signe que non avec la tête.

« Mais c'est qui ? demande-t-elle à son père en passant sa langue sur ses lèvres brillantes de sucre.

— Elle s'appelle Anna, si vous la voyez appelez-moi, vous avez mon numéro », je réponds, et je demande à Vincenzo s'il y a un car qui va à Oliveri, je n'ai pas vu de panneaux d'arrêt ni de transports en commun le long de la route.

« Mon mari vous accompagne volontiers », propose Caterina, comme si c'était un ordre.

Vincenzo ouvre la fermeture Éclair de sa combinaison. « Mais bien sûr, je vous emmène, je vous en prie, ce n'est même pas loin. »

Nous montons dans un utilitaire Fiorino blanc et cahotons entre les nids-de-poule de la voie rapide qui mène à l'autoroute. Vincenzo allume la radio, siffle l'air d'une chanson moderne en tambourinant de ses doigts sur le bord du volant et même les grincements de son Fiorino semblent dans le rythme. Il conduit concentré, me regarde de temps à autre, je sens qu'il voudrait me poser quelques questions mais mon silence l'incite au respect et il se contente de siffler. Puis nous entrons dans le tunnel sous le sanctuaire, le signal radio s'interrompt et le grésillement des haut-parleurs me renvoie au moment où je conduisais le jour de notre déménagement à Oliveri. La radio ne fonctionnait pas et tu t'obstinais à changer de station alors que nous zigzaguions entre les virages de Tindari avec un coffre chargé d'affaires et un fauteuil sur le toit de la voiture. « Je vais vomir, arrête-toi », me dis-tu à un moment. Je te rassurai, je te dis que nous allions arriver mais tu me menaças de me vomir dessus. Par chance, il y avait une aire de stationnement sur la route, j'eus à peine le temps de m'arrêter et de couper le moteur que tu ouvris la portière et te soulageas par-dessus le rail de sécurité. Je t'achetai une bouteille d'eau dans un petit bar aux portes d'Oliveri mais tu ne parvins pas à en boire une seule gorgée, tu recrachas le café dans le gobelet en plastique. Lorsque nous arrivâmes dans la nouvelle maison, tu étais épuisée, tu chancelais entre les murs, tu te couchas dans la chambre, sombrant dans un lourd sommeil, entourée de cartons et de meubles recouverts de nylon et de draps. Je te laissai tout habillée, tant je craignais de te réveiller. Tu dormais les bras ouverts et les jambes jointes, et à chaque inspiration tu reprenais des couleurs, tu souriais dans ton sommeil. De temps en temps, je venais voir comment tu allais, puis je me souvins des clous et je partis faire un tour dans Oliveri en quête d'une quincaillerie. L'habituelle manie quand nous déménagions. La première chose que j'entrepris fut de suspendre notre photo de mariage au mur. Ce cadre contenait un pacte, ma promesse de te rendre heureuse à tout prix. Trois maisons et je n'ai jamais emporté de clous, nous déménagions et chaque fois je sentais que j'oubliais quelque chose mais impossible de me rappeler quoi. La quincaillerie était fermée ; à côté en revanche, il y avait un fleuriste. Je te pris un bouquet de lys blancs sur le conseil de Rita, la vieille vendeuse aux taches de rousseur et à la voix enrouée.

Vincenzo klaxonne quelques personnes assises dans un bar, toutes les rues d'Oliveri sont maintenant asphaltées et ils ont construit un rond-point au centre du village. Nous passons sous la passerelle et, à ma droite, un groupe d'enfants joue sur un terrain de football en terre battue. Les nuages de poussière provoqués par leurs courses se déversent sur la via Roma bordée de palmiers dépouillés et de parterres de fleurs regorgeant de mauvaises herbes.

« À gauche », dis-je.

J'abaisse la vitre et respire le parfum sauvage de la plage herbeuse de Marinello, l'étreinte enveloppante des bougainvillées, la résine des aiguilles de pin au bord de la route sur le *lungomare*. Je revois notre première promenade bras dessus, bras dessous sous les réverbères d'un soir d'été et toi qui me regardes de travers tandis que je fume la dernière cigarette de la journée, les lumières des restaurants se déversent sur la mer, les terrasses avec des tablées pleines de gens, le fracas des assiettes, les cheminées fumantes au-dessus des cuisines qui répandent dans le vent les vapeurs de poisson grillé, les Lambretta sur lesquelles des couples d'amoureux, les cheveux au vent, filent tous feux éteints vers les lidos où l'on danse et l'on boit jusqu'à l'aube.

Les camions des carrousels avec les pères qui font la queue à la caisse, les mères portant les enfants hypnotisés par les lumières clignotantes des cabines des vaisseaux spatiaux que des bras mécaniques font tourbillonner dans les airs, les antennes scintillantes des voitures aux pare-chocs en caoutchouc des autos tamponneuses, les chaises volantes avec les enfants qui saisissent le ciel entre leurs mains et font signe à leurs mères qui leur répondent en mordant des restes de nuages de barbe à papa.

Ta main se détache de mon bras. Ton regard se perd parmi les manèges.

« Mais tu imagines, dans deux mois on aura un enfant à la maison. »

J'aurais tant voulu prendre tes mains dans les miennes, les guider sur ton abdomen et sentir la chaleur d'un utérus fertile, mais dans ton ventre c'était le vide et j'aurais aimé te dire la vérité. J'aurais voulu te l'avouer d'une seule traite, que je ne voulais pas d'un bébé qui n'était pas le nôtre. On veut un enfant parce qu'il nous ressemble, on le regarde et il possède quelque chose de nous que l'on reconnaît, que les autres reconnaissent. Un enfant, on sent qu'il est à soi. Même s'il n'a rien de nous, il est au monde et il marche parce qu'on lui a donné des jambes, il souffre parce qu'on l'a doté d'un cœur, il roule dans la vie parce qu'on l'a lancé le premier et personne d'autre.

Mais cet enfant te lierait à moi indissolublement et cette seule pensée me rendait heureux.

Je pris ton menton entre mes doigts. Je t'embrassai. « Et tu n'es pas heureuse ?

— Si, me dis-tu en acquiesçant. Je suis heureuse. »

J'étendis mon bras autour de tes épaules. « Ne t'inquiète pas, quand il fera un mètre vingt, je l'emmènerai sur la balançoire, vu que sa maman souffre de vertige. »

Je descends du Fiorino en me cramponnant à la poignée située au-dessus de la portière, je salue Vincenzo et me retrouve devant la façade d'un blanc brillant avec la fenêtre de la salle de bains ouverte, le jardin avec l'herbe bien entretenue, le citronnier, les parterres de roses rouges sur les côtés de l'entrée en arc barrée par une chaîne où pend une pancarte. « Sonnez à la seconde sonnette. »

J'essaie plus d'une fois, puis je fais le tour du jardin avant de revenir à l'entrée, j'enjambe la chaîne et j'arrive devant la porte. Je cherche instinctivement les clefs dans les poches de mon jean, comme je le faisais naguère lorsque je les oubliais au bureau et que j'étais contraint de crier depuis la cour. Anna, ouvre-moi, j'ai oublié mes clefs, te disais-je, les mains autour de la bouche, dirigeant ma voix vers la fenêtre de la salle de bains, toujours grande ouverte à cause de l'humidité qui s'était attaquée aux murs.

« Il n'est pas là », m'avise une voix masculine dans mon dos. Je me retourne et un homme me parle, il a des lunettes de soleil et les mains prises par deux sacs en plastique avec deux poulpes d'au moins deux kilos chacun et l'eau me vient à la bouche.

« Revenez à l'heure du déjeuner. » Il me désigne l'enseigne du restaurant de l'autre côté de la rue. « Vous pouvez l'attendre là si vous avez la patience. »

Alfredo, le propriétaire du restaurant, me verse un petit verre de sambuca. Il me raconte les vicissitudes de sa vie, son émigration dans les années 1970 en Allemagne, où il a appris le métier de cuisinier, le restaurant qu'il a ouvert à Bonn détruit par les flammes d'un incendie criminel, sa décision de revenir en Sicile et de prendre la gestion de cet établissement, qui marche désormais depuis des années et lui a permis de payer à son fils un master en Angleterre, où la vie est chère mais où, si on étudie, on peut trouver du travail et vivre convenablement.

Je reconnais Mario à sa voix tonitruante et impérieuse. « Alfredo, toujours le même. »

Il commande son déjeuner en passant la tête dans la salle, lorsque je me retourne je ne le vois plus, il doit déjà s'être assis à une table en terrasse. Depuis le comptoir, pourtant, je reconnais la fourgonnette grise garée devant le restaurant. Un canapé sur le toit, une chaise longue pliable attachée au coffre et, dans l'habitacle, des paquets de linge, de serviettes, des seaux, des brosses de balais écrasées contre les vitres. La Fiat 850 de Mario semble tout droit revenue du passé.

C'est moi qui lui apporte son prosecco. Je dépose la bouteille sur la table et il plisse les yeux, penche la tête d'un côté, dirige son index sur moi.

« Severino Greco ! » s'exclame-t-il en se levant, il m'étreint en m'imprégnant de sa mauvaise odeur habituelle de vin et de transpiration. Mario n'a pas changé, comme s'il avait joué aux cartes avec le temps et remporté la partie. Ses cheveux longs et sauvages de Viking, ses épaules droites et larges, la peau de son visage tendue et dure comme de l'écorce, sa barbe fournie et ondulée, ses grands yeux, d'un bleu franc et humide, un dieu grec sans âge.

Il insiste pour m'offrir un verre, commande un autre plat de pâtes pour moi, et nous mangeons en discutant du bon vieux temps, des beuveries que nous faisions à la boutique de feu Santuzzo, des nuits en barque lorsqu'il pêchait et que je lui tenais compagnie. Après le troisième verre, il me demande ce qui m'amène à Oliveri. Je lui réponds que je suis de passage et que j'en ai profité pour venir le saluer. Et pour reprendre des affaires que nous avions oubliées avant de partir pour Stromboli.

« Des affaires », ainsi me répondis-tu tandis que nous allions sur le bateau, tu voulais revenir en arrière à tout prix et je te demandai ce que tu avais laissé de si important pour t'agiter de cette façon. Je te convainquis de renoncer en te promettant que nous nous les ferions expédier. Mais nous ne l'avons jamais fait. Et si tu n'es pas revenue les reprendre, elles sont demeurées ici. Qu'as-tu laissé ici ?

« Mieux vaut tard que jamais », commente Mario avec un demi-sourire.

Je bois aussi, j'ai encore du fenouil coincé entre les dents. « Oui, mieux vaut tard que jamais. »

Mario allume une cigarette. « Et Anna, comment va Anna ? »

J'en prends une moi aussi dans le paquet sur la table et l'imite. Il y avait des années que je n'avais plus fumé. Je recommence. « Elle m'a quitté il y a un an. »

Mario ferme les yeux l'espace d'un instant. « Paix à son âme. Comme elle était belle, une femme aussi belle je n'en ai jamais revu. »

J'aspire fort et me brûle les lèvres. « Elle a fait la vaisselle du soir et le matin elle n'était plus là, elle s'en est allée dans son sommeil. »

Il se frotte la barbe, sa cigarette pendant au coin de la bouche, les yeux à moitié fermés à cause de la fumée. « Heureuse inconscience, on devrait tous mourir ainsi. »

J'écrase le mégot dans le cendrier. « Et toi, parle-moi de toi. Tu es encore marchand ambulant célibataire ?

— Je suis marchand ambulant, pêcheur, je coupe le bois, l'été je travaille comme pizzaiolo et je suis célibataire, comme tu m'as laissé. »

J'acquiesce, je l'aurais parié, dans ses yeux ne transparaît pas la tristesse de la solitude. « Mais qu'est-ce qu'elles t'ont fait, les femmes, pour que tu veuilles mourir tout seul ? »

Mario sourit. « Pendant les années où tu vivais ici, personne ne t'a jamais raconté l'histoire de Mario Siracusano, dit Pittima ? » Il catapulte son mégot par-dessus la balustrade de la terrasse, puis sort de la poche de son pantalon un petit morceau de bois usé, le glisse entre ses dents et commence à fouiller.

« J'avais dix-huit ans. J'allais avec mon père acheter la marchandise à Messine et voilà qu'on crève avec le fourgon près de Barcellona Pozzo di Gotto », il crachote les filaments de son petit bâton. « Alors, qu'est-ce que je fais, moi ? Je cours, voilà ce que je fais », il agite les jambes en tapant des pieds par terre, « je cours sur la route secondaire à la recherche d'un mécanicien et alors que je cours une Mercedes noire ralentit à ma hauteur et le type qui conduit me fait signe de m'arrêter. »

Il allume une autre cigarette. « Personne ne s'arrêtait pour moi, personne, et celui-là l'a compris et il m'a demandé si je voulais courir dans son équipe. » Il casse son cure-dents entre ses doigts. « Et moi je lui ai dit oui, je lui ai dit, et j'ai fait ma valise et je courais et je gagnais, je courais et je gagnais et puis un jour elle est arrivée », et il sort de la poche de sa chemise la photo d'une femme brune souriante assise au pied d'un ruisseau de montagne. Il finit la bouteille en s'envoyant le dernier verre de prosecco.

« Elle disait qu'elle m'aimait, qu'on devrait fonder une famille. » Il agite le verre, ses yeux bleus se perdent dans le fond. « Mais un jour elle a disparu sans rien dire et moi j'ai commencé à perdre, je courais et je perdais, je sentais la fatigue, moi qui n'avais jamais connu la fatigue. »

Il scrute la mer. Il secoue la tête.

« Mario, dit Pittima, le meilleur athlète du monde, et à la place je suis resté Mario, le fils de don Ciccino, le marchand ambulant. »

Il remet la photo à sa place, me tapote l'épaule de la main, se lève, se frotte les paumes et se remet à sourire en m'invitant à venir prendre le café chez lui. Je le suis, étourdi, son histoire aurait pu être tout autre, comme la mienne. Si seulement je pouvais récrire mon histoire. Severino Greco, Sicilien de la région de Messine, à seulement vingt-cinq ans prend son envol dans le monde de l'automobile et devient le premier mécanicien de l'écurie de Maranello.

Mario m'ouvre la porte d'entrée, allume les lumières et nous montons l'escalier. Les murs du séjour sont bleus désormais, le coin cuisine où tu te réfugiais, pétrissant des gâteaux et des pâtes fraîches, a disparu ; à sa place trônent une vitrine de liqueurs et une lampe soutenue par un trépied d'aluminium satiné. Un canapé en similicuir, une télévision moderne, une table en verre avec une corbeille de fruits frais, pas de cadres, d'étagères, d'horloges murales, en revanche il reste les trous des clous, de mes clous. Je les effleure des doigts, ils sont recouverts de peinture.

Il me fait asseoir dans le canapé, prend deux tasses d'un service dans la vitrine, mes jambes sont inertes alors que mon esprit repeint les murs en blanc, supprimées les briques en terre cuite et revenu le parquet, effacée la vitrine et rétablis les fourneaux, les maniques attachées au mur, la cafetière avec son bec verseur pendu à l'égouttoir au-dessus de l'évier.

« C'est une autre maison, n'est-ce pas ? » Il tient la cafetière à la main, verse le café dans la petite tasse et me la tend. « Viens, je vais te montrer, j'ai divisé la chambre à coucher et j'y ai fait une cuisine. »

Je me lève du canapé mais ne le suis pas, je me dirige droit vers le balcon. J'abaisse la poignée, je souffle dans la tasse, je franchis le seuil et au-delà de la balustrade s'étend la même plage que ce 22 septembre 1968.

Ce dimanche matin-là, je me promenais pieds nus sur le rivage, c'étaient des jours tourmentés, cet enfant allait arriver, c'était désormais une question de semaines. Comme j'ai prié pour que Patrizia perde l'enfant. Combien de pensées lâches cette mer a-t-elle entraînées avec elle comme une fidèle amie qui n'espionne pas.

« Seve ! » criais-tu du balcon en agitant les mains en direction du ciel. Tu es venue à ma rencontre en courant, tu trébuchais dans ta longue jupe et tu courais, les cheveux sur la figure, dans la bouche, partout.

« Je suis enceinte, je le sens », me dis-tu en te penchant, les mains sur les genoux sous l'effet de la fatigue.

Tu me pris par un bras, m'entraînas jusqu'à la rue en me pressant, nous montâmes l'escalier quatre à quatre, tu lâchas prise dans le séjour et volas jusqu'au téléphone, tu tournas l'index sur le cadran à toute allure et tu tapais du pied en maudissant l'attente.

« Attends-moi en bas, j'arrive, me recommandas-tu à voix basse, le combiné coincé entre le menton et l'oreille.

— Mais pour aller où ? » te demandai-je en mâchant les mots, tout était survenu si vite. Ma langue s'était entravée.

« Je vous dis que je suis enceinte, répétais-tu au téléphone, faites les analyses, vous verrez que j'ai raison », et tu raccrochas en m'ordonnant de me bouger, nous devions courir à l'hôpital.

« Anna, te dis-je en te caressant l'épaule, ce n'est pas possible. »

Tu pris les clefs de la voiture sur le meuble de l'entrée. « Emmène-moi à l'hôpital, j'ai dit. »

« Severino », la main de Mario sur mon bras me ramène au présent. « Si vous avez laissé quelque chose, j'ai dû le descendre, il va nous falloir retourner le sous-sol. »

Nous descendons au sous-sol et il se glisse entre les cartons bourrés de bibelots, de vieux journaux sportifs, de coupes, de plaques, de médailles et de baskets usées par la course.

Il ouvre une armoire débordant de couvertures, de vêtements dans leurs housses en plastique, il enjambe un matelas et fouille dans une commode d'où jaillit un klaxon à poire.

« Tu t'en souviens ? Il était sur le vélo d'Antonio, c'est moi qui le lui ai offert. » Il appuie sur le piston et le klaxon retentit dans le sous-sol.

« Va plus vite », me disais-tu, tu tendais le bras sur le volant et tu appuyais sur le klaxon en pestant contre les voitures de devant. Tu me laissas sur le parking des urgences, et lorsque je te rejoignis tu frappais déjà à la porte du service de gynécologie. Ce fut Scilipoti en personne qui t'ouvrit, lui et moi nous regardâmes, interdits, je me contentai de hausser les épaules, pour me disculper.

« Je ne partirai pas d'ici tant que vous n'aurez pas fait les analyses », ne cessais-tu de lui répéter. Il tentait de te calmer, de te faire entendre raison, même si tu avais un retard de deux mois, que tu vomissais et que ta poitrine avait grossi, ce n'était pas possible.

Pour les infirmières, les patients, tu étais devenue l'attraction du service. Dans le couloir s'était formé un va-et-vient de curieux. Ils tendaient l'oreille et Scilipoti rougissait, souriait nerveusement à ceux qui passaient en te priant de baisser la voix.

« C'est bon, dit-il à un moment donné, faisons cet examen. »

Mario dévoile un tiroir entier, regarde dedans et le retourne sur le matelas.

« Ce ne sont sûrement pas des affaires à moi. »

Nous nous asseyons autour des objets éparpillés sur le matelas, j'écarte des pinces avec des cheveux à toi encore emmêlés dedans, des journaux froissés avec des pages comportant des patrons de crochet. Puis, parmi des bijoux fantaisie, des fermetures Éclair et des écheveaux de pelotes de laine, je découvre une de tes poupées. Celle-ci n'est pas comme les autres, elle a le ventre gonflé – tu l'as rempli et bien rapiécé – et le sourire cousu à l'envers. Je tâte l'étoffe du bout des doigts. Le corsage brodé, la jupe évasée, les cheveux noirs avec le nœud rose. Alors que je la regarde, mes yeux tombent sur le coin d'un cadre enseveli sous un amas d'étoffes effilochées. Je mets la poupée de côté, extrais le cadre et me retrouve avec entre les mains la photo que tu serrais entre tes doigts lorsque je t'ai contrainte à m'épouser.

Après le déménagement à Stromboli, je ne l'ai plus jamais revue sur ta table de chevet. Voilà où elle était.

Mario me parle mais je ne l'écoute pas, je reste concentré sur la photo. Qu'est-ce qui m'échappe ?

Il y a deux petites filles, deux petites filles avec un nœud sur la tête et une robe à la jupe évasée. Des jumelles que n'importe qui confondrait, mais moi je te distingue de Nina : elle sourit dans les bras de Serafina alors que toi, dans les bras de ton père, tu as ta moue habituelle. Je reprends la poupée de chiffon oubliée dans ce sous-sol et je repasse du doigt la courbe du sourire cousu à l'envers.

Tu es ici, je t'ai trouvée, la femme que tu m'as cachée est là-dedans. Non, Severino, me dis-je, la femme que tu t'es obstiné à ne pas voir est là-dedans. Une poupée enceinte avec le sourire à l'envers. Tu as accompli le destin que ta mère a choisi pour toi en demeurant une vie entière entre les bras de ton père. Le seul homme que tu aies vraiment aimé.

Je ramasse tes affaires et nous les mettons dans un sac.

Tes affaires. En chaque lieu où je suis allé pour te chercher il n'y a rien de nous que tu tenais caché. Une photo ensemble, une lettre datant de nos fiançailles, un misérable souvenir d'Anna et Seve. Plus je te cherche, plus je me sens disparaître. Même le Seve de l'époque où nous étions ensemble disparaît. Tu m'effaces jusque dans mes souvenirs. Et maintenant que je t'ai trouvée, rien ne me fait peur. Pas même que tu ne sois pas là.

DIX-HUIT

La voiture emprunte la *trazzera*[1] surmontée d'une imposante crête rocheuse, commence à cahoter entre les nids-de-poule et les roues effritent les mottes de terre friables en soulevant des nuages de poussière couleur de brique.

Anna se penche par la fenêtre, tourne son regard vers la montagne découpée qui lui faisait peur lorsqu'elle était enfant. Lui revient l'envie de courir, de fuir loin de ce géant qui lors des hivers pluvieux balançait sur la route des rochers pareils à des boules de feu.

Il en avait tué, des gens, le monstre des terres rouges.

« Accélère, recommande-t-elle à Severino.

— Je ne veux pas perturber l'enfant, lui répond-il en lui posant une main sur le ventre.

— Tiens-la sur le volant », lui reproche-t-elle, distraite par le paysage qui défile à ses côtés.

La frondaison des chênes séculaires qui couvrent le ciel en éteignant le jour, les collines vertes striées par les charrues, les terres maintenant en friche et naguère

1. En Sicile, voie qui traverse les champs et sert au passage des troupeaux.

luxuriantes de vignobles, de paysans aux visages brûlés par le soleil qui buvaient du vin à la paille dans les dames-jeannes, et Nina et elle derrière Serafina avec sa besace en bandoulière entre les rangées de vignes à la recherche de Peppe.

Une maison, une famille, cette terre. Serafina s'est éteinte là où le monde s'était arrêté pour elle et peut-être pourra-t-elle reposer enfin en paix entre ces bois et cette route sans mémoire.

Anna descend de la voiture et abandonne Severino dans l'allée du *casolare*.

En haut des marches qui mènent au cabanon, elle rencontre Carmelo avec Giuseppe dans les bras. Elle se penche pour embrasser l'enfant.

« Tu es la merveille de ta tante.

— Ta sœur t'attend là-haut », coupe Carmelo, et il poursuit sa descente en lui tournant le dos. Anna demeure immobile à regarder son neveu s'éloigner. Elle lui envoie un baiser et il lui sourit, agite sa petite main en s'accrochant au cou de son père.

La cour est bondée, des visages de villageois et de parents, des hommes qui fument adossés aux murs du *casolare*, des hommes et des femmes entassés sur le seuil de la chambre à coucher, des corps qui entrent et sortent, se frôlant l'un l'autre. Elle se fraie un chemin dans la foule en se glissant entre des voix qui chuchotent, des mains tendues qui tentent de la saluer, le prêtre lui caresse une joue et la retient en lui débitant l'habituelle rengaine sur la résurrection et la vie éternelle.

Une des sœurs de sa mère se jette à son cou, lui murmure des mots mêlés de larmes, elle sent la naphtaline et le talc, et l'estomac d'Anna se tord, elle avale un filet de salive en retenant des haut-le-cœur.

« Ma tante, s'il te plaît, laisse-moi passer. »

Mais elle ne bouge pas, elle continue à jacasser, à lui raconter que c'est elle qui l'a trouvée morte, qu'elle était venue lui apporter un sac d'oranges, qu'elle l'a appelée plusieurs fois, puis comme la porte était ouverte, elle est entrée et l'a découverte étendue sur un côté la bouche grande ouverte et les yeux exorbités.

Anna l'écarte du bras.

Le cercueil, encadré par de hautes bougies, est entouré par les vieilles du village occupées à prier en égrainant des chapelets. Serafina est là-dedans, engloutie dans le satin, habillée de noir comme lorsqu'elle respirait encore. Nina la veille debout, penchée sur le cercueil. L'un des coins affûtés du cercueil semblant transpercer son gros ventre. Elle caresse son visage pâle et marmoréen, repasse avec ses doigts les traits de sa bouche contractée.

Anna lui effleure tout juste l'épaule et Nina recule.

« Honte à toi. Tu as fait en sorte que je la trouve morte.

— Nina, je t'en prie, on en parle après.

— Toi et moi, on n'a plus rien à se dire. » La voix mordante sous l'effet de l'aigreur, le visage crispé par la colère, elle lui tourne le dos et quitte la chambre. Quelqu'un l'arrête, essaie de la raisonner et elle éclate.

« Elle m'a appelée pour me dire qu'elle était morte ! Il y avait des mois qu'elle était malade et moi je ne savais rien. Elle ne m'a fait revenir que pour l'habiller avant de l'enterrer. »

Anna courbe le dos, encaissant le coup, et laisse glisser sur elle la rancœur de Nina. Que peut bien en savoir Nina, que de tous les mensonges du monde le sien est le plus terrible mais aussi le plus beau ?

Nina ne le sait pas, que ce mensonge est l'ultime geste d'amour d'une mère envers sa fille avant sa reddition.

Elle prend la place de sa sœur à côté de Serafina. Elle délie ses mains jointes, en serre une entre les siennes et la pose sur son ventre de femme enceinte.

Cet enfant était pour elle.

Après les analyses du sang, ils lui avaient immédiatement fait passer un examen. Anna respirait rapidement pendant que Scilipoti s'affairait avec des instruments métalliques sur son bas-ventre. Il avait haussé les épaules, hoché la tête et repris l'examen au début.

« *Dottore*, alors ?

— *Signora*, étant donné que ce n'est pas une grossesse nerveuse, vous êtes inexplicablement enceinte, avait-il déclaré.

— De combien ? lui avait demandé Anna.

— Ça, je ne saurais vous le dire. On doit attendre. »

Elle pouvait se rhabiller, et le rejoindre dans le cabinet adjacent.

Mais elle avait glissé du lit d'examen et enfilé ses chaussures, elle était sortie de la pièce et avait parcouru le couloir du service à pas feutrés, dépassant la porte avec la plaque du docteur, la porte entrouverte par laquelle elle avait aperçu Scilipoti assis derrière un bureau face à Severino, reconnaissant son mari à son Borsalino enfoncé sur la tête. Elle avait pris l'ascenseur jusqu'au rez-de-chaussée, où elle se souvenait avoir vu un téléphone public. Elle avait décroché le combiné, l'avait posé contre son oreille et, en composant le numéro, s'était souvenue du jeton, elle n'avait pas de jeton, aussi avait-elle arrêté un infirmier qui passait et qui par chance en avait.

« C'est qui ? » Serafina soufflait avec peine les mots à l'autre bout de l'appareil.

« Maman, c'est moi.

— Anna, avait-elle répondu, et elle toussait, elle toussait tant qu'Anna n'était pas parvenue à attendre qu'elle s'arrête.

— Je suis enceinte, maman.

— Anna, répétait Serafina, qu'est-ce que tu as dit ?

— J'attends un enfant, un enfant à moi, maman. Tu es heureuse ? »

Serafina avait émis un léger gémissement de plaisir. « Un enfant à toi, avait-elle dit, Dieu m'a écoutée, tard mais il m'a écoutée. Comme c'est beau, un enfant à toi. »

Anna lance un regard de travers au crucifix accroché au mur derrière le cercueil. Cela a dû se passer ici, dans cette chambre. Serafina a dû s'agenouiller chaque soir et prier pendant des heures les paupières closes et les mains jointes jusqu'à ce qu'elle ne sente plus ses genoux, et lorsque le destin avait rendu sa fille stérile elle a dû offrir sa vie sans hésitation à l'un de ses saints, un vœu en échange d'une grâce.

Elle penche la tête sur le visage cireux de sa mère. Elle lui parle à l'oreille.

« Tu avais raison. L'amour d'une mère est dangereux, il peut adoucir la vie mais aussi l'empoisonner. »

Deux hommes en costume noir invitent tout le monde à sortir et aussitôt les gens forment une file comme à la foire, se penchent un à un sur le corps de Serafina, font le signe de croix et lui disent un dernier adieu, ils lui livrent à voix basse des mots d'affection à remettre à leurs morts, quelques-uns la remercient pour de l'argent prêté, pour un quartier de veau offert en période de vache maigre, pour les vêtements cousus à crédit et pour le mauvais œil dont ils ont été délivrés de maison en maison. Don Tindaro, le frère de Peppe, est le dernier de la file. Il ôte sa barrette, s'incline sur le cercueil et l'embrasse sur le front.

« Tu as fini de souffrir. Maintenant repose en paix et pardonne à mon frère, si tu en as la force. »

Le profil de son oncle, éclairé par la faible lumière de la bougie, dessine les traits de son père représenté sur la photo de la commode derrière le cercueil.

Anna voudrait lui dire ceci, à don Tindaro :

« Seuls les lâches et les égoïstes qui ont peur de ne pas le recevoir des vivants demandent le pardon aux morts. »

Une main lui touche l'épaule. Anna tressaille, se retourne et dans les yeux marron de Severino il y a toujours ce bon côté qui l'a convaincue de sortir du cabanon, un bon côté qui s'obstine à ne pas vouloir la laisser en paix.

« Il est temps. On doit le fermer.

— Va appeler ma sœur. »

La pièce se vide et Anna embrasse les lèvres exsangues de Serafina, sa peau est inodore, elle a perdu la senteur de vanille des primevères du soir qui fleurissaient dans l'ombre, lorsqu'elle errait à travers la campagne, libérant sa douleur, et qu'elle demeurait assise sur les marches du *casolare* alors que Nina courait derrière elle en s'agrippant à sa jambe. Sa peau est maintenant la coquille de Serafina, qui s'en est allée et l'a laissée ici avec sa coquille et un destin de mère à accomplir toute seule.

Un des hommes en noir s'approche. Chenu, les sourcils touffus et jaunis, son double menton qui dépasse du col de sa chemise blanche. Il dégage une odeur nauséabonde semblable à celle des couronnes de fleurs lorsqu'elles pourrissent.

« *Signora*, excusez-moi, votre sœur a dit que nous pouvions le fermer tel quel. Cela vous convient-il ?

— Non, cela ne me convient pas. »

Anna ouvre grand l'armoire, écarte les vêtements et saisit le sac de sa mère posé dans le fond. Elle fouille dedans mais il n'y a aucune trace de la boîte avec la longue-vue et elle cherche alors dans la commode, ouvre le premier tiroir, tombe sur des enveloppes, des dossiers bourrés de documents, des piles de paperasses inutiles. Dans le deuxième tiroir, elle soulève des draps, des serviettes de bain, des layettes faites au crochet et découvre des coffrets à bijoux, de l'or jaune conservé à l'intérieur des taies des oreillers, tout sauf la boîte avec la longue-vue. Dans le troisième tiroir, elle retrouve les vêtements de Peppe, ses pantalons, ses pulls, ses uniformes de chasse et la boîte est là, parmi ses affaires, conservée dans un coin. Elle la sort, décoince les charnières en laiton et l'ouvre, s'assurant que la longue-vue est bien à l'intérieur. Elle la dispose dans un coin du cercueil pendant que derrière elle les hommes en noir s'emparent du couvercle.

« *Signora*, si vous voulez lui dire au revoir une dernière fois avant que nous ne fermions, nous attendrons », précise celui qui sent les fleurs pourries. Anna passe la tête au-delà du seuil en quête de Severino qui revient, ôte son Borsalino et secoue la tête.

« On peut le fermer. Elle ne vient pas. »

Anna embrasse pour la dernière fois le front de sa mère et le froid de la peau de Serafina la repousse, la refoulant parmi les vivants. Elle enfouit la tête contre la poitrine de Severino pour ne pas regarder. Aucune vision ne pourra lui torturer l'esprit dans les jours à venir.

« Fermez-le », leur ordonne Severino, sec et péremptoire. Sa voix résonne dans la chambre vide, de concert avec le martèlement des talons des hommes en noir.

« Attendez. » Anna se détache de la poitrine de Severino et lève les bras, elle court s'agenouiller devant le fond de l'armoire, commence à sortir une paire de chaussures après l'autre, murmure pour elle-même, se damnant parce qu'elle ne parvient pas à les trouver, et pourtant elle en est sûre, sa mère ne les aurait jamais jetées, elles doivent être là quelque part.

Severino s'accroupit à côté d'elle. « Anna, qu'est-ce que tu cherches ?

— Une paire de chaussures bleues, lui répond-elle, affairée dans sa recherche.

— Il est tard, nous devons y aller. Les gens dehors nous attendent.

— Dans le débarras, va regarder dans le coffre marron près de l'endroit où on pend le saucisson. »

Severino s'excuse auprès des hommes en noir. Ils se regardent, pantois, et posent le couvercle sur le sol. Tandis qu'Anna continue à mettre sens dessus dessous chaque recoin de la chambre, l'homme chenu s'impatiente, tambourine des doigts sur le bord du cercueil.

« *Signora*, que faisons-nous ?

— Nous faisons que vous attendez que je les trouve.

— Ce sont celles-ci ? » lui demande Severino de retour du débarras, les chaussures en main.

Anna prend les chaussures avec elle. La bride qui s'attache sur le cou-de-pied, la pointe à peine arrondie, le talon aiguille, elles pèsent moins que la tige d'une fleur, légères comme dans son souvenir.

« Oui, ce sont celles-ci.

— Nous y sommes arrivés. » Le croque-mort chenu, impatient, tend le bras vers les chaussures.

« Je m'en occupe », précise Anna.

Elle ôte les mocassins noirs des pieds de sa mère, maintient la cheville d'une main tandis que de l'autre elle enfonce le pied dans la chaussure bleue mais celle-ci glisse de toute part, alors elle essaie de la chausser à partir du talon, passe les doigts sur les bords, les élargit et pousse, elle ne cède pas et son visage rougit sous l'effort.

Severino lui retient les mains. « Anna, le pied n'entre pas dans la chaussure. Laisse tomber.

— *Signora*, ne vous inquiétez pas. Nous les mettrons à côté d'elle », la rassure l'autre homme en noir qui n'avait pas encore ouvert la bouche. C'est lui qui dispose les chaussures bleues dans le cercueil.

« Cela vous convient ainsi ? » lui demande-t-il en se frottant les mains.

Anna regarde les pieds de sa mère. Nus, teintés de noir, les plantes crevassées comme l'écorce d'un arbre flétri dans sa jeunesse qui s'est obstiné à ne pas s'écrouler pour protéger deux fleurs apparues sur la même branche.

« Oui, mais ne lui remettez pas les noires.

— *Signora*, avec ces pieds gonflés, nous ne pouvons plus rien lui mettre. Nous devons le fermer avec ses pieds nus. »

DIX-NEUF

Mario me propose de me raccompagner à ma pension. La fourgonnette peine à partir, ce doit être les bougies, les vieux diesels mettent du temps à se réchauffer. Mais ils partent, à coup sûr ils partent.

Nous mettons les gaz sur le *lungomare*, Mario allume la radio avec le lecteur cassette et chantonne Modugno, merveilleux, mais comment fais-tu pour ne pas t'apercevoir comme le monde est merveilleux, et je regarde par la fenêtre. Les nuages ont englouti le ciel en une chape grise, les îles Éoliennes ont disparu, mais en un point indéfini à l'horizon un faisceau de lumière émerge de la mer et irradie un morceau de ciel, court à fleur d'eau en laissant des traînées de nuages orange. Mon imagination traverse la vitre, enjambe le muret qui sépare la route de la mer et court sur l'eau pour monter à bord de ce train sous-marin qui roule en crachant sa fumée vers on ne sait où, un train qui ferraille sous l'eau et ne fait pas de bruit et personne ne sait que je suis à bord, personne ne sait quelle fin j'ai eue ni que je suis libre. Qui sait si tu es dans ce train, assise les jambes croisées en train de lire un de tes romans préférés pendant que dehors nagent les dauphins et qu'alentour fleurissent les coraux et des prairies d'algues brunes.

Nous tournons à la bifurcation après le pont en laissant derrière nous le rocher de Tindari et nous nous faufilons dans des rues du village sous la pluie, la faible lumière des réverbères au crépuscule fait briller les trottoirs, un homme à vélo descend d'un bond de sa selle, appuie son vélo contre le mur et se réfugie dans un bar, le marchand de fruits et légumes met à l'abri les cagettes dans son magasin, le boucher avec son tablier blanc sur le seuil de sa boucherie mélange quelque chose dans un chaudron et dans l'air se disperse un voile de vapeur, plus loin une femme porte deux vases de fleurs, une femme avec un bandeau dans ses cheveux bouclés, comme je n'en ai vu qu'une seule fois dans ma vie.

« Arrête-toi ici, j'ai une affaire à régler », dis-je à Mario, et je m'apprête à ouvrir la portière comme si je voulais descendre alors que nous roulons encore. Il se gare, éteint le moteur, acquiesce avec un demi-sourire :

« Prends ton temps, je t'attends au bar là-devant. » Il tend le bras sous le siège. « Attends, prends le parapluie.

— Laisse tomber, j'ai mon chapeau », je lui réponds, encore assis dans la fourgonnette. Dehors, quelqu'un a remonté le temps. J'entends la petite voix criarde d'Antonio qui m'appelle, il pédale sur son tricycle tout excité sur le trottoir pendant que je reste à bavarder avec elle devant le magasin, elle qui glisse les mains dans les pots et arrache les mauvaises herbes, arrose les orchidées, sent les pivoines blanches et roses, relève sans cesse le bandeau sur son front en se plaignant de ses boucles rebelles, jurant que tôt ou tard elle finira par les couper.

Mario est déjà descendu. J'ouvre la portière, étends la jambe dehors mais la rentre à nouveau et je l'épie par la vitre ruisselant de pluie. Combien de fois est-elle entrée et sortie en portant ses plantes ? Et alors elle aura remarqué ses cheveux grisonnants dans la vitrine de son magasin en rentrant les gardénias et elle les aura teints, elle aura mis des lunettes lorsqu'il lui aura fallu plisser les yeux pour lire les petites étiquettes attachées aux troncs des bonsaïs, elle aura fait disparaître tous ces bracelets qu'elle avait aux poignets parce qu'ils tintaient continuellement, elle le disait toujours, que tôt ou tard elle finirait par les jeter. Le temps n'épargne personne mais ses cheveux sont encore bouclés, si bouclés que ses mains, avant qu'elle ne rentre, répètent toujours le même geste.

J'arrange le col de mon manteau, je me regarde dans le rétroviseur de la fourgonnette, ajustant mon Borsalino, je pose les doigts sur la poignée et une main invisible me flanque un direct à l'estomac, me coupant le souffle jusqu'à l'entrée du magasin.

« Pardon », dis-je. J'ôte mon Borsalino, je le tourne et le retourne dans mes mains, autour de moi s'étend un jardin intérieur, je suis entouré de roses jaunes et blanches, de plantes grasses aux formes extravagantes, d'étoiles de Noël aux feuilles couvertes de petits brillants, de buissons de bruyère lilas et d'étagères avec des vases de fleurs que je ne connais pas. Au mur derrière le comptoir est accrochée la photo d'une famille aux lacs de Marinello un jour d'été. Elle, je la reconnais tout de suite, elle ouvre les bras sur les épaules de deux jeunes filles bouclées et souriantes. À leurs pieds est assis un bel homme. Il mord dans un *panino*.

« J'arrive », me répond-elle depuis l'arrière-boutique, occupée à confectionner quelque chose. J'entends le crépitement du papier, les ciseaux cogner sur l'établi, le souffle d'un spray, puis un silence soudain, pas même un bruit de pas, d'un objet déplacé, d'un tiroir qui se ferme, alors je laisse mon Borsalino sur le comptoir, je m'approche de la porte coulissante et je regarde par l'entrebâillement, comme elle l'a peut-être déjà fait lorsque je suis entré. Silvana est debout, de dos, le visage tourné vers le mur où se trouvait naguère la fenêtre grâce à laquelle nous nous sommes connus.

Tu étais à l'hôpital depuis plusieurs jours, c'était désormais presque le moment et à l'aube du 2 avril 1969, on me téléphona pour me prévenir que les contractions avaient commencé durant la nuit. On t'emmenait en salle de travail. Je montai dans la voiture, la main serrée sur mon Borsalino, le vent faisait rage sur Oliveri, ébranlait les voitures garées dans la rue, secouait les cimes des arbres, les feuilles et la poussière tourbillonnaient sur les trottoirs et la mer écumait sous un ciel nuageux et ambré. Je voulais t'acheter un bouquet de lys, comme si la *signora* Rita était ouverte à cette heure. En conduisant, je jetai quand même un œil au magasin et je m'aperçus que les lumières étaient allumées, je m'arrêtai donc. La porte était fermée à clef, je frappai du poing sur la vitre, plissai les yeux, la main à hauteur des sourcils. Sur le comptoir, près d'une éponge verte dans laquelle étaient glissés deux œillets, se trouvaient un trousseau de clefs et une bouteille d'eau, un verre retourné dessus. Je frappai encore une fois du poing sur la vitre et j'étais sur le point de m'en aller lorsque j'entendis le bruit sourd, violent et sec d'un volet qui claque et celui d'une vitre volant en éclats. La lumière à l'intérieur du magasin s'éteignit subitement. La direction du bruit me mena à l'arrière de la boutique, à une fenêtre grande ouverte aux vitres cassées. Je me penchai au-dessus de la balustrade et, parmi les éclats éparpillés sur le sol, je découvris une femme étendue par terre, les bras ouverts et la tête penchée sur un côté. Mais ce n'était pas la *signora* Rita, celle-ci était jeune, mince et belle, même si je ne l'avais pas vue complètement. J'essayai de l'appeler mais elle était sans connaissance, j'enjambai la fenêtre, je fis attention à ne pas piétiner les éclats et je tentai de la soulever, je lui donnai deux gifles et elle, entre deux plaintes, recouvra ses esprits en s'agrippant à mes bras.

« Qu'est-ce qui s'est passé ? » me demanda-t-elle.

Je déplaçai de mes doigts toutes ces boucles qui lui couvraient les yeux, les joues, la bouche.

« Vous vous êtes cogné la tête, vous avez dû vous évanouir. Vous allez bien ?

— Je crois que oui, me répondit-elle, en touchant sa nuque douloureuse.

— Vous pouvez vous lever ? On y va, faites attention, c'est plein de verre par terre. »

Je la remis debout, je lui passai un bras autour de la taille, la traînant dans l'autre pièce, où je l'aidai à s'asseoir sur une chaise en plastique à la place d'un pot de bégonias. Puis, comme le vent mettait le magasin sens dessus dessous, je fermai la porte de l'arrière. Alors qu'elle semblait reprendre des couleurs, je saisis la bouteille d'eau avec le verre retourné dessus et je la fis boire à petites gorgées.

« Merci, me dit-elle, en m'effleurant une joue du dos de sa main.

— Voulez-vous que j'appelle une ambulance ? » lui demandai-je, alors que je continuais à jeter un œil à ma montre, j'aurais déjà dû être auprès de toi avec un bouquet de lys, à transpirer d'anxiété dans la salle d'attente.

Elle coinça le verre entre ses jambes ouvertes. Elle se frotta la figure avec les mains.

« Non non, de grâce, je vais bien maintenant. »

Je levai le pouce. « Alors j'y vais, je suis pressé », et je rouvris la porte de l'arrière. « Faites attention au verre là-bas.

— Attendez, mais où allez-vous ? fit-elle, la voix traînante. Vous ne m'avez même pas dit comment vous vous appelez.

— Severino, et si je ne cours pas, ma femme accouchera sans moi. » J'étais déjà dans l'arrière-boutique lorsque sa voix me rattrapa : « Revenez ici, vous ne pouvez pas aller à l'hôpital sans même une fleur. »

Elle voulait se lever de sa chaise et me confectionner un bouquet mais je la devançai, je reconnus dans cette forêt de plantes un vase de lys, j'en sortis deux tiges dégoulinantes et j'enjambai la fenêtre, alors qu'elle me parlait. « Silvana, je m'appelle Silvana et je suis la fille de Rita, et merci, merci infiniment. »

« Tu l'as murée. » Je le lui dis sans ouvrir la porte, je lui parle par l'entrebâillement.

« La veille de mon mariage. » Elle demeure de dos et croise les bras sur sa poitrine. « Qu'est-ce que tu es venu faire ici ?

— Silvana.

— Silvana, mon œil. Qui part comme ça, sans crier gare, sans même me dire au revoir ? »

Je vais entrer mais elle m'intime de rester sur le seuil. « Même pas un coup de fil, tout le village savait que tu avais déménagé, tout le monde sauf moi.

— Je n'ai pas pu passer », dis-je, et je voudrais la serrer contre moi, tu ne le sais pas mais je l'ai aimée, Silvana, pendant que tu passais des nuits blanches, à étreindre notre fils nouveau-né, me forçant à dormir sur le canapé de peur que je l'écrase dans mon sommeil. Je l'ai aimée lorsque tu oubliais de préparer mon déjeuner les après-midi où je restais au travail et qu'elle me passait une petite gamelle par la fenêtre. Je l'ai aimée lorsque je rentrais à la maison et que si j'essayais de toucher Antonio tu me l'arrachais des mains parce que c'était l'heure du bain, de la tétée, de la sieste, de changer sa couche. « Mon fils », comme tu disais aux gens qui venaient nous rendre visite, alors je sortais de la maison sous prétexte d'aller acheter du pain et je lui tendais un café du bar par la fenêtre, et nous fumions ensemble, je lui montrais les photos d'Antonio et elle m'effleurait le nez, vous avez le même nez, disait-elle, et elle dessinait du doigt le contour de mes yeux puis le retraçait au niveau de son visage sur la photo, tu verras qu'il les aura marron et grands comme les tiens, disait-elle. Je l'ai aimée les fois où elle me cousait les boutons aux poignets de mes chemises. Donne-moi ton bras, inutile de te défiler, personne ne te voit, ça prend une minute, tu ne peux pas aller au travail comme ça, disait-elle. Je l'ai même désirée, elle et sa peau qui transpirait les fleurs, ses lèvres empressées avec lesquelles elle humidifiait le fil avant de l'enfiler dans le chas de l'aiguille, ses rires brefs qu'elle atténuait exprès pour ne pas me communiquer le poids de son bonheur lorsque nous étions proches. Combien de nuits ai-je passées la lumière éteinte dans le séjour, les clefs de voiture serrées dans mon poing et la tête contre la porte d'entrée, avec l'impulsion d'abaisser la poignée et de la choisir elle, de recommencer à zéro. Puis je marchais dans l'obscurité jusqu'à la chambre à coucher et, avant d'appuyer sur l'interrupteur de la lampe sur la table de chevet, je t'observais dormir étreignant un étranger, un inconnu qui suçait ton sein, respirait ton odeur, t'avait subjuguée, t'emmenant encore plus loin de moi sans que je puisse rien faire. Alors seulement je revenais dans le séjour, je posais les clefs sur la table et je m'endormais avec la pensée que ce n'était pas de ta faute mais celle de cet enfant que je ne voulais pas, qui tôt ou tard t'aurait laissée seule comme tous les enfants lorsqu'ils grandissent, et que tu aurais eu besoin de moi alors que j'étais heureux ailleurs, avec une autre femme, un autre amour.

Les yeux fermés, je lui demande : « Tu m'as aimé quand même ces dernières années ?

— Bien sûr que je t'ai aimé, on ne cesse pas d'aimer une personne comme ça, du jour au lendemain. » Elle tape du pied sur le sol. « Tu es encore ici ? Va nous chercher deux cafés, c'est mieux.

— Tout de suite », je lui réponds en souriant. Je sors en oubliant mon Borsalino sur le comptoir, traverse la rue sous la pluie en arrêtant les voitures les mains tendues, dépasse les clients qui font la queue à la caisse du bar et paie les cafés sans attendre la monnaie. Mario ne s'aperçoit même pas de ma présence, occupé comme il est à jouer au *tresette*[1] et à boire du prosecco en braillant des gros mots.

Je reviens dans le magasin, mon manteau trempé par la pluie, la tête mouillée et la morve au nez. Silvana a tourné le panneau sur « fermé ». Elle m'attend à l'arrière.

« Donne-moi ça », me dit-elle, et elle récupère les cafés, les pose sur la table de travail, m'ôte mon manteau et le pend à un crochet au mur sur un tablier vert. Elle sort un mouchoir en tissu de sa poche, le déplie et m'essuie la tête.

« Regarde comme tu t'es arrangé, tu vas attraper une bronchite. »

---

1. Jeu de cartes traditionnel de l'Italie qui se joue à quatre.

Pendant qu'elle me caresse la tête, j'accompagne ses bras autour de mes épaules, noue les miens à sa taille et pose ma joue sur sa poitrine.

Je pourrais demeurer ainsi le reste de ma vie. Elle et moi enlacés pour le reste de ma vie.

Et l'espace d'un instant, la fenêtre par laquelle nous nous sommes aimés revient à sa place.

« Tu n'aurais pas dû venir, me dit-elle à mi-voix. C'est trop tard. »

Je lui couvre la bouche de ma main, j'effleure ses lèvres entrouvertes de mes doigts et sens son cœur me battre dans l'oreille. Elle retient ma main, l'éloignant de sa bouche.

« Severino, nous sommes trop vieux pour les retours de flamme. »

Je suis embarrassé, je retire ma joue de sa poitrine et j'acquiesce, les yeux fixés au sol.

Elle sourit, et m'embrasse sur le front.

« Fais la paix avec tes regrets. Je l'ai déjà fait il y a longtemps et nous sommes devenus un beau souvenir. »

Pardonne-moi, Anna, mais je l'ai vraiment aimée, je l'ai aimée et perdue en même temps, le jour où tu es devenue une mère et non plus une épouse.

Je sors avec un bouquet d'œillets, il a cessé de pleuvoir et le soir est déjà tombé. Mario, appuyé contre le capot de la fourgonnette, discute football avec un gamin en jogging portant un gros sac sur l'épaule.

« Mais tu as été où ? me demande-t-il au moment de partir.

— Acheter des fleurs pour ma défunte belle-mère », dis-je.

Il ricane et me tapote la jambe.

« Ah ! la belle époque où l'on entrait et sortait par les fenêtres », et il allume la radio tandis que je rougis en enfonçant mon Borsalino sur les yeux. Et je chante.

« Merveilleux, mais comment fais-tu pour ne pas t'apercevoir comme le monde est merveilleux. »

VINGT

Un sifflement résonne dans le séjour.

Anna se poste au balcon et en bas sur le trottoir à proximité de la plage, Mario dispose dans le seau le cabillaud qu'il lui avait promis. Le soleil de février lui réchauffe les épaules et il n'y a pas le moindre souffle de vent, une journée parfaite pour emmener Antonio faire une promenade sur le *lungomare* d'Oliveri.

« Tu peux le monter », la rassure-t-il d'en bas.

Elle tire la corde le long de la poulie et le seau arrive jusqu'au balcon. Elle se penche de nouveau pour le remercier et l'inviter à déjeuner.

« Severino arrive toujours tard. Si tu viens, j'ai le temps de vous le cuisiner. »

Mario lui désigne la barque amarrée à la rive. « J'ai encore du travail. Merci beaucoup. Une autre fois.

— Comme tu veux. J'y vais parce que j'ai de la morue prête pour Antonio. »

Mario lui envoie un baiser et avant de retourner sur la plage lui recommande de fariner le cabillaud et de l'assaisonner avec deux tomates cerises, autrement il devient filandreux.

« Je n'ai pas de tomates à la maison. S'il aime, il le mangera filandreux, autrement il jeûnera. »

Mario lève les mains en l'air. « Tout à fait. À la maison, c'est celui qui cuisine qui commande. »

Anna lui sourit. Elle agite la main. « Merci beaucoup, Mario. »

Elle range le cabillaud dans le réfrigérateur et se précipite pour éteindre le gaz sous la casserole. Elle immerge l'écumoire dans l'eau bouillante, sort le poisson et le dépose dans l'assiette. Puis elle s'arme d'une fourchette, d'un couteau et d'une pince pour retirer les arêtes et s'assied à table dans le séjour sous la lumière vive du balcon.

Elle met ses lunettes sur son nez, repousse dans son dos les mèches éparses sur sa poitrine et glisse la lame du couteau dans le ventre de la morue en traçant une ligne fine, jusqu'à la queue.

« Maintenant, maman te nettoie la morue et puis on va à la mer, qu'est-ce que tu en dis ? »

Antonio ne l'écoute pas, il est couché sur le ventre sur un tapis aux motifs en losanges, occupé à gribouiller sur une feuille avec des pastels gras.

« Maintenant, on va le mixer, on y met un filet d'huile et on boulotte tout. Le poisson, c'est bon pour toi. »

Elle regarde de ses yeux ébahis les doux traits de son enfant. Ses joues rebondies, pleines, deux rotondités reliées par des lèvres charnues et toujours brillantes de salive. Ses cils longs, arqués, ses yeux marron, d'un marron irisé qui lui rappelle les collines sur lesquelles se dresse le *casolare*.

Antonio abandonne ses gribouillages, pose ses petites mains contre le canapé rouge dans son dos et se lève, marchant promptement jusqu'au téléviseur, attiré par les images sur l'écran. Il flanque ses doigts sur le verre.

« Pousse-toi de là », le rappelle à l'ordre Anna, qui le surveille à la dérobée. Le front plissé et le regard concentré sur le poisson.

Antonio tripote les boutons sur le panneau latéral en faux bois et un chœur de voix féminines se déchaîne dans le séjour.

« Avortement libre, avortement libre », hurlent les manifestantes.

« Antonio, si tu pouvais m'écouter pour une fois. »

Anna se précipite vers le téléviseur, elle s'apprête à baisser le volume mais sa main s'arrête juste avant.

Un cordon de femmes défile sur une place en brandissant une banderole : « Femmes, se rebeller est une bonne chose. »

La voix d'un journaliste se met à parler par-dessus le chœur des manifestantes.

« À quelques heures de la présentation de la première proposition de loi pour la dépénalisation partielle de l'avortement du député socialiste Loris Fortuna, des milliers de femmes manifestent ensemble pour demander à cor et à cri le droit à l'avortement. Mais revenons en arrière. Durant la période fasciste, le code Rocco considérait l'avortement comme un crime… »

Antonio tire sur son tablier. « Maman, je veux la Ferrari de papa. »

Anna repousse sa petite main, serre ses bras contre sa poitrine et s'assied dans le canapé.

Une femme aux cheveux roux empoigne un mégaphone, chevelure flamboyante et cigarette entre les doigts. Son sang se glace, tant la ressemblance est grande avec Daniela.

« Plus des instruments de reproduction mais des femmes en lutte pour la libération. » La rousse scande les mots en s'époumonant, entourée d'un groupe de jeunes filles penchées sur une table, occupées à signer une feuille. Derrière elles, un mur tapissé d'affiches avec des cercueils stylisés et des inscriptions soulignant les dangers de l'avortement clandestin. Le journaliste s'approche du cercle et une jeune fille, bandeau dans les cheveux et lunettes de soleil carrées, se penche sur le micro épinglé à la veste de l'homme.

« Nous en avons assez d'être considérées comme des créatures défectueuses seulement parce que nous ne voulons pas nous soumettre aux lois d'une société patriarcale qui nous traite comme si nous étions des animaux de reproduction. Avant d'être des ventres à remplir, nous sommes des femmes libres de choisir notre destin. »

La caméra revient sur la foule, des centaines de bras s'agitent en l'air et les mains applaudissent à l'unisson, tapent au rythme des voix stridentes qui clament des cris de liberté. Anna remue les lèvres avec elles : « Plus des instruments de reproduction mais des femmes en lutte pour la libération. Des enfants comme, quand et si nous les voulons. »

Le journal télévisé se termine, vient une page publicitaire, et des pleurs exaspérants font irruption dans le séjour, lui perçant les oreilles. Anna regarde autour d'elle comme si quelqu'un l'avait subitement laissée tomber d'en haut dans le canapé. Elle se lève d'un bond, crie le prénom de son fils, entourée de photos de lui dispersées sur les meubles, les murs, les étagères de la pièce.

Les cris proviennent du bureau de Severino. Elle court.

Le modèle réduit de la Ferrari est en équilibre sur le bord du bureau. Antonio hurle, étendu la figure sur le sol, à côté de la chaise renversée. Elle plonge par terre et dès qu'elle le relève et le retourne, elle pousse un hurlement.

Le sang jaillit à flots du sourcil droit et coule sur son visage ridé par les pleurs, Antonio laisse couler ses larmes semblables à des ruisseaux qui se mêlent dans sa bouche grande ouverte, déchaînant une toux convulsive et suffocante. Anna le serre contre elle et se précipite dans la salle de bains, arrache la serviette du mur, déplace ses cheveux collés sur ses yeux et presse le linge sur la blessure. Antonio donne des coups de pied, arque le dos et agite les bras.

« C'est fini maintenant, mon amour, ce n'est rien », lui répète-t-elle, et elle le tient serré contre elle, supportant les cris de l'enfant les yeux fermés.

Mais la serviette de bain se teinte de rouge, la tache s'étend sur le coton et Antonio commence à pâlir, ses pleurs se transforment en un râle faible, sans vigueur. Sa tête pend, il peine à garder les yeux ouverts et s'écroule sur son épaule.

Anna l'appelle, le secoue, il chancelle dans ses bras et elle file dans le séjour, la serviette de bain vole dans le couloir mais elle n'y prête même pas attention, elle balaie journaux, revues, stylos qui la séparent du téléphone. Elle coince le combiné entre le menton et l'oreille et fait glisser son doigt tremblant sur le cadran.

« Hôpital de Patti, dites-moi, répond une voix masculine et rauque.

— Mon fils est tombé. Venez, vite, bredouille-t-elle.

— *Signora*, d'où appelez-vous ?

— Mon fils est tombé, il perd du sang à la tête. Envoyez une ambulance.

— *Signora*, quel âge a l'enfant ? Il respire ? Il est conscient ? »

Anna penche la tête sur son épaule. « Oui oui, mais il ne bouge pas, il lui arrive quelque chose, dépêchez-vous, je vous en prie.

— Calmez-vous. Donnez-moi votre adresse et je vous envoie tout de suite les secours. »

La clef tourne dans la serrure, la porte d'entrée s'ouvre et Anna lâche le combiné.

« Seigneur », tonne Severino, les mains derrière la nuque. Il s'approche de l'enfant, soulève sa tête et s'immobilise à la vue de tout ce sang.

« Mais qu'est-ce qui s'est passé ?

— Ne le touche pas », le menace-t-elle, et elle se met à descendre l'escalier en lui criant de bouger. Ils montent en voiture, Anna dénoue son tablier, le froisse et en maintient un pan sur la blessure, elle parle à Antonio pour le tenir éveillé tandis que Severino la fixe, effaré, et tarde à partir. Il tâte la boîte de vitesses, le volant, il ne tourne même pas la clef de contact, il regarde dehors par la fenêtre comme s'il cherchait de l'aide auprès de quelqu'un qui saurait conduire une voiture.

Anna lui assène un coup de poing sur l'épaule.

« Mais qu'est-ce que tu attends ? Démarre cette putain de voiture, on y va. »

Il semble se ressaisir et démarre.

« Accélère, je t'en prie, fais vite », lui lance-t-elle, les lèvres collées sur le nez couvert de sang coagulé de son fils. Elle demeure penchée sur Antonio tout le temps du trajet, et la voix de son mari qui lui demande en insistant ce qui s'est passé s'étouffe, comme s'il lui parlait depuis l'autre côté d'un double vitrage.

Le hall d'entrée des urgences est un parcours d'obstacles. Severino court derrière elle, alors qu'elle esquive des malheureux aux bras cassés, aux têtes enveloppées dans des bandages, des vieux édentés dans des fauteuils roulants garés contre les murs. Un infirmier vient à sa rencontre, lui demande de s'arrêter mais elle poursuit avec Antonio dans les bras, tout droit jusqu'à la porte. Elle tape du poing sur la vitre opaque. Une doctoresse pâle et efflanquée lui ouvre et, à la vue de l'enfant, les fait asseoir.

« Un seul parent peut entrer », les avise-t-elle avant qu'ils ne franchissent le seuil.

« Ça ne fait rien, de toute façon il attend dehors », déclare Anna.

Elle lance le tablier taché de sang sur Severino et s'engage dans le couloir accompagnée de la dame en blouse blanche.

Cinq points sur l'arcade sourcilière. La médecin les lui coud à vif au milieu de cris désespérés.

« Il était seulement effrayé, c'est pour ça qu'il s'est tu tout à coup. Vous verrez qu'il va retrouver son entrain », commente la médecin alors qu'elle retire ses gants et les jette à la poubelle.

« Comment est-ce arrivé ? lui demande-t-elle.

— Je ne sais pas, répond Anna, Antonio affalé sur ses jambes, plongé dans un sommeil lourd et profond. Je ne l'ai même pas entendu tomber. L'instant d'avant il était avec moi et ensuite je l'ai trouvé par terre tout ensanglanté. »

Puis elle ajoute : « Est-ce qu'il lui restera une cicatrice ?

— Forcément, *signora.* Avec une entaille aussi profonde, forcément. »

VINGT ET UN

7 mars 1965

Je fendais du bois dans la clairière derrière la baraque lorsqu'elle a crié mon nom. Je savais que c'était elle mais, l'espace d'un instant, sa voix de femme m'a semblé celle de mon ancienne vie qui me cherchait et m'avait trouvé.

J'ai laissé la hache plantée dans la bûche, je suis resté immobile et pendant un bref moment je ne l'ai plus entendue, il n'y avait que le bruit des poules qui picoraient et gloussaient, le bêlement de la chèvre attachée à l'olivier.

Mais quand j'ai recommencé à frapper sur le rondin, elle m'a surpris par-derrière, elle avait dû faire le tour de la baraque.

« Tu es sourd ?

— Oui, je suis sourd, lui ai-je répondu, et j'ai pris une autre bûche dans le tas, je l'ai mise debout et je l'ai divisée en deux d'un coup sec.

— Ah, tu es sourd, m'a-t-elle rétorqué, et elle a commencé à me lancer de petites pierres dessus.

— Mais qu'est-ce que tu fais ? lui ai-je demandé en me couvrant la tête de mes mains et en la rentrant entre les épaules.

— Je te jette des pierres, m'a-t-elle répondu, voilà ce que je fais. Et elle en ramassait encore et me les lançait et entre deux pierres elle me parlait. Et je n'arrêterai pas tant que tu ne poseras pas cette hache. »

J'ai jeté la hache par terre, j'ai essuyé mon visage sur mon pull et je me suis tourné vers elle.

« Qu'est-ce que tu veux ?

— J'ai la barque pleine de nourriture, je ne peux pas la décharger toute seule.

— Ce que ton père m'envoie chaque semaine me suffit, lui ai-je dit, et je me suis dirigé vers la porte de la baraque, la laissant derrière. Je t'avais dit de ne plus venir, lui ai-je précisé en lui tournant le dos.

— Mon père ignore tout », a-t-elle ajouté, courant derrière moi, et elle m'a avoué qu'elle ne pouvait plus retourner chez elle et qu'elle ne savait pas où aller.

« Ce ne sont pas mes affaires », lui ai-je répondu en ouvrant la porte en grand.

Agatina demeurait silencieuse, son ombre s'allongeait sur le seuil et j'allais fermer la porte lorsqu'elle dit : « Je suis enceinte. »

J'ai levé la tête au plafond rongé par les vers, la suie collée au conduit de cheminée du coin cuisine, puis j'ai pris une longue inspiration et j'ai essayé de commander à ma main de pousser la porte, sans succès. Je suis allé dans la salle de bains, Agatina toujours sur mes talons. Je t'ai apporté beaucoup de choses à manger, disait-elle, sur l'île les gens médisent de moi et personne ne m'a proposé un lit pour dormir, je suis venue exprès ici, je ne te dérangerai pas, je m'en irai bientôt.

« Tu ne peux pas rester ici », lui ai-je dit en me regardant dans le reflet de l'eau de la bassine et je n'avais plus de visage, il n'y avait plus que les rides de l'eau et je touchais mes joues, ma bouche, mon nez, je sentais un visage dont je ne parvenais pas à voir le reflet mais qui était le mien.

Cela n'a pas duré longtemps, juste le temps que je redevienne le Peppe de l'autre vie.

« Mais pourquoi, qu'est-ce que je t'ai fait ?

— Tu ne m'as rien fait, rien. Mais tu ne peux pas rester ici », lui ai-je répondu et j'ai plongé les mains dans la bassine, me rinçant le visage à plusieurs reprises, mais il ne partait pas, lui et sa culpabilité.

« Son père ne le reconnaît pas et je dois l'élever toute seule. » Elle a touché son ventre encore plat. « Je reste jusqu'à ce que je trouve un endroit où aller, chez moi ils sont vieux jeu et ils m'ont répudiée. »

J'ai saisi la serviette sur le bord de la bassine, je me suis frotté le visage et j'aurais tant voulu qu'Agatina disparaisse. Mais lorsque j'ai rouvert les yeux, elle était toujours là, à se ronger un ongle, la tête basse. Je me suis arrêté à côté d'elle et lui ai ôté sa main de la bouche.

« Quel âge as-tu ?

— Vingt ans », a-t-elle répondu.

Je suis sorti, j'ai marché jusqu'à la plage, j'ai mis les pieds dans la mer et je suis monté dans la barque.

Le soleil s'était couché, le ciel était clair et sur la ligne d'horizon s'étendait un banc de nuages orange qui se dirigeait on ne sait où. J'aurais voulu fuir cette île aussi, tirer la corde du moteur et suivre ces wagons de nuages, sauter dessus et recommencer avec un autre Peppe encore.

J'ai attrapé deux corbeilles de fruits, j'ai reposé les pieds dans le sable et elle est venue à ma rencontre, m'a pris une corbeille des mains et, le temps que nous terminions d'entasser les provisions, la lune était déjà là.

Agatina a fermé les yeux dès qu'elle a posé la tête sur l'oreiller, alors que j'allumais la bougie, la posais sur l'appui de fenêtre et essayais toute la nuit d'affronter mon visage reflété sur la vitre rayée, d'oublier la longue fissure allant du front jusqu'au menton, en embrassant la mer.

Mais la mer ne m'a pas exaucé, et j'ai soufflé la bougie en me livrant à l'obscurité de la nuit, qui coud les choses, les espaces et les personnes avec l'illusion du rien.

Le lendemain, à l'aube, j'ai démarré la barque et je l'ai amarrée de l'autre côté de l'île, là où personne ne pouvait la voir. Agatina est restée enfermée dans la cabane, et moi je suis allé à la carrière comme chaque matin et parmi les hommes, dans les derniers rangs, pendant que nous montions dans la montagne, on parlait à voix basse de la fille du contremaître, il l'avait chassée de chez lui une nuit et tout le quartier l'avait entendu lui crier depuis le balcon que ce péché, comme elle l'avait commis, maintenant, elle devait se le garder.

Agatina me ressemblait à présent, elle avait fui une faute et ne pouvait plus revenir en arrière.

VINGT-DEUX

C'est mon père. Sa voix me cherche parmi les épis, les meules de foin, la pinède sur la colline.

Fiore et Giovanni sortent de la grange, ils se séparent, l'un part à droite et l'autre à gauche, et derrière eux Giuseppe, Roberto, Vittorio, tous mes frères passent au crible le champ en criant mon nom. Ils sont jeunes, bronzés et en débardeur par une chaude journée d'été. Ils me cherchent du côté du vieux puits qu'utilisaient les bergers pour abreuver leurs moutons, sur les terres des Ruffo dont la propriété a été réduite en cendres par les Américains, dans les cabanes en pierres abandonnées, auprès des cuves en contrebas de la rivière.

Severino. Mon prénom allongé par leurs voix alerte une volée de corbeaux perchés sur le fil de la clôture. Les cigales stridulent plus fort encore, les cloches des vaches en train de paître sonnent dans le champ, un chien aboie au loin.

Quelque chose me secoue le bras et j'écarquille les yeux, je suis assis dans la fourgonnette à côté de Mario et derrière la fenêtre se détache l'enseigne illuminée de la pension. Dehors, il fait sombre.

« Combien de temps j'ai dormi ?

— Tout le temps. D'Oliveri à Patti », m'informe-t-il, et il étend le bras de mon côté, forçant la poignée de la portière qui s'ouvre par à-coups.

Je prends le sac et les fleurs. Avant que je ne descende, nous nous serrons la main.

« Alors prends soin de toi, et merci. »

Il me donne une tape sur l'épaule et je m'effondre presque.

« Severino Greco qui vient me chercher après plus de vingt ans, quelle histoire ! »

Je passe devant la fourgonnette, lève un bras pour un ultime salut et me dirige vers la grille de la pension.

« Severino, m'appelle-t-il par la fenêtre. Il passe le bras par la portière et tambourine des doigts sur la tôle. Ta belle-mère est enterrée loin d'ici ? »

Je fais le geste d'enjamber le golfe de Patti avec la main et des pétales blancs volent, le parfum douceâtre des œillets me chatouille les narines, j'éternue sur les fleurs et c'en est fini des œillets.

Mario rit à s'en décrocher la mâchoire.

« Qu'est-ce qu'on fait, demain matin on achète un autre bouquet de fleurs et je t'accompagne ? »

Je lève le pouce, les yeux larmoyants sous l'effet de l'éternuement, je renifle bruyamment, j'avale le mucus et mon estomac gargouille.

« Mario, j'ai faim. »

Il fait la grimace en y pensant, puis acquiesce d'un mouvement de tête et repart en quête d'une place de parking plus loin. Il y a des voitures partout le long de la route. Je ne sais jusqu'où il a dû aller pour se garer mais Mario Pittima revient en marchant, oscille des hanches et balance les bras simultanément avec les jambes, il effectue des pas précis et légers comme s'il était sur un trottoir en éponge.

Il franchit la ligne d'arrivée en me touchant l'épaule, il est penché sur les genoux et essoufflé.

« J'ai mis beaucoup de temps ? »

Je regarde ma montre. « Cinq petites minutes. Tu as retrouvé la forme. »

Les bords de la photo qu'il m'a montrée lorsque nous nous sommes rencontrés ne dépassent plus de la poche de sa chemise. Elle a dû tomber dans sa course et il ne s'en est même pas aperçu.

« Pittima, reprends ton souffle, je t'emmène dans un endroit où on fait les meilleurs *arancini* du monde. »

Nous revenons à la pension en titubant, cela faisait des années que je n'étais pas rentré si tard, nous avons un peu abusé de la bière et j'ai oublié le bouquet d'œillets fatigués sur la table, je n'ai que le sac contenant tes affaires. Mario n'arrête pas de rire, il me promet entre deux esclaffements que nous achèterons un bouquet de fleurs artificielles demain, ainsi je n'éternuerai pas dessus. Nous nous donnons rendez-vous à sept heures. Il part à la recherche de sa fourgonnette en chantant l'habituel Modugno.

Le hall de la pension est plongé dans l'obscurité, la seule lumière est celle d'un ordinateur derrière le comptoir de la réception, qui éclaire le visage de la fille de Vincenzo, ses écouteurs dans les oreilles. Dès qu'elle me voit, elle en retire un, allume les lumières de la salle, me demande le numéro de la chambre et tend le bras vers l'armoire à clefs derrière elle. Je la salue, lui dis que je pars demain matin et lui souhaite de devenir une excellente avocate. Elle baisse l'écran de l'ordinateur, passe la tête par-dessus le comptoir en approchant les lèvres de mon oreille.

« La femme que vous cherchez est votre épouse, n'est-ce pas ? »

Je mets l'index sur mes lèvres et lui fais un clin d'œil. Elle glisse ses doigts sur sa bouche comme pour tirer une fermeture Éclair. La chambre est en ordre, la femme de ménage a refait le lit au carré, il est si parfait que le défaire me paraît un sacrilège. Je m'assieds sur le bord, allume la télévision, jette mon Borsalino sur l'oreiller, délace mes chaussures en maudissant mon mal de dos et mes pieds recommencent à respirer, je n'avais jamais marché autant sans ôter mes chaussures. Je détache mes bretelles, déboutonne ma chemise, soulève et rabaisse mon débardeur, le soulève et le rabaisse, le bruit du coton qui frotte sur ma barbe longue et sale est une musique à mes oreilles, des notes de jeunesse qui se font entendre à nouveau, de Seve qui faisait la compétition de la barbe la plus longue avec ses frères, qui la nuit raccourcissait celle de Giovanni pendant qu'il dormait et le matin prenait son petit déjeuner en compagnie de toute la fratrie avec de la ricotta fraîche et pleurait de rire sur les assiettes de petit-lait. Tous sauf Giovanni. J'en ris encore aujourd'hui.

Mais où avais-je laissé ces souvenirs ? Sont-ils vraiment les miens ? Sont-ils vraiment des souvenirs ? Ils se succèdent dans mon esprit comme s'ils se produisaient maintenant, ils sont si vifs que je ne crois plus être un vieil homme.

Alors que je suis sur le point d'enlever mon jean, on passe à la télévision la scène d'un film où un jeune garçon allongé sur son lit ôte son pantalon en levant les jambes en l'air, le tire aux chevilles et le pantalon glisse comme s'il y avait mis du savon. Je parviens à soulever les jambes mais lorsque je tends les mains pour saisir mes chevilles je balance d'avant en arrière comme une tortue sur le dos, alors je renonce et je fais comme les vieux : assis et une jambe à la fois.

Dehors tout est silencieux, je me couche sur les draps avec l'espoir de me retrouver dans mon rêve, celui où tout le monde me cherche et personne ne me trouve.

Quel beau rêve, celui où pas même moi ne sais où je suis !

À la station-service, les klaxons me réveillent pendant le ravitaillement, je marche pieds nus jusqu'à la salle de bains et prends ma douche en chantant Modugno moi aussi, à force d'entendre Mario, la chanson m'est entrée dans la tête. Me voici devant le miroir au-dessus du lavabo en train de me brosser les dents, je crache dans le trou d'évacuation et peigne les cheveux qu'il me reste, je mets une chemise à carreaux, mon jean, mes chaussures à lacets noirs, mon manteau et m'apprête à poser mon Borsalino sur la tête lorsque je m'aperçois que ma valise est encore ouverte. Il manque les dernières affaires que j'ai récupérées chez Mario, je renverse le sac sur le lit et glisse la photo et la poupée au milieu de ta robe de mariée. Je conserve l'aiguille et les étoffes dans un petit espace demeuré vide dans le fond, près de tes chaussures de cérémonie. Je ferme la valise, mets mon Borsalino devant le miroir et quitte la chambre.

À la réception Vincenzo me fait une ristourne et me transmet les salutations de sa femme partie acheter du poisson.

« Si j'apprends quelque chose sur cette femme, je vous appelle », me rassure-t-il. J'appuie le coude sur le comptoir, croise les jambes et lui fais signe de la main de s'approcher de mon visage.

« Si vous la voyez, appelez-moi à n'importe quelle heure, même la nuit, et je vous en prie, n'en parlez à personne. » Je le lui dis à voix basse en regardant ses pieds à la dérobée, il porte sa combinaison de jardinier et ses mocassins du dimanche.

Il observe autour de lui avec circonspection, il se frotte la bouche de la main et acquiesce en entrouvrant les lèvres.

« Je l'ai compris tout de suite… vous êtes un détective privé. »

J'enfonce mon Borsalino sur la tête, redresse le col de mon manteau et lui souris sournoisement en aiguisant mon regard comme le lieutenant Colombo, qui passe à la télévision depuis l'ère du tube cathodique.

« Vincenzo, les chaussures, si Caterina revient, vous aurez des ennuis », et je prends congé avec un salut militaire auquel il répond, je lui tourne le dos avec une main dans la poche et l'autre qui traîne la valise.

Mario m'attend dans la rue, il fume appuyé sur le capot de sa fourgonnette et il porte des baskets rouges qui ressemblent beaucoup à celles que j'ai usées au cours des longues marches sur le *lungomare* de Stromboli. Il les étudie entre deux bouffées. À quel point il me ressemble, on dirait moi le jour où j'ai acheté mes nouveaux souliers à lacets noirs.

« Belles chaussures, lui dis-je.

— Elles sont très belles, je les ai trouvées au marché ce matin. » Il lève le pied en arrière, pour me montrer la semelle : « Elle est en caoutchouc mousse, elle te tient collé à l'asphalte, une vraie merveille. »

Nous tassons la valise dans le coffre, montons dans la guimbarde chargée de babioles et, alors que nous laissons Patti Marina derrière nous, nous restons coincés dans la file à un feu rouge qui ne s'éteint jamais, et je sens le poids d'une mémoire encombrante, toute mon histoire jusqu'ici appartient à un homme qui n'est plus moi ou qui n'a peut-être jamais été moi et je voudrais que nous nous séparions maintenant, avant que le feu ne passe au vert, mais comment fait-on pour se quitter, pour décider qui d'entre les deux a été l'hôte dans cette vie désormais à son crépuscule ? Je voudrais tellement l'expulser, ce voyage est le mien, celui de Seve à la barbe négligée, au jean moderne, aux chaussures brillantes, Seve qui boit de la sambuca et du limoncello, mange de la glace même s'il a du diabète, fume même s'il souffre de bronchite chronique. J'aime cet autre et je dois le ramener à la maison, nous sommes partis ensemble et ensemble nous reviendrons. Nous empruntons la route secondaire, traversons des tunnels creusés dans les falaises ébouleuses et abruptes le long du littoral, Mario klaxonne un automobiliste conduisant en sens inverse et le son résonne entre les parois rocheuses, nous dépassons la baie de Capo Calavà[1] aux grosses vagues qui se brisent sur les roches, la fourgonnette oscille, le vent siffle et j'entends mon père susurrer mon prénom.

J'abaisse la vitre et le laisse entrer en fermant les yeux, son invisible caresse dépose un sourire sur ma bouche.

Quel beau rêve que celui dans lequel mon père me trouve parce que j'ai cessé de me cacher.

Nous remontons entre les collines verdoyantes et c'est tout de suite l'air des montagnes, l'odeur des bêtes au pâturage, les cabanes au bord de la route, les murs en pierres sèches recouverts de marguerites

1. Promontoire de la côte nord de la Sicile, situé dans la province de Messine.

jaunes et d'herbe couleur rouille. Au-dessus des cols caressés par le soleil se détache le pic du Monte San Pietro, le gardien de Tortorici. Nous entrons dans le village en cahotant sur les rues pavées bordées d'anciennes maisons de pierre aux longues fenêtres en bois, aux antennes paraboliques attachées aux balustrades des balcons, aux murs verdis par la mousse, aux rideaux de fer rouillés avec les chaises sur la rue pour occuper la place, nous passons avec difficulté dans les ruelles en effleurant les rétroviseurs des voitures garées, collées aux portes cochères avec leurs arcs de pierres, les seuils de pierre avec leurs chats galeux couchés au soleil et plus nous nous éloignons du centre habité plus nous sommes entourés d'un bois de noisetiers, les arbres pendent au-dessus de la chaussée, les lierres grimpants cachent le rail de sécurité, les feuilles sèches remplissent les caniveaux.

« C'est le dernier virage et nous sommes arrivés », dis-je à Mario, qui fume depuis que nous sommes partis.

Au-delà des murs d'enceinte blancs fléchissent les cimes des cyprès et se dressent les croix sur les toits pentus des chapelles. De l'autre côté du cimetière, il y a un magasin de fleurs, j'achète un bouquet de chrysanthèmes, traverse la rue et ouvre le battant de la grille à l'entrée, je descends quelques marches et avance au milieu des pierres tombales, les laisse de côté l'une après l'autre en gardant à l'esprit la statue en plâtre du Christ avec sa croix sur l'épaule que Nina a voulue pour la tombe de Serafina. Mais je tourne en rond trop longtemps, je ne parviens pas à me souvenir, alors je demande mon chemin à un homme qui porte un bonnet de laine, nettoie une grille et m'indique l'aile est du cimetière en offrant de m'accompagner.

Nous marchons en file indienne entre les tombes fleuries, nous croisons des gens aux mains jointes et à la tête basse, une femme jette un seau d'eau sur une tombe, un enfant est assis sur le marbre d'une autre, pendant que sa mère enlève des fleurs séchées d'un vase en bronze.

La voici, la statue du Christ qui veille sur Serafina. La photo ne se voit presque plus, le verre du cadre s'est embué, les vases sont vides et sentent le moisi, la pierre noire est recouverte de feuilles sèches et de broussailles.

« Plus personne ne vient ici depuis des années, se justifie le gardien en balayant de la main la saleté couvrant l'épitaphe qui s'est estompée.

— Vous êtes sûr ? »

L'homme acquiesce. « Je suis sûr, oui. »

Je m'apprête à glisser le bouquet de chrysanthèmes dans le vase quand le gardien se charge d'aller le remplir d'eau à la fontaine un peu plus loin. Je sors de ma poche le mouchoir que tu m'as brodé et frotte la photo.

« Voilà », fais-je. La moue de Serafina redevient nette et paraît vouloir me dire quelque chose. « Ne le prends pas mal, Serafina, les enfants suivent parfois les traces de leur père même si on n'a qu'une seule maman. »

Mon téléphone sonne dans la poche de mon manteau.

« Papa.

— Antonio.

— Pourquoi tu ne me l'as pas dit ? »

Il n'a pas gobé le dernier coup de fil et a dû appeler Calogero.

« Tu m'aurais fait des histoires, comme d'habitude », dis-je.

Il rit doucement. Mais il rit. Je pensais qu'il commençait à me faire la leçon, mais il n'en est rien.

« Mais depuis combien de temps traînes-tu dans le coin à jouer les enquêteurs ? »

Un rire m'échappe aussi.

« Qui cherche trouve, dis-je. Ce n'est pas comme ça qu'on dit ?

— Papa, dis-moi où tu es et je viens te chercher. »

Dis-moi où tu es et je viens te chercher, m'a-t-il dit.

Mon fils.

« Antonio… tu te rappelles ce jour où tu t'es échappé de l'école et où nous t'avons cherché à travers tout Oliveri ? »

Antonio grommelle un oui, puis demeure silencieux, peut-être est-il en train de se repasser ce souvenir comme moi.

Il avait six ans. Tous les matins, dès qu'il se réveillait, il courait dans la salle de bains encore en pyjama, se postait à la fenêtre et attendait les mains collées sur la vitre que le minibus passe devant la maison. Tu n'avais d'autre choix que de l'habiller là, tu avais bien essayé de l'éloigner, mais il commençait à crier, alors tu avais laissé tomber. Tu lui préparais son sac à dos et son goûter pour la récréation, et vous deviez prendre votre petit déjeuner ensemble, tout seuls, tandis que je buvais mon café debout derrière vous.

Antonio se rembrunissait, trempait ses biscuits dans sa tasse, les y jetant avec force, le lait giclait sur la table et je le réprimandais tandis que tu passais le chiffon en silence, le couvrais de baisers et qu'il serrait les lèvres et détournait le visage. Tu l'accompagnais jusqu'en classe, tu t'en allais lorsque tu le voyais assis à son banc et tu retournais le chercher dix minutes avant que ne sonne la cloche. Et je devais en faire autant si je l'accompagnais à ta place.

Un matin, il devait être à peine dix heures, tu as téléphoné au bureau de poste. Tu avais reçu un appel du directeur : Antonio avait disparu, il avait demandé à l'institutrice d'aller aux toilettes et n'était pas retourné en classe. J'ai pris congé, j'ai couru à la maison et nous avons prévenu les carabiniers, nous sommes allés le chercher dans les environs de l'école, au terrain de jeux, sur la plage de Marinello, nous avons ratissé tout Oliveri. Puis j'ai vu une dame descendre d'un autobus avec ses sacs de courses. Elle vociférait et gesticulait contre un enfant qui refusait de sortir. J'ai fermé les yeux, j'avais envie de sourire et je t'ai laissée sous prétexte qu'il valait mieux nous séparer, et pendant que tu poursuivais les recherches à pied, je suis monté dans la voiture et j'ai conduit jusqu'au parc automobile. À cette heure, il n'était pas gardé, j'ai poussé la grille, je suis entré et j'ai marché entre les camions et les voitures de la commune. Les minibus jaunes étaient alignés les uns derrière les autres et près de l'un d'eux, exactement au niveau de la portière, j'ai reconnu cet enfant aux cheveux coupés au bol assis par terre, sur son cartable, les bras croisés.

Je me suis approché à pas lents de peur qu'il ne s'échappe.

« Antonio, mais qu'est-ce que tu fabriques ? Maman et moi te cherchons depuis deux heures.

— Je m'en fiche, a-t-il dit. Va-t'en, de toute façon je ne bouge pas d'ici.

— Mais pourquoi ? lui ai-je demandé.

— Parce que », m'a-t-il répondu.

Je me suis assis par terre devant lui, les jambes croisées, j'ai déplacé ses cheveux sur son front, ils étaient trempés de sueur, il était en nage tant il avait couru.

« Aujourd'hui, je prends le bus avec mes copains », a-t-il décrété. Tu aurais dû le voir, Anna, dans ses yeux marron il y avait la même détermination que chez moi lorsque je t'avais dit de sortir de ce cabanon. Dès que je me suis levé et que je l'ai pris dans mes bras, il a commencé à donner des coups de pied, je veux être comme tous les autres enfants, disait-il, pourquoi vous ne me laissez pas en paix, si vous ne me laissez pas aller à l'école en minibus je ne reviens plus à la maison, dis-le à maman que je ne reviens pas.

Je l'ai reposé par terre, je lui ai promis qu'il rentrerait à la maison avec le bus scolaire et il m'a donné un baiser sur la joue en m'étreignant fort.

« Merci, papa », a-t-il dit.

Pour la première fois depuis six ans, ce fils était le mien et pas seulement le tien, nous étions devenus père et fils sur l'aire de stationnement d'un parc automobile.

Assis dans un bar, nous avons attendu ensemble qu'arrive le chauffeur pour le bus de treize heures, j'étais dans un bar quand je t'ai téléphoné pour te dire que je l'avais trouvé et alors que tu me recommandais de le ramener tout de suite chez nous, j'ai raccroché exprès. Nous avons même topé lorsque j'ai coupé. Il avait le torse bombé et serrait les sangles de son sac à dos alors qu'il descendait fièrement en sautant la marche de l'autobus, un arrêt avant notre maison. Il n'a enlevé son sac à dos que d'une épaule, il a tiré ses cheveux en arrière en se passant la main sur le front, il marchait vers la voiture la tête haute et allait trébucher sur une plaque d'égout saillante lorsque, assis les mains sur le volant, j'ai tendu le bras vers lui, me heurtant contre le pare-brise. Cette barrière transparente mais infranchissable fut pour moi un avertissement.

Les enfants ne nous appartiennent pas, à peine les mettons-nous au monde qu'ils sont déjà au-delà de la vitre.

Depuis ce jour-là, nous avons toujours fait ainsi lorsque j'allais le chercher à l'école, c'était notre secret. Il était tellement heureux qu'il s'asseyait dans les dernières places et se tournait continuellement en agitant sa petite main. « Merci, papa », me disait-il chaque fois.

Cet enfant t'échappait, Anna, tu voulais qu'il soit une excroissance de ton corps et au lieu de cela vous n'avez formé une entité unique que pendant neuf mois ; depuis qu'il a vu la lumière, il t'a combattue comme tu n'as pas su le faire avec ta mère, qui boude maintenant, même morte. Comme je n'ai pas su le faire avec toi. Lorsqu'il est devenu un adolescent avec une moustache et les cheveux méchés, tu partais la nuit pour savoir ce qu'il fabriquait avec ses amis, tu fouillais dans ses tiroirs en quête de lettres écrites par ses soupirantes, tu les lisais, les yeux injectés de sang, comme une amante jalouse. Vous vous disputiez sans cesse. Vous vous disputiez s'il fréquentait une fille qui n'était pas à ton goût, s'il se rasait les cheveux et que tu les lui préférais longs, s'il allait acheter des vêtements sans toi ou s'il sortait le soir avant que tu ne rentres à la maison et que tu ne pouvais pas le saluer, lui demander en le harcelant où tu vas, avec qui, quand tu reviens, fais-moi voir comment tu t'es habillé, appelle à minuit.

« Tu resteras seul et tu frapperas de nouveau à ma porte, rappelle-toi que personne ne peut t'aimer plus que ta mère », lui lançais-tu dans les moments où vous vous criiez les pires choses. Tu ne le sais pas mais d'une certaine façon tu lui as transmis le courage qui t'a manqué pour te rebeller contre le destin que ta mère voulait pour toi. Tu lui as appris à le faire et, du moins sur ce point-là, il ne t'a pas désobéi.

Ce fils est devenu le nôtre le jour où il est parti de chez nous, choisissant son propre destin, il nous a unis en nous contraignant à chercher la liberté que nous avons perdue lorsque nous nous sommes mariés, à être nous-mêmes au moins une fois avant de dire adieu à ce monde.

Dis-moi où tu es et je viens te chercher, m'a-t-il dit.

J'aurais voulu l'étreindre, faire en sorte que ce soit lui qui m'accompagne sur ce train sous-marin, toper avec lui et le saluer par la fenêtre en agitant la main.

« Antonio, je vais bien.

— Papa, mets ton cœur en paix et reviens à la maison.

— Je reviens vite, promis. Salue Giorgia pour moi.

— Si dans deux jours je t'appelle sur le fixe et que tu ne me réponds pas, je descends en Sicile et je m'occuperai de toi.

— Antonio, moi, je tiens toujours mes promesses », et j'ai coupé, j'ai appuyé longuement sur le bouton latéral et j'ai remis le téléphone dans ma poche.

Le gardien est revenu avec le vase, j'ai laissé les fleurs entre ses mains, je l'ai remercié et suis parti.

« Attendez, si vous êtes un parent et que vous voulez payer votre part pour la lampe votive, le bureau est là en bas, m'a-t-il dit en parlant derrière moi.

— La dame n'a pas de parents, ils ont tous disparu. »

VINGT-TROIS

Elle se soulève sur la pointe des pieds, tend les bras vers le fil et fixe le drap avec la pince à linge. Le soleil dans la figure la contraint à plisser les yeux. Le drap humide, agité par le vent tiède de septembre, lui chatouille le visage en l'embrassant sur les joues. Elle respire les yeux fermés le parfum de fraîcheur et de savon fait maison tandis qu'une voix l'appelle, Anna, viens, Anna, où es-tu.

Elle la reconnaît et enjambe le panier avec le linge à ses pieds, sautille entre les pierres blanches de la cour, trottine dans la montée de terre battue, les pans de sa jupe descendant jusqu'aux genoux. Au-dessus de sa tête, un ciel de branches pendantes d'oliviers, les feuillages des orangers et des citronniers. Anna dépasse l'étable en saluant de loin Rebecca, occupée à ruminer dans la mangeoire, chasse de la main un nuage de moucherons qui se concentrent devant le cabanon et enjambe le pas de la porte d'un saut. Il lui tourne le dos, manipule ses fusils sur la table de travail. Il glisse le fusil dans l'étui capitonné et plie le cou d'un côté, montrant son profil anguleux, son menton qu'il appuie sur son front chaque fois qu'il l'embrasse. En fermant l'étui, il tend son bras découvert avec sa manche de chemise retroussée. Ses bras ne sont pas comme les autres bras, s'ils la saisissent ils ne serrent pas, s'ils la laissent aller elle ne s'en aperçoit même pas, lorsqu'ils l'étreignent la terre sous ses pieds disparaît et ils deviennent un cercle dans le vide où elle reste suspendue sans craindre de s'écraser au sol, ses bras sont la circonférence d'un monde volant et sans frontières qui n'atterrit jamais, son monde à elle et à Peppe.

« Papa, tu m'as appelée ?

— Assieds-toi, mon amour. »

Anna s'assied sur le banc et rentre la tête dans les épaules, comme chaque fois qu'il l'appelle ainsi, la timidité la pousse à se cacher dans une coquille imaginaire où elle peut rougir toute seule. Peppe laisse les fusils sur la table, il s'installe à côté d'elle et lui prend les mains.

« Papa part demain.

— Tu reviens quand ? »

Peppe lui parle mais sa voix devient soudain celle d'Antonio et elle écarquille les yeux, chassant des pleurs, allume la lampe sur la table de chevet, regarde l'heure et se tourne vers Severino, couché sur un côté. Elle se lève d'un bond et enfile ses pantoufles, déambule dans l'obscurité jusqu'à la chambre d'Antonio, baisse doucement la poignée et passe la tête par la porte. Elle appuie sur l'interrupteur mural. Le mur derrière la tête de lit est vide, le poster d'Axl Rose, le chanteur d'un groupe qu'il adore, a disparu. Le lit est intact et sur le bord de la chaise près du bureau il n'y a pas ses vêtements de la journée. Elle ouvre tout grand l'armoire, les cintres se balancent, vides, il ne reste qu'un pull bon à jeter, un manteau délavé et une paire de chaussures usées dans une boîte cabossée, le gros sac dans le coffre près de la bibliothèque a disparu lui aussi.

Anna retourne dans la chambre à coucher, allume les lumières, secoue Severino qui se retourne dans les draps en grommelant.

« Lève-toi, il est parti. » Elle attrape dans la garde-robe le gros pull en chenille pendu à un cintre, sa longue jupe, sa veste de flanelle, elle les jette sur le lit avec le pantalon de velours, la chemise grise et les chaussettes de son mari.

Severino se frotte le visage, relève le buste et demeure assis au centre du lit, les yeux mi-clos, aveuglé par la lumière du lustre, et ses vêtements éparpillés sur les jambes. « Mais qu'est-ce qui s'est passé ?

— Qu'est-ce qui s'est passé ? répète Anna, qui entre-temps marche rapidement vers la salle de bains, ses vêtements dans les mains. Il s'est passé que ton fils est parti. » Elle ouvre le robinet, se rince la figure, s'habille, et lorsqu'elle revient, il est encore en pyjama, assis sur le bord du lit, le réveil entre les mains.

« Qu'est-ce que tu fais planté là, bouge-toi.

— Mais où tu veux aller à cette heure ?

— Chercher mon fils. »

Severino repose le réveil sur la table de chevet, glisse sa paume sur son visage ensuqué et se lève en lui posant la main sur l'épaule.

« Il a vingt ans passés, Anna, tu dois cesser de le suivre partout, laisse-le tranquille et tu verras que dans peu de temps il reviendra à la maison. S'il ne rentre pas, demain matin j'irai lui parler, mais maintenant retournons au lit. »

Anna fait la grimace : qu'est-ce qu'il a à la regarder avec ces yeux languides ? Antonio s'est échappé de la maison et il voudrait poser la tête sur l'oreiller ?

Elle plaint presque ce père sans carrure, qui n'élève pas la voix lorsque son fils rentre tard, n'enquête pas sur ses fréquentations, demeure silencieux dans le canapé à lire son journal, la laissant toute seule pour lutter contre Antonio qui a perdu la raison et s'est entiché d'une femme de dix ans de plus que lui, une dévergondée sans famille qui l'éloigne d'elle. Anna et Anna seulement l'a toujours remis dans le droit chemin, a bataillé contre son entêtement, s'est interposée de force dans ses choix, l'empêchant de se faire du mal parce que personne plus qu'une maman ne peut savoir ce qui est bien pour son enfant et que les enfants ne le savent pas, ils réclament une liberté qui les expose aux souffrances, aux déceptions, à tout le mal du monde, tout seuls ils peuvent se briser le cœur et personne ne leur viendra en aide, personne ne se soucie d'un enfant excepté une mère. Que peut en comprendre un père, les hommes ne naissent pas pères, ils aiment les enfants une fois qu'ils sont là, pas une femme, non, Anna le sait, une femme naît mère même si elle ne le veut pas, parce qu'elle est faite pour cela.

« Moi, j'y vais maintenant, et toi, tu m'accompagnes.

— Anna, de grâce, il est trois heures du matin, la supplie Severino, se passant la main sur la tête.

— Il est chez elle et nous, on va le chercher maintenant. »

Elle file dans le séjour, attrape les clefs de la voiture et descend l'escalier. Elle s'assied dans la voiture les bras croisés, se mordant les lèvres, elle voudrait déjà être là-bas, en train de le saisir par les cheveux, de le traîner à la maison de force et d'enfermer à clef son gros sac dans l'armoire. Un fils ingrat, scélérat, même les bêtes ne s'échappent pas ainsi, en pleine nuit, comme s'il manquait de quoi que ce soit chez lui.

Severino la rejoint enfin, allume le moteur et Anna lui donne des indications, après le pont tourne à droite, va tout droit, puis prends le rond-point et la deuxième sortie, tu vois le supermarché près du terrain de jeux ? Celle-là, elle vit dans le petit immeuble jaune derrière le supermarché, arrête-toi et gare-toi sur l'emplacement à côté.

« Je t'attends ici. » Severino éteint le moteur, redresse son Borsalino et sort son paquet de cigarettes de la poche de sa chemise. Il en tire une et la pose entre ses lèvres. Il cherche son briquet dans la boîte à gants et baisse la vitre. Il fume et écoute la radio en l'ignorant sciemment. Il augmente même le volume.

« Pourquoi me regardes-tu ? Je ne viens pas. Tu voulais être accompagnée, c'est chose faite, mais je ne bouge pas d'ici. »

Anna éteint la radio, lui arrache la cigarette des lèvres et la jette par la fenêtre.

« Sors de cette voiture et sois un père pour une fois. »

Severino secoue la tête. « C'est mon fils, pas un subordonné à qui je dois donner des ordres.

— Et bien sûr, de toute façon, la méchante maman s'occupe du sale boulot. »

Anna descend de la voiture en claquant la portière. Elle se dirige tout droit vers l'interphone, cherche du doigt le nom et, dès qu'elle l'a trouvé, colle l'index dessus jusqu'à ce que quelqu'un allume la lumière dans le hall de l'immeuble, que la porte-fenêtre du balcon s'ouvre au deuxième étage et qu'y apparaisse une femme en robe de chambre. Elle fume une cigarette. Anna la reconnaît et s'agrippe aux barreaux de la grille.

« Pourquoi tu es sortie, je n'ai rien à te dire, je veux parler à mon fils. »

La femme ne lui prête aucune attention, elle la fixe, impassible, pendant un bref moment puis rentre chez elle. Quelques minutes plus tard, Antonio franchit la porte d'entrée et Anna voudrait tordre les barreaux de la grille, passer au milieu et l'embrasser, se le lier à la poitrine avec un câble en acier et respirer sur lui tout le temps qui lui reste en ce monde.

Il porte son jogging blanc marqué de taches sombres, qu'elle a mis une fois dans la machine à laver avec des vêtements noirs. Qu'est-ce qu'ils se sont disputés ce jour-là. Elle s'était fait pardonner en lui préparant un gâteau à l'orange parce qu'il en est fou.

Le tee-shirt à manches courtes tombe comme un sac sur sa poitrine incurvée, il est descendu dans la cour sans même une veste sur les épaules, auront-ils seulement une bouillotte chez eux ? Il souffre de sinusite et dès qu'il prend froid le mal de tête le tourmente et il ne trouve la paix qu'avec cette bouillotte autour du cou. Il marche en traînant les pieds, son habituelle démarche paresseuse qu'il a depuis qu'il est enfant, lorsque tôt le matin il la rejoint dans la cuisine, elle le reconnaît à cette façon de traîner ses pantoufles sur le sol et ces pas sont l'annonce d'un baiser qui va arriver, de l'odeur de sa peau moite qui reste sur les draps lorsqu'elle refait le lit. Lui qui dort avec une couette tirée jusqu'au menton, qui, s'il picole le soir, boit à la bouteille le lendemain parce qu'il préfère avaler l'eau d'un trait, autrement il ne parvient pas à étancher sa soif. Antonio qui écarte la chapelure des *arancini* et ne mange que le riz, déteste les haricots et les lentilles, saute les repas lorsqu'il tombe amoureux et se promène sur le bord de mer des après-midi entiers. Antonio qui cesse de se laver s'il est triste et chez qui les rares fois où il sourit ne durent pas longtemps parce que sa mélancolie innée et persistante prend le dessus. Antonio et sa phobie des insectes parce qu'enfant, il rêvait de sauterelles géantes derrière la porte de sa chambre et courait se glisser dans son lit, et s'endormait en lui frottant les lèvres de ses doigts. Antonio qui refuse de manger du poisson et personne ne sait pourquoi. Il avait huit ans lorsqu'un dauphin s'échoua sur le *lungomare* de Marinello. Il l'obligea à veiller avec lui cette carcasse jusqu'au soir. Il pleura pendant tout ce temps, accroupi près du dauphin. Son père dut le traîner à la maison de force.

Son fils est un mécanisme qu'elle connaît par cœur, le fil d'une suture sur la poitrine qui, s'il s'éloigne, se découd, et les battements de son cœur de mère deviennent alors irréguliers.

Anna tend la main entre les barreaux. « Mon trésor, mais qu'est-ce que tu as fait, on rentre à la maison. »

Antonio secoue la tête et la paupière de son œil gauche se met à trembler. Son habituel tic nerveux qui apparaît lorsqu'il ne parvient pas à dissiper sa rage.

« Il fallait s'y attendre, il n'y a que toi pour venir sonner à un interphone à trois heures du matin.

— Antonio, je t'en prie, c'est tôt pour partir de la maison. Tu n'as même pas de travail, comment tu feras pour subvenir à tes besoins ?

— Ne te mêle pas de ça. Je peux me débrouiller seul. Je commence demain au restaurant de Nino. »

Anna donne un coup d'œil mauvais vers le balcon du deuxième étage.

« C'est elle qui t'a convaincu, n'est-ce pas ?

— Non, maman. Giorgia n'a rien à voir là-dedans, c'est moi qui te fuis, qui te fuis, toi qui m'étouffes depuis que je suis né. »

Anna se redresse. S'il n'y avait pas ces barreaux entre eux il mériterait une gifle.

« Tout ce que j'ai fait, je l'ai toujours fait pour ton bien. »

Antonio se couvre le visage de ses paumes, presse ses doigts sur sa bouche comme s'il voulait se retenir, mais il explose.

« Tu as choisi mes amis à ma place, tu m'as éloigné des personnes qui n'étaient pas à ton goût, tu m'as empêché d'étudier à l'étranger parce que c'était trop loin et maintenant c'est Giorgia qui ne te plaît pas, et tout ça pour mon bien ? » Il se frappe la poitrine de ses mains. « Tu le vois, ce corps ? Ce n'est pas toi qui peux le faire marcher, il ne peut pas tomber et se relever, quand je suis heureux ou triste ou quand j'ai envie de faire une bêtise, tu arrives et tu m'empêches d'être moi-même, tu me voles les choses comme si c'étaient les tiennes, ce corps n'a jamais été le mien mais le tien, comment je pouvais être moi-même avec toi à côté de moi ? Ça suffit. Je ne suis pas né pour toi mais pour moi, maman, je ne veux pas devenir ce que tu veux toi, je veux être Antonio et c'est tout. »

Anna jurerait le voir saigner de l'arcade sourcilière. Les mots d'Antonio jaillissent de cette crevasse de peau rafistolée qui s'est maintenant décousue, ce sont les cris de ces femmes qui marchent pour se rebeller contre un destin étriqué et décidé par d'autres. Le cri d'Anna qui ne se marie pas, d'Anna qui est Anna même sans être mère et d'Anna qui ne doit faire que ce qu'Anna veut faire. Elle l'avait cachée dans cette cicatrice, sa liberté, où personne ne pouvait la découvrir, et au lieu de cela elle est à nouveau là dehors, son fils la défend à haute voix et il ne servirait à rien de se boucher les oreilles.

Elle lève les yeux vers le ciel éclairé par une lune d'argent qui brille comme une pièce de monnaie.

« Rentre. Il fait froid, tu vas attraper mal à la tête.

— Maman, je ne disparais pas, je viendrai vous rendre visite aussi souvent que vous voudrez.

— Une fois par semaine, et seulement le dimanche quand je fais le *ragù.* » Elle se serre dans sa veste et bénit les barreaux de la grille qui l'empêchent de le rejoindre. Une dizaine de mètres et elle tomberait à genoux à ses pieds en le suppliant de revenir à la maison. Antonio, reviens à la maison parce que moi, sans toi, je ne sais plus qui je suis.

« Maintenant vas-y, ou tu vas attraper froid. » Elle se retourne, accélère le pas, et tandis qu'elle s'éloigne, la suture sur sa poitrine se découd soudain et son cœur de mère cesse de battre.

Elle monte dans la voiture, incitant Severino à démarrer.

« Donc il ne revient pas ? » lui demande-t-il alors qu'il passe la deuxième, les yeux rivés au pare-brise.

Anna sourit, les lèvres serrées. « Il n'est pas idiot comme moi, que tu as convaincue de t'épouser. »

Severino acquiesce en esquissant un rire et elle pose sa paume sur le dos de la main de son mari qui serre le levier de vitesses, distraite par une affiche placardée sur un mur qui fait la publicité pour des excursions nocturnes sous le Stromboli.

« Tu te rappelles la maison que ma tante m'a laissée en héritage à Stromboli ? Quand je prendrai ma retraite, j'aimerais tellement passer mes vieux jours sur cette île. »

VINGT-QUATRE

18 juin 1965

Hier, j'ai plumé un poulet derrière la baraque et j'ai mis la viande à reposer dans un seau d'eau bouillante. Je tue un poulet par semaine depuis qu'Agatina est là. La viande fait du bien à l'enfant et la fortifie elle aussi, qui n'en peut plus de supporter le poids de son ventre et reste des journées entières alitée, et qui, quand elle marche à travers la baraque chancelle en s'agrippant çà et là, si bien que lorsque je suis à la carrière, je crains de la trouver évanouie par terre à mon retour.

Lorsque je suis rentré, elle était assise, les jambes écartées couvertes d'un jupon et la Torah en main, appuyée sur son ventre proéminent et rond.

« Si c'est une fille, je veux l'appeler Lea », m'a-t-elle dit, et moi j'ai vu rouge, je lui ai arraché la Torah des mains et l'ai remise sous l'oreiller.

« Tu ne dois plus toucher à ça », lui ai-je dit, en tournant le dos et serrant ma rage dans mes poings.

« C'est le prénom écrit sur la première page, a-t-elle dit, et elle s'est levée, posant une main sur mon épaule. C'était ta femme ? »

Je lui ai saisi le poignet et l'ai serré entre mes doigts.

« Si tu veux rester ici, tu ne dois pas poser de questions.

— Tu me fais mal », a-t-elle dit, et elle s'est éloignée, m'a regardé de travers et s'est échappée de la baraque.

Je me suis approché de la porte, l'ai fermée avec le verrou et me suis recroquevillé dans un coin en me bouchant fort les oreilles. Mais sa voix qui prononçait le prénom de cette femme résonnait dans mon cerveau et il n'y avait aucun moyen de la faire cesser. Jamais personne n'avait prononcé ce prénom après moi devant ce capitaine des SS qui m'avait fait appeler dans son bureau.

Il me fit installer sur une chaise, c'était une chaise avec un dossier, avec une assise rembourrée, cela faisait des mois que je n'avais pas appuyé mon dos contre quelque chose de moelleux. Sur le bureau, il y avait une tasse de thé fumant avec des biscuits. Lorsque je les ai vus, j'ai commencé à saliver, je pleurais presque d'envie à l'idée d'en croquer un et il l'a compris, a souri avec une bienveillance qui, quand j'y repense aujourd'hui, me fait encore froid dans le dos, et il me les a désignés. « Prenez biscuit, a-t-il dit, prends, prends. »

Mais je n'ai pas osé tendre le bras, désormais j'étais une bête rendue docile par les coups de crosse de fusil dans la tête, lorsque je travaillais au champ et que je me hasardais à glisser une pomme de terre dans ma poche. Alors il l'a pris à ma place, l'a effrité entre ses dents et me l'a offert en tendant le bras, et moi j'ai cédé, j'ai fermé les yeux et je n'avais jamais éprouvé de plus grand plaisir à manger.

« Maintenant toi tu fais ton devoir, si tu veux retourner dans ta famille », dit-il de son accent prononcé et mielleux. J'entends encore le crissement de ses bottes en cuir noir alors qu'il tire la chaise en arrière et croise les jambes, satisfait.

Je ne savais pas ce qu'il attendait de moi. Mais si je n'avais pas collaboré, ils m'auraient forcé à combattre avec eux contre les Américains et cela m'aurait mené à une mort certaine, l'armistice était désormais signé et l'Allemagne avait perdu la guerre, et ceux qui refusaient de prendre les armes écopaient du pire destin, ils les déportaient par centaines dans les camps de détention et qui sait quelle fin les attendait. Au début, ils nous laissèrent le temps de nous décider, chaque matin ils nous réunissaient dans le camp et nous demandaient de faire un pas en avant, les prisonniers qui avaient décidé d'épouser la cause allemande devaient faire un pas en avant. Les premières fois nous nous montrâmes tous courageux, mais cela ne dura pas, au fil du temps les consentements augmentaient, c'était la peur de mourir fusillés dos au mur qui commandait nos jambes. Les courageux finissaient en file attachés comme des détenus, ils les obligeaient à monter dans les camions et couvraient les caisses de bâches, je les voyais déjà morts même s'ils respiraient encore. Je me souviens de certains d'entre eux, ils avaient des figures de marbre, des visages aux expressions intraduisibles, ils étaient ceux qui avaient vraiment choisi la guerre et qui n'avaient pas de famille à la maison. C'est pourquoi ils n'avaient pas peur de mourir. Moi, en revanche, je voulais retourner à la maison, dans ma campagne, auprès de ma femme, et lorsque l'officier nazi me dit qu'ils cherchaient une femme et qu'ils savaient que je la connaissais, je fis ce qu'un homme vil et égoïste aurait fait. Je les conduisis dans la maison où Lea se cachait avec ses filles. Ils me contraignirent à les accompagner parce qu'ils avaient peur que je mente. Je demeurai caché dans le petit camion et me bouchai les oreilles pour ne pas entendre les cris de Lea et de ses petites filles pendant qu'ils les emmenaient.

« Tu es quelqu'un de bien, s'ils me prennent, emmène mes filles avec toi », m'avait-elle dit la dernière fois que nous nous étions vus dans le restaurant proche du camp militaire où elle servait, lorsque les Italiens et les Allemands étaient encore compagnons de guerre. Elle me confia sa Torah.

« Pour quand elles apprendront à lire. Une page par soir avant d'aller dormir. Nous nous la transmettons depuis des générations et elles devront faire pareil », et elle avait glissé dans ma poche une feuille de papier avec une adresse.

« Promets-moi que tu les sauveras », me dit-elle, et je promis.

« Bien, dit le capitaine. Trois mille pour femme et deux mille pour petites filles », lorsqu'il s'aperçut que j'hésitais à empocher les billets, il les froissa dans son poing et me les fourra dans la poche de poitrine, j'entends encore le bruissement de l'argent, je sens encore sa main contre mon sternum et mon cœur se comprimer.

Ils me donnèrent aussi un scooter pour rejoindre le premier village proche du camp. Je retournai en Sicile avec deux Palermitains, deux semaines de voyage entre trains, camionnettes américaines et kilomètres à pied.

Agatina n'a plus jamais touché ce livre, elle ne l'a même pas cherché, mais elle connaissait ce prénom et elle ne devait pas, personne ne devait plus le prononcer.

J'ai soulevé une planche du sol avec le pied-de-biche que nous utilisons à la carrière, j'ai creusé un trou et je l'ai enterré là-dessous, remettant la planche en place.

Peppe devait mourir, seulement Peppe.

VINGT-CINQ

Le portelone du bac s'ouvre sur l'île imaginée pour une vie entière.

Anna, enveloppée dans une cape bleue, débarque avec les voyageurs et une bouffée de vent la traverse, la libérant de la vieillesse. Elle redevient petite fille, le visage entre les fils du pull de Peppe. Elle respire le souffle de la mer, du poisson et de plantes marines inconnues à l'odeur épicée et piquante, un parfum fort, rendu dense par les poussières de roche que la brise transporte en aval de la montagne calcaire aux falaises blanches dorées par le soleil.

Des maisons blanches aux terrasses surplombant la mer, un désordre de voitures, de boutiques bondées de touristes, des enseignes de bars et de restaurants, des stands improvisés au bord des trottoirs qui présentent des affiches pour des excursions en bateau autour de l'île.

Elle évolue, dépaysée, parmi les gens, les triporteurs Ape qui chargent et déchargent bagages et passagers, les marchands ambulants pieds nus et en guenilles qui abordent les étrangers marchandant pour un collier en caoutchouc, un chapeau de paille, une coque de portable ou une paire de chaussures de plage. Elle entre dans un bar face au quai, passe entre les tables de majoliques occupées par des touristes voraces trempant leurs brioches dans des verres de granités colorés et denses comme de la crème pâtissière, atteint le comptoir en se faufilant entre les clients et hasarde un signe de la main, attirant l'attention d'un homme chétif et bronzé, en train de fourrer un *cannolo* avec une douille en forme d'entonnoir.

« *Signora*, avant de consommer vous devez prendre un ticket à la caisse. » Il tend le *cannolo* à la *ricotta* à une dame portant un sac à dos de montagne qui lui couvre le dos et passe tout de suite à une autre commande, il se déplace rapidement derrière le comptoir en servant des verres d'orgeat, des espressos, des bouteilles d'eau qui se couvrent de condensation, il sert et déchire des tickets de caisse avec l'automatisme de celui qui a du métier. Anna le suit de l'autre côté du comptoir, se hisse sur la pointe des pieds, dépassant les têtes qui entravent sa vue.

« Je ne veux pas consommer. Je voulais simplement une information. »

L'homme glisse trois oranges dans le presse-agrumes automatique, pose le verre sous la machine et se frotte le front sur son avant-bras velu.

« Si je peux vous aider, dites-moi donc.

— Sur cette île a vécu un homme. Il s'appelait Peppe Mazzone. Vous savez quelque chose sur lui, par hasard ? »

Il fronce le nez en portant la main autour de son oreille : « Giuseppe comment ?

— Mazzone, Giuseppe Mazzone », scande bien Anna, élevant la voix pour couvrir le vacarme fastidieux des clients amassés autour d'elle, leurs tickets de caisse tendus vers le barman.

« Et c'est qui ? Jamais entendu parler. »

Il déchire un autre ticket et s'apprête à courir au comptoir des glaces.

« Attendez, le suit Anna. Connaissez-vous quelqu'un qui pourrait m'aider ? C'est important. »

Le barman, occupé à remplir un cornet de glace à la noisette, lui désigne l'escalier au fond de l'établissement.

« Montez sur la terrasse. Vous pouvez demander à Mimmo, le vieux avec le gilet de chasse vert assis à la table près de la balustrade. Il est arrivé ici bien avant que le monde ne remarque ce petit bout de terre. »

Anna le remercie, monte les marches de l'escalier en colimaçon en se tenant à la rampe pour ne pas trébucher. En haut, elle découvre une dalle de béton brut où sont disséminées des chaises et des tables à moitié vides, à l'abri sous une tonnelle de roseaux. Le vieux au gilet de chasse vert, isolé à la table près de la balustrade, regarde la mer, frappant en rythme la douille d'une cartouche sur la surface de la table. Il porte un bonnet de pêcheur d'où s'échappent des touffes de cheveux roux et grisonnants. Sa barbe, hirsute et inculte, semble un écheveau de cuivre embrouillé sur son visage plissé par les rides.

« Bonjour. J'ai demandé une information au monsieur derrière le comptoir et il m'a suggéré de venir vous parler. Puis-je vous déranger ? »

Le vieux hausse les épaules. « Qu'est-ce que vous attendez de moi ? Vous m'avez déjà dérangé, non ? »

Anna traîne une chaise et s'assied en face de lui.

« Vous savez quelque chose à propos d'un homme du nom de Giuseppe Mazzone, par hasard ? Il est venu sur cette île il y a de nombreuses années. Il était grand, avait les yeux verts et les cheveux noirs. »

Le vieux arrête de tapoter la cartouche sur la table. Pour la première fois, il la regarde et ses yeux clairs et chassieux s'ouvrent tout grands.

« Qui veut le savoir ?

— Je suis sa fille. Anna Mazzone. »

Le vieux lui saisit le menton de ses doigts rêches, écarte son visage de profil, d'abord d'un côté, puis de l'autre.

« Quel âge avez-vous, *signora* ?

— Soixante-quatorze ans, répond sèchement Anna. Si vous savez quelque chose, dites-le-moi, je vous en prie. »

Le vieux calcule avec ses doigts. Il acquiesce pour lui-même. Il lui prend une main et la serre dans la sienne.

« C'est vraiment vous. Anna Mazzone, la fille de Peppe.

— Vous connaissiez mon père ? » marmonne Anna. Elle entrelace ses doigts à ceux du vieux et jamais une étreinte n'a été aussi rassurante.

« Pourquoi vous êtes venue après tout ce temps ? » lui demande le vieux, et il lui retourne la main, passe l'index sur la ligne qui lui sillonne la paume jusqu'à l'extrémité du poignet. « Vous avez une longue ligne, le destin est maître de votre vie.

— Parlez-moi de mon père. Racontez-moi ce que vous savez. »

Le vieux se lève. « Si vous voulez savoir quelle a été sa fin, venez avec moi. »

Il se penche par-dessus la balustrade et lance un sifflement en direction du quai. « Agostino, allume le moteur du bateau.

— Où on va ? » lui demande Anna.

Il tend le bras vers l'escalier. « Faites-moi confiance. Je vous emmène là où il voulait que je vous emmène. »

Anna le suit jusqu'au quai, où les attend un petit bateau à moteur avec à bord un garçon musclé et roux comme lui. Mimmo bondit dans l'embarcation avec l'agilité d'un enfant alors qu'elle accepte l'aide du garçon qui lui tend la main depuis la proue. Ils chevauchent les vagues contre le vent, longeant la partie habitée de l'île, puis le garçon à la barre vire vers le sud et la nature prend le dessus, redevenant maîtresse de l'île. Derrière la montagne calcaire s'étendent comme une tache des bosquets de genêts, des palmiers nains, des bruyères de toutes les couleurs et des figuiers de Barbarie, des buissons de fougères accrochés sur la côte découpée.

Ils ralentissent à proximité d'une baie, où la mer se teinte du vert de l'émeraude et baigne le rivage d'une petite plage préservée.

La proue du bateau s'échoue dans le sable. Le garçon éteint le moteur, bondit dans l'eau peu profonde et déplie la petite échelle. Mimmo descend le premier, elle relève les pans de sa jupe jusqu'aux genoux et se tient fermement aux bras puissants du jeune homme qui l'accompagne sur les échelons en lui recommandant de faire attention.

Ses pieds s'enfoncent dans le sable fin et humide. Elle s'accroupit et imprime la marque de ses mains dans le tapis de sable, serre dans ses poings les grains dorés qui tombaient des grandes poches du pantalon de chasse de son père lorsqu'il le retournait dans le cuvier du lavoir, qui restent collés à ses paumes, et ses mains ridées et noueuses redeviennent des mains de petite fille.

« Attends-nous ici », recommande Mimmo à son neveu. Puis il s'adresse à elle : « Ici jadis il y avait la mer, puis au cours des années elle s'est retirée et la nature s'est emparée de la plage. On va faire un bout de chemin à pied. »

Ils s'engagent sur le sentier immergé dans le sous-bois de la pinède. Les parfums amalgamés du maquis sont ceux que prenait l'odeur de la peau de Peppe lorsqu'il s'absentait pendant plusieurs jours, rentrait à la maison et s'approchait d'elle, l'embrassant sur le front. La senteur corsée et âcre du gibier mélangée à la fragrance de fleurs inconnues et lointaines redevient nette, sa voix se fait entendre entre les branches des pins, Anna, viens, Anna, où es-tu.

Le sentier s'interrompt devant une baraque au pied de la montagne, engloutie par les buissons de vipérine et de marguerites jaunes. Ils poussent jusque dans les interstices des planches de l'avancée en bois devant la porte, fermée par un verrou. Mimmo sort la clef de la grande poche de son gilet vert.

« Il a vécu ici jusqu'en 1965. Je n'ai touché à rien. Tout est resté pareil au jour où il est parti. »

Anna cueille une marguerite, la froisse entre ses doigts. « Où il est allé ?

— Ça, ce n'est pas à moi de vous le dire. Il vous le dira lui-même. Je vous ai amenée ici exprès. »

Mimmo pousse la porte d'entrée. La lumière envahit la baraque, la poussière qui épaissit l'air s'échappe avec un lézard. Anna croise les bras, rentre la tête entre ses épaules étroites dans sa cape et franchit le seuil, elle marche sur le sol qui craque jusqu'à la table en chêne aux pieds recouverts de toiles d'araignées brillantes, et le voit de dos, elle voit ses épaules larges et maigres, les manches de sa chemise retroussées, ses bras musclés qui disposent le fusil dans l'étui capitonné, les cheveux coiffés en arrière marqués par les rainures du peigne qu'il conservait dans la petite poche de sa chemise. Anna s'approche, effleure les bords de la table en tournant autour et Peppe se dissout, réapparaît couché sur le lit d'appoint couvert par un drap jauni qui décalque la forme d'un oreiller, dort sur le côté gauche les mains jointes sous la joue, la bouche entrouverte et les lèvres desséchées par la nuit, l'imperceptible respiration qu'elle parvenait à sentir seulement en approchant son doigt sous son nez. Anna enlève le drap et découvre l'oreiller, mais lui n'est plus là, il est debout, il se rince le visage, penché sur la bassine au fond jaune rouille supporté par le trépied en bois à côté du lit. L'eau lui glisse encore sur les joues alors qu'il retire du clou planté dans le mur son pantalon de chasse, son pull et son gilet avec la cartouchière cousue autour de la taille, et lorsqu'elle s'approche, comme si elle voulait le toucher pour lui rappeler de prendre son chapeau à visière pour le soleil, il s'évanouit et revient agenouillé devant le coin cuisine avec la petite porte ouverte, il empile le bois dans le brûleur et mélange le ragoût fumant sur la plaque en fonte, les marques des casseroles sont encore là, Anna en retrace les lignes en reniflant l'appétissant effluve du bouillon de lièvre.

Mimmo ouvre un tiroir du buffet et en sort un cahier à la couverture marron.

« Je ne me suis pas risqué à lire une seule page. Je vous ai attendue pendant plus de cinquante ans, un demi-siècle avec en poche une promesse dont je ne savais pas si je pourrais la tenir un jour. »

Il lui confie le cahier.

« J'ai fait mon devoir. »

Il marche à pas lent vers la porte. Avant de sortir, il se retourne.

« Je reviens plus tard. Restez autant qu'il vous plaira. »

Anna ouvre grand le volet pour faire entrer de la lumière, s'assied sur le banc dans le coin sous la fenêtre, sur les nœuds du bois larges et accueillants comme des genoux, pose le cahier sur ses jambes et à peine soulève-t-elle la couverture qu'elle reconnaît la calligraphie.

9 septembre 1965

Mon histoire sur cette île est finie, peut-être est-ce pour cela aussi qu'il n'y a plus de pages. J'utiliserai dès lors les feuilles que nous emportons pour noter les mètres cubes de pierre extraits de la carrière en fin de journée.

Elle est prête, elle m'attend assise dans la barque, les mains sur son gros ventre. J'ai mis du temps à la convaincre mais j'y suis arrivé. Nous allons en Amérique. Son enfant ne peut pas naître ici, nous lui donnons une vie nouvelle sur une terre où il pourra étudier et trouver un travail, lui ne fuira pas, rien ni personne, il pourra grandir et devenir celui qu'il veut devenir.

Elle est prête mais je suis revenu dans la baraque et j'aimerais que tu sois ici comme dans le cabanon, quand le premier Peppe est parti.

Lorsque tu décides de disparaître, l'idée que personne ne saura jamais où tu es n'est grisante qu'au début, puis tu sombres dans l'obsession que les autres te chercheront, attendront que tu reviennes, et plus le moment de disparaître approche, plus tu as peur d'être écrasé par le poids insupportable de leur attente qui peut-être s'évanouira, peut-être qu'ils t'oublieront vraiment ou te croiront mort mais tu ne le sauras jamais.

Tu ne sauras jamais si la paix de la résignation arrivera pour eux. Tu resteras prisonnier de ce doute atroce qui tiendra pour toujours en vie la personne que tu ne veux plus être même si tu es déjà ailleurs. Lorsque tu disparais tu risques de ne plus devenir personne, tu n'es plus celui que tu étais mais tu ne peux pas être un autre non plus.

Mais si tu étais certain que seulement une personne, une seulement, ne t'attendait pas ? Si seulement une personne savait où tu es et ce que tu as fait ?

Une personne qui ne te condamnerait pas parce qu'elle t'aime, même si tu es un lâche, un minable, un assassin ?

Lorsque tu es née, personne ne savait que tu étais là, la sage-femme s'en est aperçue après avoir sorti ta sœur, tu étais dans le ventre de ta mère derrière Nina et tu ne voulais pas sortir. Tu es venue au monde déjà fâchée, tu étais toute noire, tu respirais mal et tu n'as pas pleuré. Tu ne pleurais pas si tu avais faim, mal au ventre, si personne ne venait te sortir de ton berceau, tu ne pleurais jamais, mais tu donnais des coups de pied. À sept ans tu as essayé de te couper les cheveux avec des ciseaux parce que tu ne voulais plus ressembler à Nina, tu voulais même un autre visage, à huit, tu voulais être une rainette et je devais te faire descendre des arbres de force, tu avais dix ans lorsque tu t'es mis en tête de changer de prénom et tu obligeais ta sœur à t'appeler Alice, ta mère te frappait et tu te défendais à coups de poing et de pied. Tu avais l'esprit caméléon. Tu étais l'être le plus avide de liberté que j'aie jamais connu. Pouvais-je disparaître en te condamnant à te demander pour toujours pourquoi je vous avais abandonnées ?

Pour que je sois libre, moi, libre, tu devais l'être, toi. Tu devais savoir.

« Papa part demain », t'ai-je dit.

Assise sur le banc avec mon pull sur tes épaules, tu m'as demandé :

« Tu reviens quand ?

— Je ne reviens pas.

— Qu'est-ce que ça veut dire, que tu ne reviens pas ?

— Ça veut dire que je ne reviens plus, Anna. »

Ton visage est devenu sérieux.

« Mais qu'est-ce que tu dis, papa ? »

Tu as enlevé le pull de tes épaules, tu l'as mis autour des miennes et tu m'as enlacé.

« Dis-moi pourquoi, je veux savoir pourquoi. »

Je t'ai serré les poignets en les détachant de force de ma poitrine. Tes yeux verts étaient baignés de larmes. Mais tu n'as pas pleuré.

« Regarde-moi, t'ai-je dit. » Tu as acquiescé en te mordant la lèvre.

« Quelle est notre devise ?

— Anna et Peppe sont libres. Anna et Peppe ne doivent faire que ce qu'Anna et Peppe veulent faire, répétas-tu.

— Et alors, pour être libre, Peppe doit s'en aller.

— Pourquoi ? »

Tu t'es mis à m'envoyer une rafale de coups de poing dans la poitrine, je ne parvenais pas à t'arrêter et je t'ai avoué la vérité d'une traite sans rien t'épargner.

« Parce que j'ai condamné à mort trois innocentes. Deux âmes pures comme ta sœur et toi avec leur mère. Elles étaient juives. Je les ai livrées aux Allemands pour retourner chez nous étreindre ta mère. Au début, j'ai essayé d'oublier mais ensuite vous êtes nées, Nina et toi, et je n'ai plus eu l'esprit tranquille. Je vois ces deux petites filles partout, je vous regarde et je les vois même si je ne les ai jamais vues. Elles sont dans vos robes de petites jeunes filles, dans vos caresses, dans les baisers et dans les sourires que vous m'offrez et même si je me suicidais, je sais que ma dernière pensée serait pour cette femme et ses filles, je mourrais avec l'image de ces malheureuses en tête et je veux mourir ailleurs, libre et en paix. »

Tu es demeurée de marbre. Je t'ai secouée, comme si je voulais te réveiller.

« Tu comprends, Anna ? Tu comprends pourquoi je m'en vais ? Je veux seulement devenir quelqu'un d'autre et effacer l'homme que j'ai été jusqu'à maintenant. Et si je reste ici c'est impossible. Tu comprends ça ? »

Tu as fermé les yeux. Tu as digéré ma confession en silence. Tu m'as enlacé de nouveau.

« Ne t'en va pas, papa. Peu importe ce que tu as fait. Je t'aime quand même. Et je t'aimerai toujours. » Tu m'as supplié.

J'ai appuyé mon front contre le tien. J'ai serré ta nuque dans ma main.

« Tête de mule. Je ne peux pas rester, je ne peux pas. »

Je t'ai regardée droit dans les yeux. « Tu ne dois le dire à personne, Anna.

— Je ne le dis à personne si tu me dis où tu vas et si je peux venir te trouver en cachette.

— Non, tu ne peux pas. Si tu m'aimes, tu ne dois pas venir, tu comprends ?

— Et toi, tu t'en vas alors que tu m'aimes ?

— Oui, je t'aime. Mais la liberté ne regarde personne en face. Ne l'oublie jamais. »

J'ai pris tes index en les portant à ta bouche. « Et maintenant, promets-le-moi. »

Tu as embrassé tes index et j'ai prononcé le nom de cette île reculée que j'ai connue grâce à un sergent de Lampedusa, qui venait y chasser en cachette et me l'avait confié.

« Ce n'est que si tu gardes le secret que Peppe sera libre et qu'il pourra repartir de zéro. »

Tu t'es éloignée de moi, et cette fois c'est toi qui m'as regardé droit dans les yeux.

« C'est bon. J'emporterai ce secret avec moi dans la tombe. »

J'ai retenu mes larmes. J'ai baissé le regard, en proie à la honte. J'étais devant toi nu et sans défenses, j'étais un homme qui avait fait une chose terrible et j'aurais voulu sombrer.

Tu m'as soulevé le menton. Tu m'as caressé le visage.

« Papa, je te pardonne pour ce que tu as fait. Comment est-ce que je pourrais ne pas le faire ? Le premier amour d'une fille est son père. »

Je t'ai embrassée sur le front avec deux claquements qui ne sont que pour toi et jamais pour Nina.

Cette nuit-là, alors que je sirotais seul le dernier verre de mon vin dans la salle à manger, j'ai entendu frapper à la porte. C'était toi, pieds nus et cheveux défaits. Tu portais une petite robe de chambre rose. Tu as considéré la bouteille de vin et le verre sur la table. Tu as ouvert le buffet, tu as pris un autre verre, tu t'es assise en face de moi et en me regardant tu as tendu le menton vers la bouteille.

« Tout de suite, Madame[1] », t'ai-je dit sur un ton d'honnête homme.

Je t'ai versé un demi-doigt de vin dans le verre et nous avons trinqué. Tu as avalé une gorgée en plissant les yeux et en retroussant le nez. Et nous avons ri sans ouvrir la bouche pour ne pas faire de bruit tandis que les autres dormaient.

Derrière toi, sur le petit meuble près de la cheminée, se détachait le pavillon doré du tourne-disque. Je me suis levé, j'ai fouillé dans le tiroir et j'ai mis le vinyle sur la platine. Avant d'y poser le bras de l'aiguille, j'ai fermé la porte et les volets de la fenêtre. Je t'ai fait signe de te lever, j'ai lancé le disque à faible volume et nous avons dansé à travers toute la salle à manger serrés l'un contre l'autre comme des amoureux. T'en souviens-tu, de notre chanson ?

Aimons-nous, mon amour,
mon cœur te dit ne me quitte plus.

---

1. En français dans le texte.

Serre-moi fort, ne me dis pas adieu
parce que je ne peux pas vivre si tu me manques.
Si tu peux oublier les baisers que je t'ai donnés,
souviens-toi de ceux que tu m'as donnés.

Et je suis parti comme si j'avais dit à tout le monde que je ne reviendrais plus, je suis parti comme un homme qui avait soulagé sa conscience et croyait être finalement libre.

J'ai pris la mer pour fuir loin de ma culpabilité, et je croyais y être arrivé mais la mer me l'a ramenée avec Agatina, comme elle le fait avec les choses que nous jetons dedans et qu'elle recrache sur la laisse parce qu'elles ne sont pas siennes.

Je quitte l'île avec cette femme et son enfant, avec la promesse de prendre soin d'eux et l'espoir que tes pieds ne foulent jamais cette terre parce que dans la vie tu seras tout ce que tu veux être et que tu ne devras jamais t'échapper de toi-même.

Mais moi je le sais, la liberté est une condamnation que je t'ai transmise dans le sang, voilà pourquoi je te laisse ce journal avec l'histoire de Peppe sur cette île, l'histoire d'un homme qui voulait devenir un autre mais n'y est pas parvenu. Alors, si toi aussi un jour tu t'échappes d'une Anna que tu veux oublier et que tu viens ici chercher la paix comme je l'ai fait, tu découvriras que la fin de ce Peppe est pareille à celle du premier.

Mais si j'étais certain qu'au moins une personne savait ?

Si seulement une personne savait où tu es et ce que tu as fait et qu'elle t'aimait quand même ?

Pour que Peppe soit à nouveau libre, Anna doit être libre à nouveau.

En Amérique, Anna, où les belles femmes conduisent des motos.

Anna lève les yeux du papier et tourne son visage creusé par les rides vers la crique dans l'encadrement de la fenêtre. Dans les traits du visage reflété par la vitre rayée, elle ne remarque pas l'entaille profonde qui la traverse du front jusqu'au menton, ses yeux verts perdent leur feu, et réparent la fissure sur la vitre.

Mimmo se poste sur le pas de la porte. « *Signora*, excusez-moi si je vous dérange, mais il va faire nuit. Vous voulez que je vous apporte une lumière ? »

Anna ferme le cahier. Elle lui sourit.

« Merci, Mimmo, mais j'ai fini. »

Mimmo aussi lui sourit. « J'ai pensé que vous étiez à jeun depuis ce matin. Vous aimez le pain assaisonné à la sardine ? Là-bas au port, il y a une gargote où ils le font, que c'est une merveille.

— Moi, je mange de tout, Mimmo.

— Si vous voulez rester, je vous offre le dîner. »

Anna ouvre la fenêtre, se penche sur le rebord et respire, les yeux fermés, mer et liberté.

« Mimmo, selon toi, si nous renforçons le bois, la baraque résistera à l'hiver ?

— *Signora*, ici l'hiver n'est rien du tout. Avec du bon bois, on la fait tenir debout encore cent ans. »

VINGT-SIX

Une demoiselle enfermée dans un local tape sur le clavier de son ordinateur depuis plus de cinq minutes et je ne comprends vraiment pas ce qu'elle doit avoir à taper, je lui ai demandé un billet pour Stromboli, pas une ordonnance, et elle écrit, me sourit et écrit alors que je me retourne vers le glacier de l'autre côté de la rue et que je salive en imaginant ma glace fondre dans ma bouche.

« L'hydroglisseur part dans dix minutes au quai deux », m'avise-t-elle, et elle sourit encore, l'imprimante a craché le billet, il est là sur le bureau et elle se mouche, se penche sur la poubelle pour jeter le mouchoir, pousse le billet sous la fente au ralenti, tel un paresseux.

« D'accord, d'accord », dis-je et je le saisis en un éclair, je le glisse dans la poche de mon manteau.

Je sors du port de Milazzo, traverse la rue, une main agrippée à la poignée de ma valise et l'autre tendue vers les voitures qui roulent et je me faufile tout droit chez le glacier, et me glisse dans la file à la caisse derrière une dame en fourrure et un garçon aux cheveux courts et verts qui semble avoir sur la tête une motte de gazon à peine arrachée d'un jardin.

Je paie et prends le ticket, me dirige vers la vitrine des glaces et je ne suis plus sûr de vouloir un cornet chocolat et noisette, avec tous les parfums bien en vue, j'ai des remords à l'idée d'en goûter une plutôt qu'une autre, et lorsque arrive mon tour je reste muet, le regard courant dans tous les sens sur les bacs.

« Faites-moi confiance, un beau cornet pistache de Bronte et noisette, suggère la dame au tablier blanc, une spatule en main. Je les ai faites ce matin, elles sont toutes fraîches.

— Très bien », dis-je, et elle creuse avec la spatule dans les bacs et étale la glace sur le cornet en se passant la langue sur les lèvres comme si le cornet était pour elle.

« On ajoute un peu de crème chantilly, qu'en dites-vous ? ajoute-t-elle en me faisant un clin d'œil.

— On ajoute un peu de crème chantilly », je lui réponds, en espérant que mon diabète ne me tue pas avant de monter sur l'hydroglisseur. À peine me la passe-t-elle que je la lèche aussitôt, elle coule partout le long du cornet tant elle déborde. Je la déguste sur un des bancs devant le port, assis à côté d'un homme noir qui vend des parapluies aux passants et, de temps à autre, se lève en en ouvrant un sous le ciel limpide de cette veille de Noël qui ressemble à un jour de printemps. Je me jette sur le nuage de crème chantilly avec les lèvres, je halète comme un poisson, ma langue s'en donne à cœur joie sur la glace, chaque coup de langue est un frémissement qui se propage du bout jusqu'aux coins de ma bouche, l'amertume de la noisette alliée à la note salée de la pistache est une merveille pour le palais, je ferme les yeux, j'avale lentement, par à-coups, j'articule d'indéchiffrables gémissements de plaisir et je me fais l'impression d'être un vieux débauché sans pudeur.

Lorsque je mords dans la gaufrette, Andrea me revient à l'esprit. Je sors mon portable de mon manteau, je prends un selfie pendant que je mords la glace et apparais les yeux fermés et la bouche grande ouverte, on dirait un ténor, un micro en main. Je voudrais essayer de prendre une autre photo mais l'horloge sur l'écran de mon portable m'informe que je dois courir jusqu'au quai, alors je clique sur « envoyer », je remets mon portable en place et je finis ma glace, puis je saisis la poignée de ma valise avec mes doigts collants et je chancelle un peu jusqu'à l'hydroglisseur sous l'effet d'un excès de sucre. Nous sommes une dizaine de personnes à monter sur la passerelle, le garçon qui contrôle les billets propose de m'aider avec ma valise mais cette fois je le fais tout seul, personne ne doit toucher la valise, c'est un fardeau que je dois porter jusqu'à la maison même si mon dos se plaint et que mes bras frémissent tandis que je la soulève en franchissant le seuil de la cabine.

Je peux m'asseoir où bon me semble, l'hydroglisseur est vide, je n'ai jamais aimé les places de la première rangée parce qu'on sent plus la mer, je vais donc au fond, je m'installe côté fenêtre. Lorsque nous laissons la baie de Milazzo, la proue se soulève et nous planons sur l'eau, je glisse la main dans ma poche en quête d'un mouchoir pour tamponner mes lèvres sucrées. Je tâte des doigts le portrait qu'Elisa a dessiné pour moi. Je le sors, le déroule et j'ai un sursaut, Seve, les mains dans les poches et le regard au loin, perdu dans la mer sous le rocher de Tindari, c'est moi qui regarde cet hydroglisseur te ramener chez toi, Severino.

Le haut-parleur annonce l'arrivée à proximité de Vulcano. Avant que l'homme barbu préposé au débarquement ouvre tout grand le portelone, je me lève et lui demande un stylo. Il tire la fermeture Éclair de la pochette autour de sa taille, vient vers moi et me le tend. J'ôte le capuchon, je souffle sur la pointe, j'utilise le dossier du siège devant moi comme support et j'étends le dessin, je parcours du doigt la feuille jusqu'en bas et j'écris la date d'aujourd'hui.

Nous sommes le 24 décembre, mais c'est comme si nous étions en mars, du moins ici à Stromboli.

D'aussi loin que je me souvienne, Noël a toujours été tempétueux mais aujourd'hui, alors que je reviens, la mer est calme, les vagues lèchent doucement la plage noire, s'inclinent devant le volcan avec une révérence si charmante et communicative que même moi, je soulève mon Borsalino en signe de salutation.

La place du port est déserte, l'Ossidiana a son rideau de fer baissé et du reste des établissements n'est demeuré que le squelette de terrasses vides aux sols recouverts de feuillages et de sable. Les triporteurs Ape garés, l'avant pointé vers la mer, réclament l'arrivée de la belle saison, comme les arbres à l'abri de la plage de Scari transformés en squelettes de bois par les violentes tempêtes en mer, les chats qui miaulent de faim couchés sur les bennes à ordures. Immobile l'air, muet le volcan, arrêtés les bateaux des pêcheurs amarrés à terre, l'île est enveloppée par une quiétude interrompue seulement par le cliquetis de ma valise sur le trottoir et le claquement de mes chaussures.

Il m'inquiète à moitié, ce silence qui m'écoute et me poursuit jusqu'au *vicolo* San Bartolo.

Je me penche vers le vase de crassules sur le seuil, le soulève d'un côté et retire la clef cachée en dessous. Je frotte mes semelles sur le paillasson et l'inscription

« Bienvenue » accueille Seve en même temps que Severino l'imposteur, l'époux d'Anna.

Je glisse la clef dans la serrure, deux tours et puis le déclic métallique, je pousse à peine la porte d'entrée qu'un air lourd et stagnant m'assaille en s'échappant, peut-être est-ce le spectre de cet homme reclus entre ces murs pendant que je n'étais pas là. Un autre Severino encore. J'appuie sur l'interrupteur mural et j'allume la lumière dans le couloir, sur le meuble à l'entrée avec le bocal de verre et Sebastiano qui tourne en rond deux fois comme s'il voulait me saluer. Je dévisse le bouchon du pot posé à côté du bocal et je saupoudre les copeaux colorés à la surface de l'eau, il les gobe un à un et puis recommence à tourner en rond.

À le regarder ainsi désorienté, l'envie me prend de le sortir de cette prison ronde et de le libérer dans un étang où il nagerait heureux.

Je ferme la porte d'entrée derrière moi, le déplacement d'air envoie valser sur le sol ta cape pendue au portemanteau. J'ôte mon pardessus et le mets à sa place, je me baisse pour ramasser ta cape, la retiens entre mes doigts, la serre dans mon poing comme si je voulais en extraire la substance d'un souvenir, une image de toi qui marches à travers les pièces, les épaules couvertes à cause des courants d'air froid. Mais rien, mon esprit a cessé de te voir, et je la laisse tomber sur l'accoudoir du canapé dans le séjour.

J'ouvre tout grand la porte-fenêtre. La lumière du soleil projette sur les murs l'ombre du canapé avec les empreintes de nos dos rapprochés sur le dossier, de la vitrine avec les alcools et le service à thé que nous utilisions en fin d'après-midi, à la tombée du jour, les pieds de la table où tu préparais le riz pour les *arancini* s'allongent sur le sol, même mon ombre s'allonge sur le sol et je voudrais m'en libérer en me l'arrachant, la laisser là par terre comme si elle faisait elle aussi partie de l'ameublement d'une maison musée, un lieu où nous étions reclus à une époque, incapables de sortir et de nous en aller.

Immobile le fauteuil à bascule sur lequel tu passais tes après-midi à raccommoder les vêtements, immobiles les aiguilles de l'horloge murale, fanées les marguerites aux pétales allongés et décolorés dans le vase au-dessus de la petite cheminée, pourries les oranges dans la corbeille sur la table entourées d'un nuage de moucherons bourdonnants. Je suis l'unique chose vivante dans ce cocon de chrysalide qui m'aurait momifié si j'avais attendu plus longtemps ton retour.

Je traîne la valise dans la chambre à coucher, me penche, tire la fermeture Éclair, déplie ta robe de mariée et l'étends sur le lit intact. J'effleure de la paume le corsage, la jupe vaporeuse, le voile, et soudain je retire mon bras, la mariée n'est pas la mienne et j'ouvre grand l'armoire, je fais défiler les cintres, je pends la mariée près du marié, du costume de Severino recouvert d'une housse en plastique. Je glisse la main sous la housse, presse la jambe du pantalon et j'ai l'impression de toucher à nouveau les feuilles de pariétaires accrochées à mes chevilles, je respire l'air étouffant et terreux de ce jour de juillet, une grande tendresse anime ce Severino qui cavale à travers la campagne, frappe au cabanon, te promet le bonheur et t'emmène.

Je dispose tes escarpins de cérémonie sur le fond, près des petits souliers noirs de ton époux. Je ferme les portes à clef, scellant le jour où nous nous sommes unis, nous séparant pour toujours.

Je me penche de nouveau sur la valise, je prends la photo de la famille Mazzone et je souffle dessus, je frotte la manche de mon pull sur le verre et je la pose sur ta table de chevet. Je dispose la poupée au gros ventre et au sourire à l'envers au pied de la photo, je l'assieds en regard d'Anna Mazzone qui fixe l'objectif, la mine boudeuse dans les bras de son père.

J'ouvre les tiroirs de la commode et je rassemble le linge, le jean du dimanche que tu détestais, le réveil sur la table de chevet avec la photo d'Antonio dans mes bras après un tour de carrousel. Je mets tout dans la valise, dans ma valise.

Regarde-le, Anna, ce Severino qui traîne la valise dans le séjour, met la cafetière sur le feu et, tandis qu'il attend assis dans le canapé pour reposer ses jambes, se retrouve devant le coin où chaque année tu faisais la crèche, entre le téléviseur et la petite cheminée. Et alors je me lève, j'éteins le gaz, je me glisse dans le débarras en quête de la boîte de la crèche et lorsque je la trouve, je la rapporte dans le séjour, je m'agenouille et j'essaie de l'ouvrir. Tu l'as scellée avec du ruban adhésif, j'utilise donc un couteau de cuisine comme si c'était une scie à métaux, et je la découvre, j'y glisse la main et en sors un à un les pastoureaux estropiés, les moutons boiteux, l'âne aux oreilles tranchées, ils y sont tous sauf Joseph[1]. Chaque année, il arrivait d'en perdre un. C'était arrivé avec un roi mage, une fois cela avait même concerné Marie, mais à Joseph tu y étais attentive, c'était le personnage le plus ancien de la crèche, tu l'avais emporté de la maison familiale.

Le destin, Anna : même à la famille de ta crèche il manque un père.

1. Se dit « Giuseppe » en italien.

J'arrose le café avec de la sambuca réservée aux invités. Je le sirote sur le balcon, alors que dans le lointain un canot de pêche navigue lentement vers l'îlot du Strombolicchio, piloté par la silhouette barbue d'un pêcheur assis à la poupe, la main sur la barre, et par un autre à la proue, les mains derrière le dos.

La vie de Severino et Anna ensemble se trouve tout entière sur cette barque. Je suis toujours demeuré à la proue, les mains derrière le dos, et lorsque j'ai décidé d'abandonner notre embarcation, j'ai attendu que tu reviennes au lieu de m'asseoir à ta place. Et maintenant que j'ai pris le timon, qu'importe s'il est tard et que je ne sais plus où aller.

La liberté, c'est de savoir où l'on ne veut plus être. N'est-ce pas, Anna ?

Je ferme le gaz, la manette de l'eau sous l'évier, les volets, et je baisse les persiennes. Je reprends ma valise, je coince le bocal avec Sebastiano entre le creux du coude et la poitrine. Avant de fermer la porte, je m'arrête sur le seuil et je soulève mon Borsalino en inclinant la tête.

J'entends le téléphone sonner dans le séjour. C'est la première fois que je ne respecte pas une promesse.

Regarde-moi, Anna. Un vieux avec une valise, qui part.

REMERCIEMENTS

À Laura Ceccacci pour y avoir cru encore avant moi.

À Giorgio Amendola pour sa passion, son engagement humain et professionnel : sans toi, cette histoire n'aurait pas vu le jour.

À Francesca et Gaia, lectrices passionnées et premières adeptes du roman.

À Mario pour son réconfort et son soutien, que seul un ami est capable de donner.

À Iaia Caputo et Giulio Mozzi pour leurs conseils avisés et le temps qu'ils m'ont consacré.

À Severino Cesari, à toi pour toujours, compagnon et frère dans l'écriture.

Ouvrage composé par
PCA 44400 Rezé

#lisez engagé !
www.lisez.com
Pour plus d'information :
Imprimé sur du papier issu de forêts gérées durablement.

Imprimé en Espagne par Liberdúplex
en mars 2025
N° d'impression : 126785

POCKET – 92, avenue de France, 75013 Paris
S34766/01